ALEX CROSS
SEUL CONTRE TOUS

DU MÊME AUTEUR :

Dans la série « Alex Cross » :

Le Masque de l'araignée, Lattès, 1993.
Et tombent les filles, Lattès, 1995.
Jack et Jills, Lattès, 1997.
Au chat et à la souris, Lattès, 1999.
Le Jeu du furet, Lattès, 2001.
Rouges sont les roses, Lattès, 2002.
Noires sont les violettes, Lattès, 2004.
Quatre souris vertes, Lattès, 2005.
Grand Méchant Loup, Lattès, 2006.
Des nouvelles de Mary, Lattès, 2008.
La Lame du boucher, Lattès, 2010.
La Piste du Tigre, Lattès, 2012.
Moi, Alex Cross, Lattès, 2013.
Tirs croisés, Lattès, 2014.
Tuer Alex Cross, Lattès, 2015.
Cours, Alex Cross, Lattès, 2016.
Cross, cœur de cible, Lattès, 2017.
Dernière Chance pour Alex Cross, Lattès, 2019.
Justice pour Cross, Lattès, 2020.
Alex Cross va trop loin, Lattès, 2021.

Dans la série « Women's Murder Club » :

1er à mourir, Lattès, 2003.
2e Chance (avec Andrew Cross), Lattès, 2004.
Terreur au 3e degré (avec Andrew Cross), Lattès, 2005.
4 Fers au feu (avec Maxine Paetro), Lattès, 2006.
Le 5e Ange de la mort (avec Maxine Paetro), Lattès, 2007.
La 6e Cible (avec Maxine Paetro), Lattès, 2008.
Le 7e Ciel (avec Maxine Paetro), Lattès, 2009.
La 8e Confession (avec Maxine Paetro), Lattès, 2010.
Le 9e Jugement (avec Maxine Paetro), Lattès, 2011.
10e Anniversaire (avec Maxine Paetro), Lattès, 2012.
La 11e et dernière heure (avec Maxine Paetro), Lattès, 2013.
12 Coups pour rien (avec Maxine Paetro), Lattès, 2014.
13e Malédiction (avec Maxine Paetro), Lattès, 2015.
14e Péché mortel (avec Maxine Paetro), Lattès, 2016.
15e Affaire (avec Maxine Paetro), Lattès, 2017.
16e Séduction (avec Maxine Paetro), Lattès, 2018.
17e Suspect (avec Maxine Paetro), Lattès, 2019.
18e Rapt (avec Maxine Paetro), Lattès, 2021.

La Diabolique, Lattès, 1998.
Souffle le vent, Lattès, 2000.
Beach House, Lattès, 2003.
Bikini, Lattès, 2009.

www.editions-jclattes.fr

James Patterson

ALEX CROSS
SEUL CONTRE TOUS

Roman

Traduit de l'anglais (États-Unis)
par Béatrice Roudet-Marçu

JC Lattès

Titre de l'édition originale :
THE PEOPLE VS. ALEX CROSS
Publiée par Little, Brown and Company,
un département de Hachette Book Group.

Maquette de couverture : Sylvain Collet
Photo : © Silas Manhood / Trevillion Images

Cette édition est publiée avec l'accord de Kaplan/DeFiore Rights et l'Agence Eliane Benisti.

ISBN : 978-2-7096-6779-1

Première édition juin 2022.

À Carole, la plus jeune de mes trois sœurs adorées et, incontestablement, la plus intelligente du clan Patterson.

PROLOGUE

PAR UNE CHAUDE SOIRÉE D'ÉTÉ…

1.

Dans sa villa coloniale blanche pleine de coins et de recoins nichée au bout d'une rue ombragée qu'embaumait le parfum des cornouillers en fleur, une femme appela avec un plaisant accent du sud :

— TW-Two ? Où es-tu ? J'ai besoin que tu me fasses une course au supermarché.

Après un silence, elle cria plus fort :

— TW-Two ? Deuce ?

Âgé de douze ans, Timmy Walker junior ou TW-Two, également surnommé Deuce[1], s'arrêta à la lisière du bois contigu au jardin derrière la maison.

Le supermarché ? Il avait mieux à faire que se taper un aller-retour aussi loin à vélo, même pour sa mère, songea-t-il. À vrai dire, des choses beaucoup plus intéressantes l'attendaient.

La porte de la véranda s'ouvrit dans un grincement.

— Deuce ! insista sa mère. Vas-y maintenant ! Pour ta peine, tu auras droit à une énorme glace ce soir, d'accord ?

---

1. « Deuce » signifie, entre autres, « second » en anglais. (*Toutes les notes sont de la traductrice.*)

Malgré la tentation, il s'en tint à son plan et fila en douce sur le sentier habituel, celui qui descendait la colline jusqu'à une ancienne route d'exploitation forestière et un ruisseau serpentant entre les arbres. C'était la fin de l'après-midi. La lumière du soleil était oblique et cuivrée, l'air encore moite et chaud.

Muni des vieilles jumelles cabossées que lui avait données son grand-père, le garçon se réjouissait intérieurement : *Chaud et moite. C'est top. Par un temps comme ça, il y a toujours plus d'activité à cette heure-ci, un peu avant le crépuscule.*

Il détailla avec satisfaction son tee-shirt et son short de camouflage. *J'ai la tenue idéale pour pouvoir m'approcher de très près, et tout le matériel qu'il faut.*

Des moustiques vrombissaient autour de lui. Une claque le débarrassa de celui qui lui piquait l'oreille ; il entendait la stridulation croissante des cigales dans les branches, sentait l'odeur d'un feu au loin. Il farfouilla dans sa poche et en sortit une cigarette chipée dans le paquet que sa mère cachait.

Il l'alluma, en tira une bouffée et recracha la fumée sur les moustiques. Cela aidait à les tenir à distance.

Sa cigarette à la bouche, Deuce suivit le chemin forestier, dont le tracé était parallèle au ruisseau sur un kilomètre et demi puis se divisait. À la bifurcation, il tourna à gauche, traversa à gué le cours d'eau et commença à gravir une colline, faisant des pauses régulières pour guetter les bruits. Rien.

Malgré tout, le garçon restait convaincu qu'il y aurait un bon spectacle ce jour-là. C'était un vendredi, en début de soirée. Le meilleur moment. À la fin de l'été. Encore mieux. Et on ne les entendait pas toujours au début, comme l'expérience le lui avait appris.

Par une chaude soirée d'été...

Juste avant d'atteindre le sommet, Deuce enfila un chapeau de camouflage avec moustiquaire aux couleurs quasiment identiques à celles du tee-shirt et du short. Il grimpa lentement sur la crête de la colline, tout en regardant alentour à travers l'enchevêtrement de branchages et de feuilles teintés d'or par les derniers rayons solaires.

Il fit un pas. Rien. Un autre.

Là !

Deuce sourit et, dos courbé, entama une approche furtive de la clairière en contrebas où aboutissait une piste carrossable. Il y avait des canettes de bière et des emballages de nourriture éparpillés partout, des broussailles en tas, et, tout au fond, une berline Toyota Camry bleue.

Le moteur était coupé. Les vitres baissées. Pas de musique. Deuce savait pertinemment pourquoi la voiture était garée à cet endroit. Il leva les jumelles et balaya la clairière jusqu'à l'intérieur de la Camry ; sur la banquette arrière, un couple allongé se tortillait.

Deuce aperçut un dos nu. La fille !

Parfait.

Et blonde ! Plus que parfait.

Soudain, elle se mit en position assise. Elle avait dans les dix-sept, dix-huit ans... une beauté ! Puis une autre blonde, poitrine nue également, plus jeune, très mignonne, se redressa à côté de la première. Elles commencèrent à s'embrasser et à se caresser.

2.

Le souffle coupé par la scène, le garçon de douze ans crut qu'il allait avoir une crise cardiaque. Les mains tremblantes, il baissa ses jumelles, et sortit de sa poche un iPhone 4 d'occasion qu'il avait acheté sur Internet. Il afficha l'icône de l'appareil photo, qu'il ouvrit d'une pression du pouce sur l'écran tactile.

Celle-là va être épique, se dit-il. *Personne ne l'oubliera jamais.*

Il avança d'un pas, tout doucement, puis d'un autre, et se retrouva à l'orée de la clairière. Il observa un moment de loin les ébats amoureux du couple dans l'auto, sans l'aide des jumelles.

À présent, Deuce était en mission. Il mit l'application photographique en mode vidéo puis appuya sur le bouton d'enregistrement.

Il resta sous le couvert des arbres, dans l'ombre et en hauteur, et contourna la clairière du côté du tas de broussailles pour rejoindre la Camry par l'arrière et sur son flanc droit. S'identifiant à une panthère, il progressa avec lenteur et prudence, jusqu'à ce que la voiture apparaisse au bas d'un talus, à six ou sept mètres.

Depuis sa position surélevée, il pouvait voir que les filles étaient toutes les deux entièrement nues. La fascination le disputait à la nervosité ; une partie de lui aurait voulu s'approcher encore, et même s'asseoir carrément sur la banquette avec elles. Sauf que cela ne le mènerait nulle part, évidemment.

Son cadrage de la scène était parfait. En plus, la lumière n'était pas mal du tout. Il était sûr que ce serait sa meilleure prise à ce jour. *Deux blondes ? Je vais être un héros !*

Un rire victorieux faillit lui échapper, mais Deuce se pétrifia lorsque la main de la plus jeune abandonna le sein de sa compagne pour descendre en douceur vers...

Le grondement d'un moteur s'éleva soudain ; le garçon tourna la tête. D'après le son, le véhicule roulait vite, en direction de la clairière. Les filles aussi l'avaient entendu et elles cherchaient avec fébrilité leurs vêtements.

Dites-moi que c'est pas vrai ? gémit Deuce.

Un glapissement retentit. Il reporta son attention sur la berline. L'une des filles le fusillait des yeux par la vitre ouverte.

— Y a un gamin en planque là-bas ! vociféra-t-elle. Ce pervers est en train de nous filmer !

Pris de panique, Deuce détala. Il fonça dans le bois et suivit à l'envers le sentier par lequel il était arrivé, sautant par-dessus des rondins, se faufilant entre les arbres, aussi content de lui que s'il venait de s'évader d'un donjon avec un joyau de roi dans la poche.

Ce qu'il avait d'ailleurs fait en un sens, non ? Il jeta un coup d'œil au téléphone serré dans sa main tout en continuant sa course vers la route forestière. Si ce n'était pas la vidéo épique qu'il avait espérée, ça restait...

Deuce entendit le bruyant véhicule atteindre la clairière et stopper dans un crissement de pneus. Une fille poussa un cri.

Le garçon s'arrêta net et regarda en arrière. De la sueur coulait sur son visage, il avait du mal à voir à travers l'épais feuillage.

Il s'enjoignit de filer, de rentrer vite fait chez lui, de télécharger la vidéo sur son ordinateur et de passer la nuit à revivre son exploit avant de chercher à quel site internet la vendre. Toutefois, sa curiosité naturelle prit le dessus, le faisant retourner sur ses pas jusqu'à la lisière de la clairière.

Le soleil était en train de se coucher. L'ombre s'emparait de cette trouée dans les arbres. Un utilitaire Ford blanc dont le moteur gonflé tournait au ralenti était stationné le long de la Camry, bloquant la vue de Deuce.

Il leva ses jumelles. Le fourgon avait des vitres teintées, très sombres, et sur le flanc une enseigne magnétique : DISH NETWORK.

La télévision par satellite ? Dans ce coin ? Est-ce que ce n'était pas...

— Non ! (La voix féminine provenait de l'autre côté du fourgon.) Pitié ! Ne faites pas ça ! Au secours ! Hé, petit ! Aide-nous !

Deuce comprenait bien que c'était à lui qu'elle s'adressait mais il ne savait pas quoi faire.

Un nouveau hurlement suivit, plus aigu, rempli de terreur. L'une des filles pleurait à gros sanglots, implorait, demandait grâce.

La peur faisait maintenant trembler le garçon. Dans sa tête, une voix braillait : *Cours !*

Une portière de la berline claqua. La porte latérale du fourgon coulissa, étouffant les cris des malheureuses.

Je n'aurais sans doute pas dû les filmer, se dit-il, *mais là ça déconne grave. Il faut que je fasse quelque chose.*

Il fouilla frénétiquement sa poche, en sortit une lentille grossissante aimantée qu'il fixa devant l'objectif de son téléphone. Il passa en mode photo pour obtenir une meilleure résolution et, à une cinquantaine de mètres de distance, zooma sur la plaque d'immatriculation du Ford éclairée par ses feux de parking.

Les phares s'allumèrent. Le moteur s'emballa. Ils partaient.

En même temps qu'il photographiait, Deuce pressa le bouton supérieur de volume de l'iPhone afin de désactiver le flash et la mise au point automatique. *Clic, clic, clic...* Il réussit à faire cinq clichés en tout avant que le fourgon commence à rouler, accélère, et quitte la clairière.

Le garçon regarda s'éloigner le véhicule, puis se servit des jumelles pour inspecter la Camry. Elle était vide sous la lumière déclinante du jour. Aucun mouvement. Les deux adolescentes avaient disparu.

Un tremblement le reprit ; il eut un haut-le-cœur. Elles avaient bel et bien hurlé au secours.

Deuce se décida à agir. Il devait d'abord supprimer la séquence érotique dans la vidéo, inventer une histoire justifiant sa présence dans les parages, puis aller tout raconter aux flics. Ils trouveraient la bagnole, découvriraient l'identité des filles, ainsi que celle du conducteur de ce fourgon de Dish Network.

Mais il ne fallait pas perdre une minute.

Il saisit son téléphone, composa le 911, le numéro d'appel d'urgence, mais n'obtint pas de tonalité. *Aucun service*, affichait l'écran. Le réseau était plus stable près du ruisseau.

Deuce s'orienta d'un coup d'œil et se dirigea vers la route forestière. La nuit serait tombée dans un rien de temps, mais il se baladait dans ces bois depuis l'âge de quatre ans.

Lorsqu'il atteignit enfin la route, la lune pleine aux trois quarts se levait derrière lui. Il accéléra l'allure et franchit la crête au petit trot.

À l'endroit où la pente devenait plus abrupte, le garçon aperçut quelque chose de sombre, long et lourd qui arrivait droit sur lui.

Il tenta de l'esquiver, mais trop tard.

D'une manchette experte, un avant-bras lui écrasa le cou. Ses jambes se dérobèrent sous lui, tandis que son torse et sa tête partaient brutalement en arrière ; il s'effondra comme une masse.

Dans sa chute, il sentit des os se briser et se cogna méchamment le crâne. Il vit des étoiles, ses bras et ses doigts mous s'ouvrirent. Son iPhone s'envola entre les arbres, en même temps que tout l'air de ses poumons.

L'espace d'une seconde, peut-être deux, Deuce fut étourdi au point de ne distinguer qu'ombres et ténèbres. Il n'entendait rien d'autre que son râle étranglé, n'éprouvait que cette douleur qui semblait envahir tout son corps.

Puis une voix masculine s'éleva juste à côté de lui :

— Eh bien, jeune homme. Où croyais-tu donc aller comme ça ?

PREMIÈRE PARTIE

LES RAVAGES DU BLOND PLATINE

1.

Planté devant le miroir de la chambre, j'essayais de réussir un nœud de cravate impeccable.

C'était si simple à faire d'habitude, un rituel que j'accomplissais chaque matin avant de partir au travail, et pourtant je n'y parvenais pas.

— Attends, Alex, je vais t'aider, proposa Bree en se glissant à mon côté.

Je laissai pendre la cravate.

— C'est les nerfs, expliquai-je.

— Ça se comprend, fit Bree, qui se plaça face à moi et régla les longueurs du tissu.

Du haut de mes quinze centimètres de plus qu'elle, je contemplai ma femme en train de finir le nœud, épaté par sa dextérité.

— Nous, les hommes, nous ne sommes pas capables de procéder comme ça. On doit se tenir derrière le gars pour y arriver.

— C'est juste une différence de perspective.

Bree serra le nœud contre ma pomme d'Adam et tira sur les pointes du col amidonné. Après une hésitation, elle me regarda, les yeux agrandis par l'inquiétude, et affirma :

— Tu es fin prêt.

Je me sentais barbouillé.

— Tu penses ?

— J'ai confiance, dit-elle tout en se dressant sur la pointe des pieds, la tête rejetée en arrière. Nous croyons tous en toi.

Je l'embrassai et l'étreignis avec force.

— Je t'aime, soufflai-je.

— Pour toujours et à jamais, chuchota-t-elle en retour.

Lorsque nous nous séparâmes, ses yeux étaient trop brillants. Je lui pris le menton.

— Garde un visage impénétrable, lui recommandai-je. Souviens-toi de ce que Marley et Naomi nous ont conseillé.

Elle attrapa un Kleenex et épongea ses larmes pendant que j'enfilais ma veste.

— C'est mieux ? demanda Bree.

— Parfait, approuvai-je, avant de lui tenir la porte pour sortir.

Les trois autres chambres du premier étage étaient ouvertes et vides. Je descendis avec Bree au rez-de-chaussée. Le reste de la famille était rassemblé dans la cuisine : Nana Mama, ma grand-mère de quatre-vingt-dix et quelques printemps ; Damon, l'aîné de mes trois enfants, étudiant à la prestigieuse faculté de médecine Johns Hopkins ; Jannie, seize ans, lycéenne et star de la course ; et enfin Ali, mon benjamin précoce âgé de neuf ans. Ils étaient tous habillés comme pour un enterrement.

Dès qu'il m'aperçut, Ali éclata en sanglots. Il courut vers moi et m'agrippa les jambes.

— Hé ! Hé ! dis-je en lui caressant les cheveux.

— C'est pas juste ! hoquetait-il. C'est pas vrai, ce que les gens racontent.

— Bien sûr que non, l'apaisa Nana Mama. Nous n'avons qu'à les ignorer. Ce ne sont que des mots.

— Sauf que les mots peuvent blesser, Nana, répliqua Jannie. Je connais ça. Tu verrais les horreurs qu'on lit sur les réseaux sociaux !

— Peu importe, intervint Bree. Nous devons soutenir ton père. La famille passe avant tout.

Elle me serra la main.

— Bon, allons-y, dis-je. La tête haute. Ne réagissez pas.

Ma grand-mère attrapa son sac et déclara :

— Moi, j'aimerais réagir. J'ai bien envie de mettre une poêle à frire dans mon sac pour en assommer un ou deux.

Ali cessa de renifler et gloussa, ravi.

— Tu veux que je te donne une poêle, Nana ?

— La prochaine fois. Et je m'en servirai seulement s'ils me provoquent.

— Que Dieu leur vienne en aide si ça arrive, Nana ! lança Damon, ce qui nous fit tous rire.

Me sentant un peu mieux, je consultai ma montre. Huit heures moins le quart.

— C'est parti !

Je longeai le couloir jusqu'au vestibule. Là, j'attendis que ma famille s'aligne derrière moi.

Avec une profonde inspiration, je redressai les épaules comme un Marine au garde-à-vous, puis tournai la poignée, ouvris brusquement la porte et sortis sur le perron.

— Le voilà ! s'écria une femme.

Des projecteurs s'allumèrent tandis que s'élevait une tempête de clameurs : les représentants des médias et une clique haineuse avaient investi les abords de notre demeure située sur la 5e dans le Southeast, à Washington DC.

Ils étaient entre quinze et vingt vautours, les uns munis de caméras ou de micros, les autres de pancartes qui me condamnaient. Questions et malédictions pleuvaient sur moi. On se serait cru dans un asile de fous, je ne distinguais aucune parole clairement. Soudain, un type à la voix de baryton beugla assez fort pour être entendu par-dessus le brouhaha :

— Êtes-vous coupable, monsieur Cross ? Avez-vous abattu ces personnes de sang-froid ?

2.

Un Chevrolet Suburban noir aux vitres teintées s'arrêta devant la maison.

— Restez près de moi, dis-je, sans prêter attention aux excités. Damon, aide Nana Mama, s'il te plaît.

Mon aîné prit le bras de ma grand-mère, puis notre petite troupe, en formation serrée, descendit les marches et avança jusqu'au trottoir.

Un reporter me fourra son micro sous le nez :

— Monsieur Cross, combien de fois avez-vous sorti votre arme dans l'exercice de vos fonctions ?

Je n'en avais pas la moindre idée, aussi gardai-je le silence, mais Nana Mama lui renvoya du tac au tac :

— Combien de fois avez-vous posé une question idiote dans l'exercice de votre bêtise ?

Après cela, il me fallut toute ma volonté pour faire la sourde oreille pendant que nous traversions comme un seul homme le trottoir pour gagner le SUV. Je fis monter ma famille à l'arrière, grimpai sur le siège passager et claquai la portière.

Nana Mama laissa échapper un long soupir.

— Je les déteste, déclara Jannie alors que nous démarrions.

— C'est comme s'ils se nourrissaient de papa, remarqua Ali.

— Des suceurs de sang ! renchérit le chauffeur.

Bien trop vite, il se gara devant le tribunal judiciaire du District of Columbia *sis* au 500 Indiana Avenue. Un bâtiment composé de deux ailes en pierre de calcaire, à la façade lisse, avec un hall couvert d'une verrière et un large parvis flanqué de jardins en terrasse. S'il y avait une vingtaine de vautours à mon domicile, ici c'étaient soixante chacals qui guettaient mon rendez-vous avec l'impartiale justice.

Anita Marley, mon avocate, était également là à m'attendre.

Grande, athlétique, les cheveux auburn, des taches de rousseur et des yeux vifs couleur émeraude, Marley avait joué au volley-ball pour la réputée University of Texas durant ses études d'art dramatique ; ensuite, elle avait opté pour le droit à Rice University, d'où elle était sortie en tête de sa promotion. Elle avait de la classe, du culot et un humour désopilant, mais c'était surtout un vrai pitbull dans une salle d'audience, raison pour laquelle nous l'avions recrutée.

Marley ouvrit ma portière.

— C'est moi qui parle à partir d'ici et maintenant, Alex, dit-elle avec autorité de sa voix traînante du sud, juste au moment où m'atteignait une salve d'accusations et de railleries, bien pires que celles déjà subies un peu plus tôt.

J'avais vu cela dans le passé à l'occasion de procès retentissants, une horde de reporters locaux et nationaux se préparant à offrir de la chair fraîche à l'ogre des chaînes d'information en continu. Sauf que je n'avais encore jamais été moi-même jeté en pâture.

— Répondez-nous, Cross ! braillaient-ils. Est-ce vous le problème ? Illustrez-vous, avec vos manières de cowboy, ce qu'est aujourd'hui la police en Amérique ? Au-dessus de la loi ?

Je ne pus résister à la provocation :

— Personne n'est au-dessus de la loi.

— Ne dites pas un mot, grinça Marley, et elle m'attrapa le coude pour m'entraîner rapidement sur le parvis vers le palais de justice.

L'essaim nous suivit, continuant à vrombir, à piquer au vif.

Dans la foule derrière les journalistes, un homme hurla en feignant la terreur :

— Ne me descends pas, Cross ! Ne tire pas !

D'autres se mirent à scander avec lui sur le même ton :

— Ne me descends pas, Cross ! Ne tire pas !

En dépit de mes résolutions, je ne pus m'empêcher de tourner la tête pour les regarder. Certains d'entre eux brandissaient des pancartes où mon visage était barré d'un X rouge, avec en légende soit STOP À LA VIOLENCE POLICIÈRE, soit COUPABLE !

Devant les portes vitrées pare-balles du hall, Marley me fit affronter projecteurs, micros et caméras. Je rejetai les épaules en arrière, relevai le menton.

Levant une main, mon avocate déclara d'une voix forte et ferme :

— L'inspecteur Cross est innocent, en tant qu'homme et en tant qu'officier de police. Nous sommes très heureux qu'il ait enfin la possibilité de laver son nom de tout soupçon.

3.

Les policiers de permanence au poste de contrôle me dévisagèrent quand je pénétrai dans le bâtiment, échappant à l'ébullition médiatique.

Mon vieil ami le sergent Doug Kenny, chef de la sécurité du tribunal, m'assura :

— Nous sommes tous avec toi, Alex. Excellents tirs, d'après ce qu'on m'a dit. Des putains de bons tirs.

Les trois autres agents approuvèrent d'un hochement de tête et me sourirent pendant que je franchissais le portique de détection de métaux. Dehors, la horde s'était ruée sur ma famille, qui se frayait tant bien que mal un passage sur le parvis.

Nana Mama, Damon et Jannie furent les premiers à entrer, secoués, suivis quelques instants plus tard par Bree et Ali. Au moment où les portes se refermaient, ce dernier se tourna vers les journalistes au nez collé aux vitres. Puis il dressa son majeur dans un geste à la signification universelle.

— Ali ! s'écria Nana Mama en l'attrapant par le col. Ce comportement est inacceptable !

Mais comme l'équipe de sécurité rigolait et que je lui souriais, mon benjamin n'afficha pas l'ombre d'un remords.

— Un dur à cuire, ce petit, constata Anita Marley en me guidant vers les ascenseurs.

— Et surtout très malin, ajouta une jeune femme afro-américaine qui venait d'apparaître près de nous. Il l'a toujours été.

Je mis un bras autour de ses épaules, l'étreignis et plantai un baiser sur son crâne.

— Merci d'être là, Naomi.

— Tu m'as toujours soutenue, oncle Alex.

Naomi Cross, la fille de mon défunt frère Aaron, elle-même avocate pénaliste respectée, avait sauté sur l'occasion de m'aider en collaborant avec la célèbre Anita Marley sur mon affaire.

— Quelles sont mes chances, Anita ? lui demandai-je dans la cabine de l'ascenseur.

— Je ne joue pas à ce jeu, répondit-elle sèchement en ajustant les poignets de son chemisier blanc. Nous allons informer le jury des faits et le laisser rendre son verdict.

— Mais vous avez vu les preuves à charge du dossier d'accusation.

— Et je connais aussi dans les grandes lignes la théorie du ministère public. Notre version est bien plus solide et j'ai l'intention de le démontrer.

Je lui faisais entièrement confiance. Au cours des six dernières années, Marley avait gagné huit procès pour meurtre très médiatisés. Après avoir été inculpé de double homicide et de tentative de meurtre, j'avais fait appel à elle, m'attendant à un refus net ou à un « trop occupée ». Au lieu de ça, elle était arrivée par avion de Dallas dès le lendemain, et me représentait depuis lors dans la procédure pénale.

J'appréciais beaucoup Anita. Elle se donnait à fond. En plus de son esprit rapide comme l'éclair, elle n'hésitait pas à se servir de son charme, de son physique avenant et de ses talents de comédienne pour défendre un client. Je l'avais vue user de ces moyens avec le juge qui supervisait les requêtes avant procès, et toutes les nôtres, à l'exception perturbante de quelques-unes, avaient été validées.

Mais, de son propre aveu, jamais elle n'avait eu d'affaire aussi complexe que la mienne, avec ces ramifications qui s'étendaient loin dans mon passé.

Il y a environ quinze ans, un psychopathe du nom de Gary Soneji a commis une série de kidnappings et d'assassinats. Je l'ai envoyé en prison, mais il s'est évadé quelques années plus tard et s'est lancé dans la fabrication de bombes.

Soneji a fait exploser plusieurs immeubles, tuant ainsi un bon nombre de gens, jusqu'à ce que l'on parvienne à l'acculer dans un tunnel condamné du vaste métro souterrain de Manhattan. Comme il essayait de m'abattre, j'ai dû riposter. Il a titubé en arrière et a été avalé par les ténèbres avant la déflagration de la bombe qu'il portait.

Avance rapide de dix ans. John Sampson, mon coéquipier au MPD (Metropolitan Police Department), et moi-même donnions un coup de main pour une soupe populaire dans une église. Un sosie de Soneji a fait irruption, tiré sur la cuisinière et sur une religieuse, puis il a mis une balle dans la tête de John.

Par miracle, ils ont tous les trois survécu, mais le double de Soneji n'a pas été attrapé.

On a alors découvert que Soneji était l'objet d'un culte qui faisait fureur sur le *dark web*. L'enquête sur ce groupe de disciples m'a conduit, indirectement, à une usine désaffectée dans le secteur du Southeast, où trois personnes affublées d'un masque à l'effigie de Soneji m'ont menacé, revolver au poing. J'ai tiré et en ai tué deux.

Malheureusement, à l'arrivée des renforts que j'avais réclamés, il n'y avait sur les cadavres ou sur le blessé plus aucune arme prouvant ma légitime défense. D'où les charges retenues contre moi : deux homicides et une tentative de meurtre.

Les portes de l'ascenseur s'ouvrirent au deuxième étage. Marley nous emmena tout droit à la salle d'audience 9B, doublant la file de gens qui attendaient qu'on leur attribue un siège et, sans prêter attention à leurs chuchotements d'indignation, nous fit entrer.

La galerie du public était quasi pleine, à son extrémité gauche les médias occupaient quatre rangées. Derrière la table de l'accusation, le premier rang, réservé aux victimes et à leur famille, était vide. De même que celui, côté droit, prévu pour mes proches. Nous traversâmes le prétoire pour gagner la table de la défense. Là, Marley me murmura :

— Restez debout. Je veux que tout le monde vous voie bien. Montrez de l'assurance et votre fierté d'être flic.

— Je fais de mon mieux, chuchotai-je.

— Voilà les représentants du ministère public, annonça Naomi.

— Ignorez-les, dit Marley. Eux, c'est mon boulot.

J'avais beau ne pas regarder de leur côté, j'aperçus à la limite de mon champ de vision les deux substituts du procureur fédéral qui rangeaient leurs mallettes sous la table. Nathan Wills, le substitut en chef, avait l'aspect de quelqu'un qui n'a jamais su dire non à un beignet. Environ trente-cinq ans, le visage bouffi, quarante kilos de trop. Wills avait tendance à transpirer. Énormément.

Toutefois, il ne fallait pas sous-estimer le personnage. Premier de sa promotion à Boalt Hall, la prestigieuse faculté de droit de UC Berkeley, il avait été assistant à la Neuvième Cour d'appel fédérale avant d'être recruté par le ministère de la Justice.

Le curriculum de son adjointe, Athena Carlisle, n'était pas moins impressionnant. Descendante de métayers miséreux du Mississippi, elle était la première personne de sa famille à terminer le lycée. Grâce à une bourse intégrale, elle avait étudié au Morehouse College[1], obtenu sa licence avec mention, puis avait suivi un cursus de droit à Georgetown University tout en étant directrice éditoriale de la *Law Review*, revue juridique de référence.

À en croire leurs portraits parus dans le *Washington Post* la semaine précédente, Wills et Carlisle étaient tous deux dévorés d'ambition et comptaient bien faire leurs preuves dans le procès intenté contre moi par le gouvernement fédéral.

Pourquoi le gouvernement des États-Unis ? Pourquoi le puissant bureau du procureur fédéral ? Parce que c'est le fonctionnement judiciaire de Washington DC depuis les années 70. Si vous êtes accusé d'un homicide commis dans la capitale de la nation, c'est la nation qui veille à ce que vous soyez puni.

En entendant des frottements de pieds et des voix derrière moi, je me retournai et vis que ma famille était en train de s'installer. Bree m'adressa un sourire vaillant et articula en silence : « Je t'aime. »

Je commençais à lui répondre sur le même mode quand je fus stoppé net par l'apparition dans la salle d'un

1. L'un des premiers établissements d'enseignement supérieur ouverts aux Afro-Américains. Martin Luther King y fut élève.

adolescent maussade en pantalon de toile et chemise bleue à manches trop courtes. Il s'appelait Dylan Winslow. Son père était Gary Soneji. Sa mère, l'une des victimes mortes sous mes balles. Il s'approcha du prétoire, à trois mètres à peine de là où je me tenais debout, repoussa en arrière ses cheveux gras et me foudroya du regard.

— C'est ton premier jour en enfer, Cross, cracha-t-il, un rictus arrogant et mauvais aux lèvres. Putain, j'ai trop hâte que tu te fasses descendre en flammes.

Ali bondit de son siège et lui renvoya :

— Comme ton père ?

J'eus peur que Winslow, emporté par la rage, ne frappe mon benjamin. Craignant visiblement la même chose, Damon se posta près de son petit frère.

Au lieu de lui flanquer un coup de poing, l'adolescent sourit à Ali avec une malveillance redoublée.

— C'est ça, microbe, répondit-il sur un ton glacial. Exactement comme mon père.

— Veuillez vous lever ! ordonna l'huissier. La cour pénale du District of Columbia est en session, sous la présidence de la juge Priscilla Larch.

La cinquantaine bien sonnée, les cheveux teints en noir, une coiffure stricte et des lunettes de myope, la juge Larch mesurait moins d'un mètre cinquante. Sa taille minuscule la fit paraître presque comique lorsqu'elle grimpa sur l'estrade.

Mais très loin de moi l'envie de rire. Larch avait la réputation hautement méritée d'être impitoyable dans ses sentences.

Après avoir abattu deux fois son maillet, la juge Larch observa l'assemblée à travers ses verres épais et gronda d'une voix de fumeuse :

— Le ministère public contre Alex Cross. Silence dans la salle.

4.

Six semaines plus tôt…

John Sampson s'efforça de garder son calme, de se dire que tout irait bien, quelle que soit la décision qui l'attendait derrière la double porte en bois au quatrième étage du Daly Building, le quartier général du MPD situé en centre-ville.

Mais il n'arrivait pas à rester tranquille. Il pouvait sentir l'odeur forte de sa transpiration provoquée par l'anxiété qui le rongeait.

Son estomac fit une cabriole lorsque la secrétaire s'adressa enfin à lui aux alentours de 17 heures :

— Il va vous recevoir maintenant, monsieur Sampson.

— Merci.

Il s'extirpa de son fauteuil et, conformément aux instructions des rééducateurs, écarta bien les jambes pour parer aux vertiges occasionnels dont il souffrait depuis qu'il avait pris une balle dans la tête.

Faisant de son mieux pour se montrer sûr de lui, il se dirigea vers la porte, l'ouvrit et entra. Bryan Michaels était assis à son bureau, en train de signer des documents. Les cheveux gris argenté et une condition physique impressionnante pour un homme de plus de cinquante-cinq ans, le chef de la police leva les yeux, fit un sourire de commande et lui désigna un siège.

— Si ça ne vous dérange pas, je préfère rester debout, monsieur, déclina Sampson.

Le sourire de Michaels s'effaça. Il posa son stylo tandis que Sampson patientait, les mains dans le dos. Le chef se cala contre son dossier et durant une minute aussi longue que déstabilisante observa le colosse devant lui, la cicatrice sur la partie gauche du front arrêtant plus d'une fois son regard.

— J'ai lu que vous avez eu une bonne note en tir, dit-il enfin.

— Ce n'était pas une performance brillante, mais j'ai réussi l'examen, monsieur.

— En effet. Et vous étiez presque à votre ancien niveau aux tests d'aptitude physique.

— J'ai travaillé dur à ma rééducation pour revenir ici, chef.

Sampson le surprit à jeter un nouveau coup d'œil à sa cicatrice.

— C'est très louable, John, déclara Michaels sur un ton qui troubla instantanément l'inspecteur, lui fit craindre d'être éconduit et mis au rebut.

Le chef poursuivit :

— Malgré tout, c'est à moi de juger au mieux du risque à vous renvoyer sur le terrain après le genre de traumatisme que vous avez subi. Je me demande donc si vous serez un handicap pour vos équipiers en temps de crise.

Sans avouer qu'il s'était posé la même question, Sampson se borna à conserver un air impassible. Une seconde passa, puis deux.

Le chef Michaels se fendit alors d'un large sourire, se leva et tendit la main.

— Bon retour parmi nous, inspecteur. Vous nous avez énormément manqué.

Rayonnant, Sampson saisit la main offerte et la secoua avec ferveur.

— Merci, chef. Vous ne regretterez pas votre décision.

— J'en suis certain. Vous êtes un modèle pour beaucoup de vos collègues. Je tenais à ce que vous le sachiez.

— Bien monsieur. Merci monsieur.

— Il a fallu que je vous attribue un nouveau coéquipier, annonça le chef, la mine assombrie.

Il y eut un instant de gêne avant que Sampson réponde :

— Je suis prêt pour ça aussi.

Michaels le scruta quelques secondes, puis déclara :

— Je ne supporte pas que l'un de mes hommes soit considéré comme une brebis galeuse.

— Bien sûr, monsieur. Mais Alex prouvera qu'il n'en est pas une.

— Je l'espère, dit Michaels d'une voix plus douce. Comment va-t-il ?

— Il a ouvert un cabinet pour occuper son temps jusqu'au procès.

— Transmettez-lui mes amitiés. Je suis sincère.

On frappa à la porte et une femme entra, une rousse anguleuse extrêmement agitée, un badge d'inspecteur suspendu par un cordon autour de son cou.

— Fox ? fit Michaels avec irritation. Je ne vous ai pas encore convoquée.

Elle coula un regard en coin à Sampson, puis répondit au chef de la police :

— Toutes mes excuses, monsieur, mais l'inspecteur Sampson et moi, on vient de récolter une sale affaire. Kidnapping et coups de feu à Washington Latin.

— Latin ? répéta Sampson. C'est l'école d'Ali Cross !

5.

Ali était bouleversé mais indemne lorsque Sampson le trouva prostré sur les marches de la Washington Latin Charter School[1], son sac à dos entre les jambes, en train d'essuyer ses larmes. Un agent de patrouille expliqua qu'il avait été témoin de toute la scène de violence. De même que les cinq autres élèves participant à une séance de débats qui avait lieu après les heures de cours.

Sampson plia son immense carcasse pour s'accroupir près d'Ali et mettre un bras autour de ses épaules. C'était la mi-octobre, et l'enfant tremblait dans la fraîcheur de la nuit tombante.

— Ça va, mon pote ? s'inquiéta Sampson.

— Mon père arrive, fit Ali sur un ton morne. Et Bree aussi.

— Raconte-moi ce qui s'est passé.

Sans laisser Ali répondre, l'inspectrice Ainsley Fox s'interposa :

— Puis-je vous parler, inspecteur ?

Elle se tenait au pied de l'escalier, les sourcils froncés de désapprobation.

— Ne bouge pas, dit Sampson à Ali en lui tapotant le dos, puis il se redressa et descendit les marches.

À voix basse, Fox le sermonna :

1. *Charter school* : établissement scolaire public gratuit, administré selon une charte qui inclut l'obligation de résultat. Les enfants issus de milieux défavorisés sont prioritaires à l'admission, puis la sélection s'effectue par tirage au sort.

— Vous avez peut-être oublié pendant votre congé maladie que la procédure interdit tout contact physique avec des mineurs.

— Ce petit est comme mon fils, Fox, la rembarra-t-il avec agacement.

— N'empêche qu'il n'est pas le vôtre, et les règles sont les règles. Blessure à la tête ou pas, vous devez les suivre ou subir le genre de conséquences que votre ancien coéquipier affronte aujourd'hui.

— Fox, siffla-t-il entre ses dents serrées, il y a cinq autres gamins à interroger *dans les règles*. Ils sont là-bas.

Elle hésita, vexée, puis releva le menton et se dirigea d'un pas martial vers la grappe d'élèves chamboulés. Sampson rejoignit Ali au moment où Alex Cross et Bree Stone arrivaient en courant et se glissaient sous la rubalise délimitant la scène de crime. Alex souleva son fils et le serra contre lui à l'étouffer. Ali l'étreignit avec la même fièvre, avant de fondre en larmes.

Une fois tout le monde calmé, Sampson redemanda à Ali de décrire ce qu'il avait vu.

Celui-ci raconta qu'il faisait déjà sombre dehors quand il était sorti de l'école derrière ses copains du groupe de débats. Comme il était le plus jeune et de loin le plus petit, sa vue était bloquée par leurs dos. Au premier hurlement, ils avaient tous détalé dans des directions différentes. Ali ne les avait pas suivis. Il avait ravalé sa peur et attrapé son téléphone.

— Tu as appelé le 911 ? demanda Bree.

— Non, j'ai fait une vidéo.

— Tu as filmé ces types ? fit Sampson, admiratif.

— Je n'allais pas me battre avec eux, expliqua Ali, qui prit son téléphone et démarra la vidéo.

D'abord tremblotante, l'image finissait par se stabiliser. La séquence montrait trois hommes en combinaison foncée et cagoule traînant une adolescente blonde sur le parvis de l'école. Elle résistait en criant.

— C'est Gretchen Lindel, papa, précisa Ali. Elle est en première.

À l'écran, les kidnappeurs avaient presque amené Gretchen Lindel jusqu'au trottoir, lorsqu'une femme apparut sur la gauche. Écumante de colère, elle se précipitait au secours de l'élève.

— Mme Petracek, dit doucement Ali. La prof d'anglais qui dirige les débats.

L'un des hommes masqués lâchait la fille, pivotait et, sans une seconde d'hésitation, tirait à bout portant sur Mme Petracek, en plein dans le visage. Sampson eut un mouvement de recul devant la froideur de l'acte.

La courageuse professeure mourut sur le coup. Son corps inanimé tomba lourdement à terre. Le tireur se tourna vers Gretchen, que ses complices retenaient entre deux voitures garées sur la 2ᵉ.

Ali annonça :

— Maintenant, voilà le pire.

Sirène à fond et gyrophare bleu allumé, une voiture de patrouille du MPD pila dans un dérapage à côté des ravisseurs. Ils ouvrirent les portières à la volée, balancèrent Gretchen sur la banquette arrière, embarquèrent à leur tour, puis avec un crissement de pneus et la sirène toujours hurlante, le véhicule de police fila et sortit du champ.

6.

Peu de temps après m'avoir pris chez elle, à la suite du décès de ma mère en Caroline du Nord, Nana Mama m'a un jour découvert en train de paresser dans la véranda, totalement désœuvré et triste.

J'avais dix ans à l'époque. Nana m'a demandé ce que je fabriquais, et je lui ai dit la vérité :

— Je respire.

— Ça, ce n'est pas difficile. Je me doute que tu ne te plais pas à Washington, Alex, mais tu finiras par t'acclimater. En attendant, je veux que tu t'occupes. Tu n'as pas de projets à part respirer ? Viens donc me voir. Je vais te donner des tâches, moi.

— Et si j'ai envie de rien faire ?

Ma grand-mère, sourcils haussés et mains sur les hanches, m'a assené :

— Dans ma maison, ce n'est pas une option. Et tu sais quoi ? Quand tu seras grand et parti d'ici, tu n'auras pas le choix non plus, à moins bien sûr d'épouser une héritière ou de gagner à la loterie.

Ironiquement, presque quatre décennies plus tard, alors qu'elle avait déjà quatre-vingt-dix ans passés, c'est ma grand-mère qui a touché le gros lot, au Powerball[1] précisément. Elle a opté pour le paiement en une fois – moins la faramineuse part due aux impôts – et immédiatement créé une fondation qui propose des cours d'alphabétisation, vient en aide aux plus démunis et procure aux

1. Loterie américaine gérée par une association à but non lucratif.

nécessiteux des petits déjeuners chauds dans les paroisses de quartier.

Elle a aussi mis de côté de quoi offrir à mes enfants les études correspondant à leurs aspirations. Malgré toutes ces dépenses, il reste à Nana Mama encore assez d'argent pour que la famille Cross au grand complet ait la possibilité de s'asseoir dans la véranda à se tourner les pouces jusqu'à ce qu'on mange tous des pissenlits par la racine.

Mais pas question de ça avec ma grand-mère. Pour elle, il est essentiel d'exercer une activité qui améliore l'existence d'autrui, qui lui profite. Durant ces mois de suspension de la police dans l'attente de mon procès, et même si j'assistais Anita et Naomi pour la préparation de ma défense, Nana Mama avait répété que j'avais besoin d'un autre but dans la vie que de chercher le moyen d'échapper à la prison. Elle avait raison. Je m'étais surpris un peu trop souvent à mon goût à me contenter de « respirer ».

Puisque je ne pouvais plus être enquêteur jusqu'à nouvel ordre, il me fallait une motivation pour sortir de mon lit le matin, me sentir utile à quelqu'un d'autre qu'à moi-même. J'étais donc retourné à ma première profession : psychologue.

J'avais aménagé un bureau dans le sous-sol qui disposait de sa propre entrée, accroché aux murs mes diplômes sous cadre de Johns Hopkins (maîtrise et doctorat), apposé une plaque professionnelle à l'extérieur, et enfin ouvert mon cabinet après quasiment deux décennies passées dans les forces de l'ordre.

J'avais contacté les centres d'action sociale de la ville, leur détaillant mes compétences et sollicitant des recommandations. Par chance, on m'avait adressé une poignée de personnes, puis d'autres, et ma patientèle s'était lentement constituée.

Deux jours après le kidnapping et le meurtre à Washington Latin dont Ali avait été témoin, je me trouvais dans mon bureau quand on frappa doucement à la porte.

Je pris mon carnet de rendez-vous : *Paul Fiore. Première consultation*. Pile à l'heure.

J'allai lui ouvrir et le saluai :

— Bonjour, monsieur Fio...

L'homme trapu sur le seuil devait faire un mètre soixante-quinze pour quatre-vingt-dix kilos. Cheveux noirs bouclés, yeux marron, teint basané, visage poupin. Impossible de lui donner un âge. Par contre, à ses vêtements, je devinai sans mal sa vocation.

— Excusez-moi, *père* Fiore. Entrez donc.

7.

Le prêtre catholique affichait un air penaud en pénétrant dans le cabinet.

— J'aurais dû vous prévenir au téléphone, docteur Cross. Mais je ne savais pas ce que vous en penseriez.

— Seulement que je serais ravi de faire votre connaissance, lui assurai-je, après avoir refermé la porte. Alors, en quoi puis-je vous aider ?

Le père Fiore força un sourire. Je lui indiquai d'un geste un siège rembourré devant le bureau.

— Je vous en prie, mon père.

— Cette situation est très bizarre, déclara-t-il en s'asseyant et en regardant avec curiosité autour de lui.

— Comment ça ?

— D'habitude, c'est moi qui écoute les confessions.

Avec un sourire complice, je m'installai dans mon fauteuil.

— Si vous me permettez cette question, l'Église n'a-t-elle pas ses propres conseillers psychologiques ?

— Si, en effet, soupira le prêtre. Mais franchement, docteur, le sujet qui me concerne est trop délicat pour qu'ils puissent le comprendre, même de nos jours sous le pontificat éclairé de Sa Sainteté le pape François.

— Je vois, dis-je, avant d'attraper un bloc-notes. Bien, et si vous commenciez par le début ?

Fiore me raconta qu'il avait entendu l'appel de Dieu à l'âge de quatorze ans. Après son ordination à vingt-deux ans, il avait exercé son sacerdoce dans les secteurs les plus pauvres de Chicago. Son travail avait fait une telle impression que l'Église l'avait transféré à Washington DC ; il y partageait son temps entre la paroisse de Saint-Anthony et les bureaux du cardinal, où il s'occupait de collecter des fonds pour les indigents.

— La fondation de ma grand-mère subventionne des œuvres de bienfaisance.

Cette fois, le sourire du père Fiore fut sincère.

— Qui vous a recommandé, à votre avis ?

J'éclatai de rire. Il n'y avait que Nana Mama pour me dénicher un prêtre comme patient.

— C'est une dame exceptionnelle, votre grand-mère. Elle n'accepte pas qu'on lui dise non et pourtant elle est d'une générosité sans égale.

— Cela la décrit parfaitement. Mais revenons à ce qui vous amène ici.

Le visage du père s'allongea pendant qu'il continuait son histoire. Quelques mois plus tôt, assistant avec le cardinal à un gala de charité dans un hôtel de Georgetown, il avait croisé une jeune femme du nom de Penny Maxwell qui sanglotait, toute seule, au fond d'un couloir. Il s'était arrêté pour la consoler.

Mme Maxwell était veuve. C'était le deuxième anniversaire de la mort de son mari, tué en Afghanistan, et malgré tous ses efforts elle ne parvenait pas à contenir son émotion.

— Elle souffrait encore de son deuil, expliqua Fiore. Aussi ai-je fait mon devoir de prêtre : je l'ai écoutée et réconfortée, puis nous avons prié ensemble.

À la fin du gala, il avait marché avec elle le long du canal pendant trois heures, prêtant une oreille attentive aux difficultés que rencontrait cette veuve d'un chirurgien militaire talentueux et mère de deux merveilleux garçons.

Fiore fut aussi impressionné qu'inspiré par le courage de Penny, par sa détermination à donner à ses enfants une bonne éducation, et surtout par cette volonté qu'elle avait de garder vivante dans leur quotidien la mémoire du défunt. À sa grande surprise, il apprit qu'elle allait de temps à autre à Saint-Anthony pour les offices.

— Penny a commencé à amener ses fils à la messe du dimanche et me les a présentés. Nous faisions des choses ensemble, randonnées, journées à la plage, et c'était comme si je découvrais une dimension de la vie que je pensais, bien à tort, comprendre sans l'avoir jamais connue.

— Et quelle était cette dimension ? m'enquis-je.

— L'amour, répondit Fiore, qui s'avança sur son siège, la tête basse, et joignit les mains. Je ne suis pas seulement tombé amoureux de Penny, docteur. Nous sommes devenus des amis très proches. Et ces garçons sont tellement… chaque fois que je les quitte, mon cœur est un peu plus en manque.

— Penny sait-elle ce que vous ressentez ?

— Elle a les mêmes sentiments pour moi.

— Votre relation est-elle sexuelle ?

— Non, dit-il fermement. Nous croyons tous deux au caractère sacré du mariage.

— Mais l'Église n'autorise pas les prêtres à se marier.

Il hocha la tête, misérable.

— Alors que dois-je faire, docteur ? Abandonner l'unique vocation que j'ai eue dans ma vie ou perdre la seule femme que j'ai aimée ?

8.

Une femme livide, au regard éperdu, se plaça devant une rangée de micros.

— S'il vous plaît, commença Eliza Lindel d'une voix chevrotante. Je vous en supplie, c'est le cœur brisé d'une mère qui parle, si vous avez la moindre information sur le kidnapping de mon enfant, prévenez la police ou le FBI, donnez-moi de l'espoir. Gretchen est une jeune fille adorable, innocente. Par pitié, aidez-nous à la retrouver avant qu'il ne soit trop tard.

Fin de la séquence et retour au plateau de la chaîne locale, où le présentateur du journal télévisé se mit à pérorer sur l'affaire.

Dans son bureau au quartier général, Bree coupa le son avec sa télécommande. Elle n'avait nul besoin d'entendre un speaker bavard récapituler des faits qu'elle connaissait sur le bout des doigts.

Les premières quarante-huit heures d'investigations, critiques, s'étaient écoulées sans avancée notable. Blocage dû en partie au FBI, qui avait récupéré le dossier puisqu'il s'agissait d'un enlèvement où la victime avait été probablement emmenée dans un autre État. Bree et ses enquêteurs étaient donc plus ou moins sur la touche, surtout depuis que les fédéraux avaient vu la vidéo révélant l'implication d'une voiture de patrouille du MPD. À ce stade, pour ce qu'elle en savait, il n'y avait eu ni demande de rançon, ni tentative de contact par les ravisseurs.

— Patronne ? l'appela Sampson en toquant à la porte ouverte. On a quelque chose.

Elle n'eut pas le temps de réagir que l'inspectrice Fox faisait irruption et bousculait Sampson.

— J'estime que nous devrions en référer au FBI, déclara celle-ci. C'est maintenant la plus haute autorité dans cette affaire.

L'expression de Bree se durcit. Pour Ainsley Fox, les procédures et autres règles étaient paroles d'évangile.

— Inspectrice Fox, si je lis correctement votre badge, vous êtes encore employée par le MPD et c'est donc à moi que vous en référez. Quoi que vous ayez découvert, je veux l'entendre.

— Oh, bon sang, Fox ! s'énerva Sampson comme elle paraissait réticente. Je vais le lui dire moi-même dans ce cas.

Il prit un siège, ouvrit un dossier, et commença par rappeler que tous les véhicules de la police étaient équipés de traceurs GPS qui transmettaient leurs déplacements à des banques de données. Or, selon ces registres, aucun ne se trouvait à proximité de Washington Latin School au moment du rapt et du meurtre.

— Pourtant, la vidéo d'Ali Cross montre clairement une voiture de patrouille avec tous les marquages distinctifs et sigles d'une bagnole de chez nous, continua-t-il. Quelqu'un les a reproduits à la perfection, sans oublier de configurer à l'identique la sirène et le gyro.

— Cela nous mène où ? lui demanda Bree. Aux carrossiers ? Aux loueurs spécialisés dans les véhicules de cascades pour le cinéma ?

Sampson regarda en coin sa nouvelle coéquipière et répondit avec humeur :

— Peut-être, oui. Mais pour l'instant, l'inspectrice Fox a flairé une piste plus intéressante.

Fox en sourit presque. Elle rejeta en arrière ses cheveux raides, installa son ordinateur portable, tapa sur quelques touches, puis fit pivoter l'écran. Bree y vit la photographie d'une femme blonde, dans les trente ans, du genre écolo, sans maquillage mais séduisante dans son style nature. Ce visage lui disait quelque chose.

— Cathy Dupris, annonça Fox. Elle a disparu de chez elle il y a dix semaines. Ça s'est passé dans une petite ville du sud de la Pennsylvanie.

Bree s'en souvint alors et enchaîna :

— Les voisins ont déclaré qu'une ambulance est venue et que des hommes en uniforme de secouriste se sont précipités dans la maison et ont sorti Dupris sur une civière. Sauf qu'il n'y avait pas trace d'un appel au 911 ou à une société privée d'ambulances.

Fox opina de la tête.

— Et pas de demande de rançon.

— Quel est le lien ? s'enquit Bree.

L'inspectrice afficha une nouvelle photographie : encore une jolie blonde, Delilah Franks, caissière dans une banque de Richmond en Virginie, volatilisée six mois auparavant.

Bree objecta :

— La police suspecte le petit ami, non ?

— Parce qu'elle avait une liaison avec un autre, confirma Fox. Mais ce n'était peut-être qu'une coïncidence. Delilah a pu être enlevée pour une raison différente.

— Et vous pensez savoir laquelle ?

— Fox, montrez-lui d'abord les filles, intervint Sampson.

Elle joua du clavier une troisième fois et sur l'écran divisé apparurent côte à côte les portraits de deux adolescentes, blondes et ravissantes.

— Voici Ginny Krauss à gauche, dix-sept ans, et Alison Dane à droite, seize ans, les présenta Fox. Toutes les deux ont disparu il y a bientôt sept semaines dans le comté rural de Sullivan en Pennsylvanie.

Bree fronça les sourcils.

— Je n'ai pas entendu parler de cette histoire.

— Parce que les familles et les flics préfèrent rester discrets, là-bas. Les parents des deux filles sont des chrétiens dévots. Ils pensent, comme les enquêteurs du shérif, qu'elles ont fugué à cause des opinions radicales de leur milieu sur le fléau du lesbianisme.

— Elles sont donc homos ? demanda Bree.

— Et elles sortent ensemble, répondit Fox, avant d'ouvrir un autre fichier de son ordinateur.

Cette fois, ce fut un cliché d'une Toyota Camry bleue dans une clairière boueuse au milieu des bois. La lunette arrière et le pare-brise avaient éclaté en mille morceaux, la portière conducteur était entrouverte, dévoilant du verre brisé sur les sièges.

— Le lendemain du soir où les filles ne sont pas rentrées chez elles, les hommes du shérif ont découvert la voiture d'Alison dans une clairière connue pour les fêtes et les rendez-vous amoureux, dit l'inspectrice, tout en pianotant à nouveau. Et enfin, voici un changement dans le scénario.

Bree se pencha en avant quand elle vit le jeune et beau garçon.

— Timmy Walker, surnommé « Deuce », poursuivit Fox. Douze ans. Le jour de la disparition des filles, Deuce s'évapore d'Hillsgrove, un village situé à moins de deux kilomètres de l'endroit où sera trouvée la Toyota. Un mois plus tard, un randonneur tombe sur le cadavre de Deuce dans les bois, à dix kilomètres environ de la clairière.

— Il y a un lien entre toutes ces affaires, à votre avis ?

— Je ne crois pas aux coïncidences, répliqua Fox, concentrée sur son clavier.

L'écran passa à une page internet qui exposait les portraits de toutes les femmes disparues, avec comme toile de fond des silhouettes dessinées à la craie sur un trottoir. Une perruque blond platine, similaire à la coiffure de Marilyn Monroe le soir où elle chanta *Happy Birthday* au président Kennedy, trônait en haut de la page.

Sous la perruque, en lettres rouges dégoulinant comme de la cire fondue, s'étalait le nom du site : WWW.KILLINGBLONDECHICKS4FUN.ORG.CO[1].

1. « Tuer des poulettes blondes pour le plaisir ».

Les ravages du blond platine

9.

J'observai un moment l'homme d'Église dont le tourment était palpable. Avec un profond soupir, je lui exprimai ma sincère compassion :

— Quel cruel dilemme, mon père !

— Je suis déchiré, admit-il, au bord des larmes. Je veux ce à quoi je n'ai pas droit.

Je ne sus que dire ; du moins pas tout de suite. Puis me vint une idée :

— Croyez-vous que Dieu ait une route tracée pour chacun de nous ?

— Absolument, répondit-il sans l'ombre d'une hésitation.

— Vous pensez donc que vous étiez destiné à rencontrer Penny et ses fils ?

— C'est exact. Mais pour quelle raison ? Pour éprouver ma foi ?

— À mon sens, personne ne pourrait remettre votre foi en question, mon père. Et votre situation ne m'apparaît pas comme un choix à faire entre deux maux. Mais plutôt comme un mal pour un bien.

— Je ne vous suis pas.

Je posai mon bloc-notes.

— Si vous restez prêtre, vous allez sacrifier votre bonheur personnel afin de continuer à aider les pauvres ainsi que les membres de votre congrégation. En revanche, si vous renoncez à la prêtrise, vous pourriez chercher une mission similaire, gratifiante, tout en épousant Penny et en élevant ses enfants avec tout l'amour possible, ce qui serait déjà très noble en soi.

Il médita là-dessus. Quelqu'un frappa un coup sec à la porte du cabinet.

— Je vais y aller, dit Fiore avec un regard à sa montre.

— La personne dehors peut attendre.

— Non. (Le prêtre se leva.) Vous m'avez donné de quoi alimenter mes prières, docteur. Je vous en suis infiniment reconnaissant.

Je lui serrai la main.

— Vous me ferez connaître votre décision, mon père ?

— C'est promis. Et passez le bonjour à votre grand-mère pour moi.

Je le raccompagnai jusqu'à la porte. Lorsque je l'ouvris, John Sampson était sur le seuil. Les deux hommes se saluèrent d'un signe de tête, puis le père Fiore monta l'escalier et partit, tandis que John s'engouffrait à l'intérieur.

— Tu es venu pour une consultation ? le taquinai-je en refermant derrière lui.

— J'ai déjà un psy, répliqua John. (Il pénétra dans mon bureau et s'affala sur un siège.) Je suis ici officieusement… en fait totalement hors des clous. Je ne suis pas censé discuter avec toi du boulot, sur ordre de ta femme et de Michaels. Mais ma nouvelle coéquipière, euh… temporaire, me tape sur le système, et j'aimerais aussi avoir ton point de vue.

— Je serais honoré de te le donner.

Un coup d'œil à la cicatrice sur son front me rappela l'état dans lequel était mon ami juste après avoir reçu une balle tirée par l'un des disciples de Gary Soneji. Le simple fait de parler avec lui maintenant tenait du miracle.

John me fit un topo complet sur les crimes qui présentaient un lien avec l'enlèvement de Gretchen Lindel. Puis il connecta son portable à mon wifi, et m'expliqua :

— Ainsley Fox, ma coéquipière, a déniché un forum de discussion en ligne où des gens commentent les kidnappings et les meurtres, et elle est tombée sur ce lien internet.

Il tourna l'écran vers moi : XRAYBLOND.BIZ.

Un clic dessus l'amena à un site dont l'adresse était killingblondechicks4fun.org.co. Je l'étudiai un moment avant de demander :

— Il existe vraiment ? J'ai lu que les faux sites utilisent souvent un double domaine, comme «.org » suivi de «.co ».

— Garde ça à l'esprit.

John me montra plusieurs pages de ce site consacré exclusivement aux enlèvements et assassinats. Il était rédigé dans un style atroce et, selon John, se trompait sur de nombreux faits. Par contre, chaque chronique incluait des liens hypertextes vers des articles de presse officiels et des extraits d'émissions télévisées.

— Pourquoi le nom du lien initial ne correspond pas à celui du site ?

John sourit.

— Bravo, tu l'as remarqué. Il y a mieux. Quand tu cherches l'un ou l'autre avec Google, ou n'importe quel autre moteur de recherche, tu n'obtiens rien, aucun résultat.

Cela me fit réfléchir.

— Alors quoi, on parle de *dark web* ?

Le *dark web* est une partie cachée d'Internet accessible uniquement via une connexion chiffrée et un navigateur spécifique.

— Garde aussi ça en tête, dit John, tout en cliquant sur l'onglet « Reconstitutions ».

L'écran passa à une page remplie de fichiers MPEG. Il en choisit un intitulé : *Delilah à terre*. Un portrait de Delilah Franks, la caissière de Richmond, s'afficha, le même que j'avais vu sur le site dans la chronique sur sa disparition.

Dans un fondu enchaîné, la photographie fut remplacée par une vidéo saccadée, à l'éclairage pauvre, d'une blonde qui se faisait pourchasser au milieu d'un bois. La caméra filmant la scène était apparemment fixée à la poitrine du poursuivant. On entendait un bruit de pas qui correspondait aux mouvements sautillants de la caméra, laquelle fut bientôt assez près de la femme pour montrer le dos de sa robe sale, déchirée. La malheureuse était pieds nus et saignait.

La proie parut sentir la présence toute proche du chasseur ; elle jeta un coup d'œil par-dessus son épaule et hurla hystériquement avant de dévaler un fossé abrupt. Elle glissa, dégringola jusqu'au fond, pour atterrir à plat ventre dans la boue.

« Non ! » Elle se mit à quatre pattes en sanglotant, agita frénétiquement la tête. « Pitié, pas ça ! Je n'ai pas déjà assez souffert ? »

L'objectif zooma sur elle, et une voix modifiée par un brouilleur répondit : « Ce n'est jamais assez, Delilah. Jamais. »

10.

Dans le champ de la vidéo surgit un coutelas. Sa lame en obsidienne noire s'incurvait vers la garde ciselée et les doigts de la main droite gantée du cameraman. La lame sinistre entama dans l'air une danse lente, sinueuse. La caméra tressauta en s'approchant encore plus près de la femme qui tremblait comme une feuille.

Celle-ci leva les yeux, découvrit le coutelas, poussa un hurlement de terreur et tenta de fuir. Dans la poursuite, la caméra ballotta tellement que l'action fut confuse durant quelques instants.

Lorsque le plan redevint fixe, une main gauche également gantée agrippait par les cheveux la femme folle de peur, tandis que la droite tenait le coutelas, avec la courbe tranchante de la lame positionnée juste au-dessus du crâne.

« Est-ce que les blondes s'éclatent plus que les autres, Delilah ? » l'interrogea la voix de robot.

Avant qu'elle ne puisse répondre, la séquence s'arrêta sur le tableau macabre formé par les deux mains, le coutelas et l'arrière de la tête blonde. En surimpression sur la scène figée apparut l'icône d'une serrure.

— La suite est dans le *dark web*, annonça John. Cryptée. Totalement inaccessible pour nous.

— Est-ce que toutes les vidéos sont comme celle-là ? m'enquis-je. Bloquées au moment crucial ?

— Ouais, fit John.

— Tu penses qu'il l'a tuée ?

— C'est justement le truc. Tu vois un type avec une caméra GoPro montée sur un harnais de poitrine, il porte des gants et tient un couteau. Il lâche dans la nature une femme qui hurle, la pourchasse, et quand le climat de terreur atteint son paroxysme, la vidéo se verrouille. Toi, tu restes en plein suspense, tu veux connaître la fin.

— Et comment je fais alors ?

— Aucune idée. Je n'ai pas vu d'offre promotionnelle d'abonnement, mais Fox a découvert un forum ouvert aux hackers et programmeurs avec des références au site assorties de commentaires. Il y a un paquet de détraqués.

John se connecta au forum en question, et il fut vite évident que Killingblondechicks4fun avait une flopée de fans enthousiastes.

Je veux adhérer à ce site ! écrivait quelqu'un sous le pseudonyme « Lone Star Blondes Must Die » (les stars blondes solitaires doivent mourir). *Je peux apporter ma contribution. Filer un coup de main. Et même fracasser quelques crânes.*

Mort aux blondes ! disait un post de « Brunette Lover ». *Le blond platine ravage le cerveau.*

Scalpez toutes ces salopes ! préconisait un autre anonyme, qui signait « 1889B1 ».

D'après John, il y avait, postés par environ quatre-vingt-dix internautes, plus de deux cents messages dans cette veine : tous féroces, impitoyables, haineux. Mais pourquoi envers ces femmes ? À cause de leur couleur de cheveux ? Qu'est-ce que c'était que ce délire ?

Je demandai à John :

— On sait qui a conçu le site internet ? Qui en est le propriétaire ?

— Non. Mais tu ne connais pas un cybermagicien au FBI ?

— Une magicienne plutôt. Je peux lui téléphoner si tu…

La porte de communication en haut de l'escalier du sous-sol venait de s'ouvrir.

— Alex ? appela Bree. Tu es en bas ?

John ferma illico son ordinateur. Je me levai d'un bond et répondis :

— Je suis encore avec un patient, chérie. Je monte bientôt.

— Oh, excuse-moi ! Je croyais que tu avais déjà fini tes consultations.

La porte se referma dans un cliquetis. Je n'aimais guère mentir à Bree, mais il ne fallait pas que John s'attire des problèmes dès le troisième jour de sa réintégration. En outre, c'était si bon de travailler à nouveau sur une affaire avec lui !

— Je vais filer discrètement, chuchota-t-il, tout en s'extirpant de son siège.

— Il fait déjà noir dehors, et j'éteindrai la lumière de l'escalier extérieur.

— Je ne suis jamais venu ici, bien sûr, dit-il. (Dans la salle d'attente, il s'arrêta pour me dévisager.) C'était cool… ça semble si naturel, toi et moi, enfin tu sais.

Je souris.

— Tu as raison. Je ressens la même chose.

— Tu vas t'en sortir, Alex. Et on reprendra notre bonne vieille routine.

— Entre nous, c'est naturel pour la vie, plaisantai-je en cognant mon poing contre le sien.

Puis j'ouvris la porte, et mon meilleur ami de toujours se fondit dans la nuit.

DEUXIÈME PARTIE

LE FILS D'UN TUEUR

11.

Le lendemain après-midi, installé dans les gradins du stade couvert de l'université publique du Maryland, je regardais ma fille Jannie en train de courir au petit trot et d'échauffer ses muscles sur la piste. Je l'applaudis lorsqu'elle passa devant moi. Elle eut beau lever les pouces et sourire, je remarquai son expression troublée, et je lus aussi sur son visage quelque chose de totalement inédit pour elle avant une compétition : la peur de l'inconnu.

C'était mauvais signe. Même si cette appréhension se comprenait pour une première course après un long arrêt dû à une blessure, ce n'était pas bon. Dans le passé, quand elle se plaçait sur la ligne de départ, Jannie se montrait toujours confiante, relâchée et prête pour la bataille.

Par malchance, lors d'un meeting, elle s'était cassé l'un des deux os sésamoïdes du pied droit, et la guérison avait été atrocement lente. Ces petits os ont un peu la même fonction que la rotule ; ils protègent les tendons et ligaments à la base du gros orteil. Sans les sésamoïdes, on ne peut pas courir sans éprouver une douleur cuisante.

Divers médecins et rééducateurs avaient déconseillé à Jannie tout exercice violent pendant sa convalescence.

Autant dire à un guépard de rester tranquille. L'immobilisation l'avait terriblement déprimée et frustrée, mais elle avait enduré l'attente en renforçant sa musculation, et les dernières radios montraient une consolidation parfaite de l'os sésamoïde fracturé.

Cette bonne nouvelle remontait à dix semaines. Depuis lors, son préparateur physique avait fait suivre à Jannie un entraînement en douceur, afin de la remettre en forme pour...

— Alex ?

Je me tournai sur la droite. Un quinquagénaire arrivait vers moi : cheveux roux grisonnants, allure sportive, pantalon de jogging argenté, sweat-shirt bleu à capuche et baskets blanches Asics. Des petites jumelles et un chronomètre se balançaient à son cou.

— C'est gentil à vous de venir, coach ! dis-je en serrant la main de Ted McDonald.

— Je n'allais pas manquer le retour de notre *Wonder Girl*. Elle a l'air comment ?

— Un peu raide et un tantinet effrayée, en toute franchise.

Le visage du coach s'assombrit.

— Ce n'est pas bon signe, ça.

— Je le sais bien, soupirai-je. Mais voyons déjà comment ça se passe.

— C'est tout ce qu'on peut faire. Tout dépend d'elle au bout du compte.

McDonald était un entraîneur privé texan qui avait commencé à travailler avec Jannie avant sa blessure. À l'époque, il estimait qu'elle avait le potentiel pour atteindre le niveau olympique dans une épreuve combinée comme l'heptathlon. Je me demandai s'il tiendrait encore ce discours dans une heure, ou même dans l'avenir.

— C'est un excellent test pour elle, déclara-t-il, comme s'il lisait dans mes pensées. Bonne surface, lignes droites courtes, virages secs. Peu importe comment elle court, son sésamoïde sera très sollicité de toute façon.

— En quoi est-ce bien ?

Puisque McDonald avait toujours été direct avec moi, je m'attendais à de la sincérité de sa part, et je ne fus pas déçu.

— Nous allons vite savoir si cet accident de parcours est derrière nous, expliqua-t-il. Et si c'est le cas, nous pourrons porter notre attention sur autre chose que l'état de son pied.

Pas étonnant que Jannie manque d'assurance, me dis-je. *Et qu'elle ait peur. C'est ni plus ni moins un verdict qui va tomber aujourd'hui.*

M'efforçant de ne pas laisser mon esprit vagabonder vers mon propre procès, je bavardai tranquillement avec McDonald jusqu'à l'appel des compétitrices du 400 mètres. Jannie rejoignit le couloir numéro trois, aussi prête que possible à effectuer deux tours de piste.

Malgré les cinq kilos de muscles pris depuis sa blessure, elle restait aussi élancée qu'une gazelle avec ses longs membres élastiques, et assez fine comparée aux autres athlètes, plus âgées, qui se dirigeaient à leur tour vers les starting-blocks décalés.

McDonald m'indiqua du doigt la demoiselle au couloir numéro cinq.

— C'est Claire Mason, une lycéenne du Maryland qui détient le record de cette compétition en salle. Elle vient de signer son engagement avec Stanford où elle intégrera l'équipe universitaire.

— Jannie est au courant ?

— Non, inutile, répondit McDonald. Ici, elle a juste son programme à suivre.

Le starter demanda aux coureuses de se mettre à leurs marques. J'avais des contractions dans le ventre. Lors de sa dernière course, Jannie était tombée au départ, ce qui avait peut-être contribué à sa fracture du pied.

— Prêtes ? continua le starter, son pistolet pointé en l'air.

Jannie se ramassa sur elle-même.

À la détonation, elle s'élança sans anicroche et je lâchai un soupir de soulagement devant sa manière d'attaquer, les jambes comme des pistons, le torse redressé, les bras se balançant en cadence, alors qu'elle abordait le premier virage, qui serait aussi le premier réel test de son os guéri. Elle le boucla assez rapidement et sans souffrance apparente, puis accéléra dans la ligne droite. Le décalage entre les coureuses commençait à se réduire lorsqu'elles sortirent du deuxième virage, avec Jannie déjà quatrième.

— Sois disciplinée, maintenant, dit McDonald, l'œil rivé à son chronomètre.

Jannie avala la deuxième ligne droite, laissa sur place la fille en troisième position, puis celle en deuxième. Il ne restait que Claire Mason en tête, et un tour de piste complet à effectuer.

— Bon sang, Jannie ! rugit McDonald. Ce n'est pas ce qu'on...

Ma fille fonçait après la championne du Maryland, mais celle-ci la tint à distance dans le troisième virage. D'après mes souvenirs des performances passées de Jannie, je présumai que ce serait sur la dernière ligne droite qu'elle puiserait dans des réserves insoupçonnées pour faire la différence et filerait comme le vent devant la meneuse.

Au contraire, Mason prit encore de l'avance. Puis la lycéenne en troisième position dépassa Jannie dans le quatrième virage. Ma fille serrait les dents, donnant tout ce qu'elle avait. Mais à quarante mètres du but, celle qui était quatrième la doubla. Et l'athlète jusque-là cinquième la rattrapa à son tour, cinquante centimètres avant la marque d'arrivée.

Jannie ralentit et s'arrêta, regarda autour d'elle, la mine perplexe, puis leva les yeux vers McDonald et moi.

Elle lança alors les mains en l'air de désespoir et éclata en sanglots.

12.

J'entamai mon jogging le long de l'immense miroir d'eau où se reflètent les mémoriaux de Washington et de Lincoln. L'aube était d'une fraîcheur piquante, cela faisait un bien fou de bouger et de respirer l'air vif.

Durant cet exercice matinal, je m'oblige d'habitude à ne penser à rien à part poser un pied devant l'autre. Mais ce jour-là, mon esprit ne parvenait pas à oublier Jannie.

McDonald lui avait expliqué avant la compétition qu'elle n'était pas là pour se mesurer aux meilleures coureuses et les battre ; il lui demandait seulement de réussir son départ, rester dans le sillage des meneuses et donner un coup d'accélération à la fin. Une séance d'entraînement qui servirait à tester son pied.

Sauf que dans un excès de confiance en elle, Jannie n'en avait fait qu'à sa tête au lieu de se conformer aux instructions. Une attitude qui avait creusé un fossé entre elle et son coach. Celui-ci m'avait d'ailleurs avoué vouloir reconsidérer le temps qu'il lui consacrerait à l'avenir.

Au moins, son pied avait tenu. Aucune douleur. Aucune gêne.

Après un coup d'œil à ma montre, j'accélérai jusqu'à piquer un sprint et gravis deux par deux les marches en marbre sous la statue imposante du seizième président des États-Unis, le plus grand selon moi. J'avais bien sûr déjà visité ce monument où trône Lincoln, et lu des dizaines de fois, gravés ici sur les murs, ses discours qui continuaient à me donner des frissons.

Je n'eus pas l'occasion de les parcourir ce jour-là car une Amérindienne de petite taille à la mine grave, vêtue d'un tailleur bleu sous un imperméable, surgit de derrière l'une des colonnes. Une mallette dans une main et un large gobelet de café Starbucks dans l'autre, elle me fit signe de quitter l'endroit d'un mouvement du menton.

— Je ne devrais même pas être ici, siffla à voix basse l'agent spécial du FBI Henna Batra. C'est à Sampson ou à votre femme que je suis censée parler.

— Mais vous êtes venue, répliquai-je tandis que nous descendions les marches du mémorial. Avez-vous regardé le lien internet que je vous ai envoyé ?

Sans daigner répondre, Batra pencha la tête sur le côté, d'une manière signifiant que ma question était idiote.

Des penseurs, hommes et femmes, bien plus savants que moi vous diront que notre monde se trouve à l'orée de ce que l'on appelle « la singularité technologique », à un moment-clé dans le temps au-delà duquel le cerveau humain sera en mesure d'accéder directement à toutes les informations disponibles grâce au seul pouvoir d'Internet. De mon point de vue, Batra avait *déjà* atteint ce stade. Une fois connectée, elle était capable de se fondre dans le paysage numérique pour déverrouiller n'importe quelle porte ou presque et fouiner dans les coins les plus sombres du cybersespace.

Elle était aussi d'une intelligence hors norme. Avant même de sortir diplômée du très sélectif MIT (Massachusetts Institute of Technology), elle avait reçu huit propositions d'emplois grassement rémunérés dans le secteur des moteurs de recherche et des réseaux sociaux. Elle les avait pourtant toutes déclinées, leur préférant le FBI et sa section en pleine croissance de lutte contre la cybercriminalité. J'avais fait sa connaissance au cours de l'enquête qui avait établi les charges pesant sur moi.

Cela en soi justifiait la répugnance de Batra à me rencontrer dans un lieu public. En plus d'être fière de travailler pour le FBI, c'était une femme d'une intégrité sans faille, qui tenait énormément à sa réputation. Mais sa présence prouvait qu'elle avait malgré tout jugé utile de prendre ce risque, et donc qu'elle avait fouillé du côté du site Killingblondechicks4fun.

— Allons Batra ! Vous avez réussi à les débloquer, ces vidéos ?

— Un pickpocket sait-il piquer ? plaisanta-t-elle, tout en se dirigeant vers le mémorial de la guerre du Vietnam.

— Qu'avez-vous trouvé alors ?

— Rien. Elles s'arrêtent toutes une ou deux secondes après le point de blocage. Je subodore que si l'utilisateur a le bon mot de passe, un message secret part automatiquement via Tor, le routage dit « en oignon ». Dès que le webmaster le reçoit, il renvoie par le même relais le film complet crypté.

— Une minute, l'interrompis-je. Là, je suis totalement largué. Développez en commençant par l'oignon.

L'experte en cybercriminalité avala une gorgée de son café, puis m'expliqua qu'il s'agissait d'un système de plusieurs couches de codes et de cryptages entourant des données informatiques, comme une sorte d'oignon, d'où l'appellation.

— Lorsque vous envoyez un e-mail ou consultez un site internet, continua-t-elle, vous laissez des traces numériques partout sur la partie indexée d'Internet, ce qu'on nomme *clear web* ou *surface web*. Par contre, une commande ou un message passant via le réseau Tor transite par une succession de routages sur le *deep web*, la partie souterraine, non indexée. Chaque relais épluche des couches de codes et de métadonnées qui pourraient identifier l'expéditeur.

» En d'autres termes, Tor garantit l'anonymat, conclut-elle. Le FBI ne peut pas voir les envois « en oignon ». Même la NSA[1] en est incapable. Pourquoi ? Tout simplement parce que nous ne connaissons pas leur existence. Si c'est fait correctement, leurs traces sont virtuellement effacées.

— Vous n'êtes pas sérieuse ? m'exclamai-je, déçu.

— Oh que si, répondit Batra, le visage sombre, alors que nous pénétrions dans le monument aux morts du Vietnam. Votre affaire sent très mauvais, Cross, on est en plein *dark web*. Presque tout ce qui concerne ce site internet passe par Tor, donc je n'ai aucune idée de l'identité du concepteur ou de l'administrateur.

— Et si vous le piratiez ?

1. National Security Agency.

— Pirater quoi ? Le site est conçu et administré anonymement. Je peux bien sûr supprimer son URL, l'adresse d'hébergement, mais j'imagine que des dizaines de sites miroirs ont déjà la copie de son contenu.

J'y réfléchis quelques secondes.

— Vous avez bien dit que « presque » tout concernant ce site est fait via Tor ?

Batra haussa un sourcil étonné.

— Vous êtes plus malin que vous en avez l'air, Cross.

— C'est l'une des qualités qui compensent mes nombreux défauts. Alors, qu'est-ce qui ne ressemble pas à un oignon là-dedans ?

— Les posts sur le forum des hackers. Pour ceux-là, je pourrais remonter à la source. Ce que j'ai d'ailleurs fait.

— Vous avez tous les expéditeurs ? m'exclamai-je, impressionné.

— Seulement ceux qui écrivent le plus, pour l'instant.

— Bon, que savons-nous sur eux ?

— Ce sont des pervers, affirma l'agent du FBI, avant de finir son café.

Comme le froid me faisait frissonner, je détachai le sweat-shirt noué autour de ma taille et l'enfilai pendant qu'elle poursuivait.

— Sur le *clear web*, ils écument les sites pornos. Dans les zones du *dark web* où j'ai réussi à les pister, ils s'intéressent à beaucoup de trucs des plus malsains. Je vous ai tout noté.

— Où se trouvent-ils ?

— Physiquement, vous voulez dire ? Partout dans le monde, mais l'un des habitués du forum est du coin, c'est sûr.

— Où précisément ?

— Dans cette ville, répondit-elle en pointant son gobelet devant nous. Washington DC.

— Vous avez un nom ? Une adresse ?

Batra me considéra quelques secondes, sans doute pour peser ce qu'elle pouvait me révéler, puis lâcha :

— Plus ou moins.

13.

Plus tard dans la journée, je sortis de la station de métro Brookland-Cua et remontai John McCormack Drive tout en sachant pertinemment que je n'avais rien à faire là. J'entendais dans ma tête Bree me dire que je n'avais plus d'habilitation et que mon temps serait mieux employé à préparer ma défense pour le procès.

Mais j'étais de nouveau en chasse, et qui irait en informer Bree ou qui que ce soit ?

Le pervers ?

Aucun risque. Il préférerait au contraire éviter tout contact avec les forces de l'ordre légitimes. Et si j'apprenais quelque chose d'utile au sujet de Gretchen Lindel et des autres filles blondes disparues, cela justifierait amplement mon initiative prise en tant que bon citoyen.

Avec cette motivation à l'esprit, je gagnai l'entrée principale de la Catholic University of America et demandai au gardien où se trouvait le bureau des anciens élèves. L'homme me fournit une carte du campus. Après l'avoir remercié, je partis dans cette direction jusqu'à ce qu'un coin de bâtiment me cache à sa vue.

Je bifurquai alors vers Flather Hall, une résidence à la façade en briques attribuée aux étudiants masculins de première année. Il n'y avait plus cours en ce vendredi après-midi. Rap et heavy-metal se disputaient la palme de la cacophonie dans des chambres ouvertes. Je repérai au passage quelques buveurs n'ayant pas encore l'âge légal pour la consommation d'alcool, ainsi qu'une forte odeur de haschisch, tandis que je montais au premier et suivais un couloir qui empestait le fauve avec tous ces jeunes gens livrés à eux-mêmes pour la première fois de leur vie.

La porte que je recherchais, numéro 278, était entrebâillée. Je m'arrêtai pour écouter, n'entendis rien et toquai. Pas de réponse.

Je poussai le battant, vis deux lits superposés à ma droite et un troisième au fond de la pièce. Deux garçons blancs d'un peu moins de vingt ans se serraient sur un petit canapé entre le lit simple et moi, écouteurs Beats sur la tête et manettes de console de jeu à la main. Absorbés par le combat violent qui se déroulait sur l'écran plat fixé au mur, ils ne remarquèrent pas ma présence.

Derrière un bureau casé dans un coin était assis un autre jeune Blanc : petit, maigrichon, acnéique, tignasse châtain et grasse. Il avait lui aussi des écouteurs sur les oreilles et se concentrait sur les trois écrans d'ordinateur surplombant l'étroite table de travail.

D'une pichenette sur l'interrupteur, j'éteignis puis rallumai deux fois le plafonnier.

Comme si un hypnotiseur avait claqué des doigts, les trois étudiants sortirent de leur transe et se retournèrent avec un air groggy. Ce fut le plus proche de moi, un rondouillard aux cheveux filasse dénommé Fred Vertze, qui m'aperçut le premier, et son double menton se rétracta sous la surprise. Il se débarrassa de ses écouteurs.

— Vous êtes qui ? s'écria-t-il. Qu'est-ce que vous faites là ?

Dès que ses compagnons eurent également libéré leurs oreilles, je fermai et verrouillai la porte dans un geste théâtral. Je constatai leur inquiétude quand mon regard froid les balaya tour à tour.

— Mais qui êtes-vous, enfin ? insista Vertze.

— Cela n'a aucune importance, répondis-je.

— Si, ça en a, bordel ! s'énerva son partenaire de jeu vidéo, un certain Juan Cyr.

Bâti comme un arrière de football américain, il se leva pour me montrer qu'il ne laissait personne lui chercher des noises. Brian Stetson, le boutonneux à l'ordinateur, le calma :

— Relax, Juan, ne fais rien de stupide. J'appelle la sécurité du campus.

— Ne te gêne pas, et moi j'expliquerai au chef de la sécurité ce qui se passe dans cette chambre, répliquai-je.

Le trio échangea des regards nerveux. Vertze, qui avait bien besoin d'une douche, voire de deux, déclara :

— On sait pas de quoi vous parlez, man.

— Bon, mettons les choses au point avant que j'alerte la NSA, le FBI, et au moins six autres organismes chargés de l'application de la loi. Messieurs, lequel d'entre vous se sert du pseudo « Lone Star Blondes Must Die » ?

14.

Les paupières de Vertze se plissèrent, mi-closes. Stetson fronça les sourcils, comme s'il avait entendu du chinois. Quant à Cyr, on aurait cru que je lui avais envoyé un direct dans le foie. Puis son expression passa du choc à la rancœur. Il roula des épaules et s'adressa à Stetson sur un ton grinçant :

— Je t'avais bien dit que ça empoisonne le cerveau de faire ce genre de conneries.

— Boucle-la, Juan, rétorqua Stetson qui me jaugeait calmement. Qui êtes-vous donc ?

— Un poison de la pire espèce, sauf si vous n'avez rien à vous reprocher, répondis-je, certain d'avoir identifié le chef de la bande. Quel âge as-tu, Brian ?

— Dix-huit ans. Qui vous a donné mon nom ?

— Je connais vos noms à tous. Je sais que vous prenez votre pied en explorant le *dark web*. En repoussant les limites. Que vous aimez voir les trucs les plus glauques.

— Nous sommes dans un monde libre, objecta Stetson.

— Les combats de chiens ? insistai-je. Les clips de guerre ? Les sites de porno hard avec pratiques SM ?

— Y aurait-il une loi qui interdise de regarder ? Je ne suis pas au courant.

— Non, mais il en existe plusieurs contre l'incitation au crime et la complicité, je parle des kidnappings et meurtres de cinq femmes.

Cela dut ébranler le gamin, car il paraissait moins sûr de lui quand il protesta :

— Vous n'avez rien contre nous, personne ici n'a été complice de quoi que ce soit !

— N'as-tu pas posté un message sur un forum à propos du site internet Killingblondechicks4fun ? Tu y disais : « Je veux adhérer à ce site. Je peux apporter ma contribution. Filer un coup de main. Et même fracasser quelques crânes. »

Il me fixa, abasourdi, puis se tourna vers son ordinateur.

— Vous êtes remonté jusqu'à ma bécane ?

— Pas moi, Stetson, le FBI. Tu as merdé en oubliant d'utiliser Tor. En clair, je devrais aller au bureau du doyen pour lui raconter ce que vous trafiquez tous les trois, ce qui entraînera très certainement votre expulsion. Vos parents seront prévenus et vous sortirez d'ici sous escorte dans la disgrâce et l'humiliation.

Je laissai ma menace faire son effet, avant de reprendre :

— Ou bien vous pouvez me parler.

Après quelques secondes de silence tendu, Vertze capitula :

— Je vous dirai tout.

— Fred ! l'avertit Stetson. Tais-toi.

— Brian, mon vieux va m'écorcher vif si je suis viré, le rembarra Vertze sur un ton cinglant.

— Moi aussi, je parlerai, fit Cyr.

Le visage empourpré, Stetson me défia du regard, en proie à un conflit intérieur, puis il finit par marmonner d'une voix maussade :

— Que voulez-vous savoir ?

Durant les vingt minutes qui suivirent, l'histoire émergea peu à peu.

Stetson était un crack en mathématiques et en informatique qui aurait intégré Caltech (le très sélectif California Institute of Technology) si son père n'avait pas été l'un des administrateurs, et fervent soutien, de la Catholic University of America. Dès son premier soir dans le campus, Stetson avait initié Cyr et Vertze au *dark web*. Ensemble, ils avaient découvert le site Killingblondechicks4fun et commencé à poster des commentaires enthousiastes, justement pour « le fun ».

— Ça vous amuse ? m'indignai-je.

— Allons ! fit Stetson. Personne ne croit que ces vidéos sont vraies.

— Avez-vous débloqué la fin ?

— J'ai essayé, mais impossible. Le cybermonde verrouillé, l'inconnu, ça fait partie du fantasme de la réalité virtuelle, man, c'est juste un endroit où avoir des expériences et évacuer ses frustrations sans risques ni conséquences.

Je réévaluai l'étudiant, songeant qu'il était beaucoup trop malin pour son propre bien.

— Et vous les garçons, vous faites une fixation sur les blondes ?

— Comme tous les mecs de cette planète, non ? me renvoya Vertze.

Cyr et Stetson s'esclaffèrent. Je réprimai un sourire et poursuivis l'interrogatoire :

— Si je fouille votre passé, est-ce que je vais y trouver une blonde que l'un de vous trois détestait, et qui aurait fini kidnappée ? Ou morte ?

Cyr répondit :

— Ma première copine était blonde. Je l'ai surprise en train de se faire peloter par le grand frère de mon meilleur pote. Elle est mariée avec lui aujourd'hui. Pas kidnappée. Pas morte. Juste malheureuse.

Puis ce fut le tour de Vertze :

— Ma phobie des blondes vient d'une prof d'allemand au collège, super sévère, qui avait zéro sens de l'humour. J'ai bien pensé à lui planter une aiguille dans le cul, mais je me suis retenu… du moins assez longtemps pour avoir une bonne note.

Stetson et Cyr gloussèrent. Là, je ne pus m'empêcher de sourire.

— Et toi, Brian ? dis-je en me tournant vers lui.

Il reprit son sérieux.

— J'ai une théorie qui s'applique à toutes les blondes. Il s'agit tout simplement du « complexe de la princesse » qu'on leur vend jour après jour.

15.

Après le dîner, une fois Jannie montée dans sa chambre pour faire ses devoirs et Ali installé devant la télévision pour regarder *Meru* – un excellent documentaire sur trois alpinistes de l'extrême dans l'Himalaya –, je parlai à Bree et Nana Mama de Brian Stetson, le faisant passer pour un patient sans dévoiler son nom.

— Le « complexe de la princesse » ? répéta Bree. Et comment l'a-t-il défini précisément ?

— Selon lui, ça commence à la naissance des blondes. Elles sont parées comme des princesses dès le berceau. Puis on les abreuve de contes de fées dans les films, les publicités, leur entourage, et elles en arrivent à croire fermement que, si elles sont assez belles, elles attireront le prince charmant et seront heureuses toute leur vie.

Nana Mama s'étonna :

— C'est un gamin de dix-huit ans qui t'a expliqué tout cela ?

— Il est futé. Il avait déjà sa théorie toute prête sur l'origine des histoires de blondes.

— J'en ai connu une blonde traitée comme une princesse toute son enfance, dit Bree. Leanne Long. Une fille gentille, sans chichis, qui est devenue infirmière et s'est mariée à un type très sympa, ce qui prouve bien que cette théorie ne se vérifie pas toujours.

— La vieille dame a besoin de dormir, annonça ma grand-mère en attrapant sa canne pour se lever.

— On ne va pas tarder non plus. Et compte sur nous, tu trouveras ta cuisine immaculée demain matin, lui promis-je.

— Tu es un ange.

Nana Mama m'embrassa sur le front et sortit. Dès qu'elle fut trop loin pour nous entendre, Bree se fit grave :

— Alex, combien de temps croyais-tu pouvoir enquêter sur l'enlèvement de Gretchen Lindel sans que je l'apprenne ?

— Tu n'as pas gobé ma fable du patient ?

— Eh non !

Je lui dis alors la vérité, toute la vérité et rien que la vérité.

Lorsque j'eus terminé mon récit, Bree bouillait de colère.

— Qu'est-ce qui t'a pris d'aller comme ça sur le campus ? me sermonna-t-elle. De pénétrer dans une chambre d'étudiants sans mandat ? De menacer des témoins potentiels sans autorité pour le faire alors que tu es suspendu à cause des charges d'homicide qui pèsent sur toi ?

Je m'étais attendu à la plupart de ces reproches, mais ils me blessaient quand même. Je l'avais déçue.

— Je voulais me rendre utile, Bree. J'avais l'impression d'être de nouveau dans la partie.

— Ta partie, c'est ton cabinet et tes consultations, pour le moment. Tu t'ennuies ? Prépare ta défense. Aide Anita et Naomi à présenter un dossier en béton. Et la prochaine fois que tu auras envie de me mentir ou de me cacher des choses, Alex ? Abstiens-toi, je te prie.

Avec une sensation de vide dans le ventre, je répondis :

— Tu as raison. J'essayais juste… Ça ne se reproduira plus jamais.

J'espérais obtenir son pardon sur-le-champ. L'idée d'aller dormir sans nous être réconciliés m'était insupportable.

Au bout d'une minute, Bree soupira et reprit :

— Donc, à ton avis, aucun de ces trois garçons ne serait impliqué ?

Mes épaules se détendirent. Je sentais que nous retournions en terrain neutre.

— En dehors de leurs messages sur Internet, non, si je me fie à ma première impression.

— Ne penses-tu pas qu'on devrait exiger la saisie de leurs ordinateurs ?

— Et qu'ils se fassent expulser de la fac pour avoir été de jeunes mâles malins et trop fouineurs avec une dent contre les blondes ?

— Si tu le présentes comme ça, évidemment… admit Bree en se levant, une main tendue vers moi.

Je lui fis un baise-main cérémonieux.

— Princesse ?

Elle se mit à rire, me renvoya :

— Prince charmant ?

Je repoussai ma chaise, tout sourire.
— C'est moi.

16.

John Sampson n'avait jamais entendu une telle manifestation collective de détresse. Les pleurs, gémissements et lamentations semblaient provenir de toutes les chambres devant lesquelles il passait.

L'innocence détruite, songea-t-il. *Jusqu'à présent, leur vie n'était qu'une succession d'étoiles filantes, mais c'est fini.*

L'air totalement sous le choc, Wally Christian, chef de la sécurité de Georgetown University, précédait Sampson et Ainsley Fox dans un couloir au rez-de-chaussée du Village C West, une résidence pour étudiants de première année. Un planton du MPD s'écarta pour les laisser franchir la porte à double battant de la salle commune.

Sampson s'arrêta juste après le seuil, et d'un long regard circulaire s'imprégna de la scène de carnage.

Une étudiante brune en sweat-shirt aux couleurs des Hoyas[1] était affalée sur un canapé, abattue d'une balle dans le cou. Il y avait une seconde jeune fille morte, à plat ventre

1. « Georgetown Hoyas », équipes du club omnisports de cette université.

sur un tapis, cheveux noirs coupés court. Des secouristes roulèrent en hâte hors de la pièce un brancard transportant un Samoan américain baraqué avec deux blessures à la poitrine.

— Combien de témoins ? s'enquit Sampson.

— Sept, répondit Wally Christian. Nous les avons installés dans la salle commune du premier. Les aumôniers de la fac sont avec eux.

— La blonde qui a été enlevée, qui est-ce ? l'interrogea Fox.

— Patsy Mansfield. Une deuxième année. Une vraie star.

— En d'autres termes, tout le monde la connaissait au moins de vue ?

— Sur le campus, oui carrément. C'est une joueuse de lacrosse, classée All-Americans la saison dernière, et bon, vous avez vu la photo que j'ai fournie pour l'alerte Amber[1], c'est une belle plante.

Tandis qu'ils montaient tous les trois au premier étage de la résidence, Sampson repensa à ce qu'Alex lui avait raconté au téléphone sur les trois garçons de la Catholic University qui avaient une dent contre les blondes. Il se demanda s'ils étaient impliqués ici et se nota mentalement de vérifier leurs alibis au moment des faits.

Les sept témoins du meurtre des filles brunes et du kidnapping de Patsy Mansfield leur firent à peu près le même récit. Onze étudiants traînaient dans la salle commune aux environs de 19 heures ce samedi soir lorsque deux hommes étaient arrivés de l'extérieur. Ils portaient

1. Système d'information rapide qui sollicite par tous les moyens de diffusion l'aide de la population dans le cadre d'une disparition de mineur, l'âge de la majorité légale étant 21 ans aux États-Unis.

des cagoules noires et des combinaisons de travail vert olive avec dans le dos l'inscription *Georgetown University*. Ils avaient dégainé des pistolets équipés de silencieux en leur ordonnant à tous de s'allonger par terre, à l'exception de Patsy Mansfield.

— Attendez, fit l'inspectrice Fox. Ils l'ont appelée par son nom ?

— Absolument, confirma Tina Hall, une première année. Ils savaient qui elle était.

Hall et ses camarades racontèrent ensuite que les deux hommes avaient conseillé à Mansfield de rendre les choses plus faciles en les suivant de son plein gré. C'est alors que Keoni Latupa, défenseur dans l'équipe de football américain et ami proche de Patsy, avait saisi et flanqué au sol l'un des kidnappeurs si brutalement que l'arme de celui-ci avait volé. Latupa plongeait pour la ramasser quand l'autre cagoulé avait fait feu sur lui.

Le pistolet ayant atterri à ses pieds, Macy Jones, celle au sweat-shirt des Hoyas, avait voulu l'attraper mais s'était aussi fait tirer dessus. Au moment où sa compagne de chambre, Denise O'Toole, se précipitait à son secours, une balle dans la jambe l'avait fauchée dans son élan.

— Après, le type par terre s'est relevé et a récupéré son flingue, poursuivit Tina Hall. Il est allé vers Keoni, lui a tiré dessus à son tour. Puis il s'est approché de Denise qui le suppliait de l'épargner, de l'emmener elle aussi mais de ne pas la tuer.

Hall marqua une pause, les yeux débordant de larmes qui coulaient sur ses joues. Et elle balbutia :

— Vous savez ce qu'il a sorti à Denise avant de l'achever ? Il a dit : « Pourquoi on te prendrait, toi ? Plus personne ne paye pour des brunettes. »

17.

C'était le syndicat de la police de Washington qui m'avait adressé cette nouvelle patiente. Elle frappa à la porte de mon cabinet un peu après 9 heures, lundi matin.

J'allai ouvrir. La femme qui se tenait devant moi, dans les trente-cinq ans, cheveux noirs, épaules courbées, était tellement hagarde que je faillis ne pas reconnaître mon ancienne collègue.

— Tess ? la saluai-je en lui tendant la main. Ça me fait plaisir de vous voir.

L'inspectrice Tess Aaliyah releva la tête, les joues sillonnées de larmes.

— Je suis vraiment gênée, ça me met mal à l'aise d'être ici, Alex, mais mon représentant syndical m'a dit que vous étiez le seul psy disponible dans un délai aussi court.

— Entrez donc et surtout détendez-vous. Je ne suis pas enquêteur pour le moment et pas là pour vous juger sur quoi que ce soit. Vous avez besoin de parler. Je suis à votre écoute. Bien entendu, rien de ce qui se dit dans ce cabinet n'en sort.

Après une hésitation, l'inspectrice franchit le seuil. Je la suivis dans mon bureau, me souvenant de la femme intelligente, sûre d'elle et séduisante qui m'avait aidé à sauver les miens lorsqu'ils avaient tous été enlevés par un fou qui se faisait appeler Marcus Sunday.

Aaliyah descend d'une lignée de policiers. À l'exemple de son père, Bernie, autrefois un enquêteur hors pair à Baltimore, elle ne vivait que pour le boulot, du moins à l'époque où nous avons travaillé ensemble sur mon affaire.

J'étais au courant du traumatisme qu'elle avait subi récemment, et tout en fermant la porte de communication entre le bureau et la salle d'attente, je souhaitai de tout cœur être à la hauteur de ma tâche de psychologue.

Je lui servis un café et lui indiquai un siège. Elle s'assit la tête basse, les épaules et le buste arrondis, en signe d'abdication.

— Alors, comment vous sentez-vous, Tess ?

— Vous avez vu les actualités ? Comment devrais-je me sentir ?

— Oubliez les médias, dis-je. Relevez le menton, redressez les épaules, et donnez-moi votre version des faits.

Des sentiments conflictuels se lisaient sur le visage de l'inspectrice, qui améliora légèrement sa posture avant de me raconter toute l'histoire.

Avec son coéquipier, Chris Cox, elle s'était rendue dans un immeuble aux loyers exorbitants près de Judiciary Square, munie d'un mandat d'arrêt contre un certain Drago Kovac. Ce Serbe avait émigré aux États-Unis à neuf ans, obtenu la nationalité américaine à quinze, et dans la foulée s'était lancé dans le vol de voitures. Au début, comme il n'était pas très doué dans son domaine de prédilection, Kovac s'était fait prendre et condamner deux fois avant son dix-huitième anniversaire. Par la suite, ayant retenu la leçon, il s'organisa. Il monta tout un réseau qui opérait de Miami à Boston, et prospérait avec les véhicules les plus demandés en les volant puis les désossant pour les vendre en pièces détachées sur Internet.

À vingt-sept ans, Kovac dirigeait désormais son entreprise illicite depuis un appartement luxueux sur la 3e, au cœur de Washington. Aaliyah, à la recherche d'accessoires de rechange pour sa Ford Explorer, était tombée par hasard sur l'un des sites internet de Kovac, où l'on proposait des pièces d'occasion « en excellent état » pour un tiers de ce que d'autres vendeurs réclamaient. Quand elle découvrit que cette société suspecte et son propriétaire étaient basés à Washington, elle démarra une enquête qui finit par porter ses fruits au bout d'un an.

— On l'avait coincé, m'expliqua Aaliyah. Vous vous rendez compte, une opération criminelle d'une telle envergure, je parle de millions de dollars, et on avait le chef dans nos filets.

— Donc vous allez au domicile de Kovac avec le mandat, dis-je, la poussant vers le dénouement tragique.

— Oui, soupira-t-elle. Nous nous sommes présentés chez lui à l'heure précise où devaient avoir lieu toutes les arrestations dans cette affaire. Partout sur la côte Est, en parfaite synchronisation, vous comprenez ?

Sauf que, à l'insu d'Aaliyah et de son coéquipier, plusieurs interpellations avaient été effectuées trop tôt. Quand la police du New Jersey avait fait irruption dans un garage clandestin appartenant à Kovac, l'un de ses hommes lui avait envoyé un SMS pour l'avertir de la descente.

— Quelques secondes avant qu'on atteigne le neuvième étage de son immeuble, Kovac et ses sbires sortent de l'appartement, raconta Aaliyah. Cox les voit dans le couloir et leur ordonne de s'allonger par terre. Ils prennent la fuite, nous les poursuivons, ils ouvrent le feu.

— Ce sont bien eux qui ont tiré les premiers ?

— Aucun doute là-dessus, affirma-t-elle, une étincelle de son ancienne flamme dans les yeux. Une caméra de surveillance le prouve.

— D'accord. Kovac et ses hommes vous ont donc provoqués. Et ensuite ?

La braise dans le regard d'Aaliyah s'éteignit. Les muscles de son cou se tendirent comme des cordes de piano. Elle souffla :

— Ensuite, ça a viré au cauchemar.

Pris pour cibles, Cox et elle avaient suivi la procédure et riposté. La première balle d'Aaliyah s'était logée dans le gras de la cuisse de Kovac. Mais ses deuxième et troisième tirs avaient raté le chef de bande qui, rugissant de douleur, s'était alors engouffré dans la cage d'escalier.

— Je courais après lui lorsque des hurlements ont retenti derrière la porte au fond du couloir, balbutia Aaliyah, avant d'éclater en sanglots.

Je connaissais la fin. Cox et elle avaient arrêté Kovac et deux de ses complices, mais à quel prix... Les balles ayant manqué le voleur de voitures avaient traversé la porte de l'appartement occupé par la famille Phelps : Oliver, jeune et brillant avocat ; Patricia, médecin, elle aussi jeune et talentueuse ; leurs jumelles de quatre ans, Meagan et Alice.

Cette dernière jouait dans le vestibule. Au premier coup de feu, la nounou s'était précipitée pour la mettre à l'abri.

— Quelles étaient les probabilités, Alex ? demanda amèrement Aaliyah, toujours en larmes. Quelles étaient les probabilités de blesser la nounou et de tuer la petite fille ?

18.

Une fois qu'elle eut déversé son angoisse, son chagrin, son désespoir, Tess se blottit dans le fauteuil, serra ses genoux entre ses bras et reprit, le regard perdu au loin :

— Au bout du compte, je resterai pour toujours la flic qui a causé la mort d'une enfant, dit-elle d'une voix creuse. Peu importe celle que j'étais avant ou celle que je suis devenue après, voilà qui je serai.

— Pour qui ? Pour vous ?

— J'ai appuyé sur la détente, Alex. C'est ce qu'on écrira dans ma nécrologie.

— Je comprends la peine et les remords que vous éprouvez, mais vous ne savez pas ce que l'avenir vous réserve, comme nous tous, d'ailleurs.

Elle cligna lentement des paupières.

— Il existe un moyen infaillible de connaître son avenir, déclara-t-elle.

Ces mots accrurent mon attention et mon inquiétude.

— L'avez-vous envisagé, Tess ?

Aaliyah inspira à fond, puis secoua la tête.

— Non. Non pas vraiment.

— Pas vraiment ?

— Pas du tout. J'essaie juste de trouver comment gérer tout ça, vous voyez ?

Son ton manquait de conviction, et elle semblait hantée.

— Dormez-vous suffisamment ?

— Il y a des jours où je ne fais que ça.

— Antidépresseurs ? Alcool ? Drogue ?

— Honnêtement, j'aimerais bien que ça marche mais ce n'est pas le cas, donc je ne prends rien.

— Quelle est la date du procès au civil ?

Aaliyah persistait à fuir mon regard.

— J'ignore ce qu'ils espèrent obtenir de moi. J'ai déjà tout perdu dans cette histoire.

Je l'observai un moment en silence tout en analysant le détachement dans sa voix et dans son expression, sa posture d'abdication, et certaines de ses déclarations, en particulier celles où elle parlait d'elle-même au passé.

— Tess, cela me rassurerait si, pour votre sécurité, je vous trouvais une place dans un établissement où l'on procédera à une évaluation en profondeur de votre état psychique actuel.

Aaliyah redressa alors la tête, me dévisagea d'un air morne, et dit :

— Je suis loin d'en être au stade de la chambre capitonnée.

— Étant donné ce que vous avez traversé, le seul fait de réfléchir au suicide est extrêmement inquiétant, Tess. Un traitement médical approprié pourrait…

— On ne m'internera pas dans un asile de fous ! s'énerva l'inspectrice, puis elle se leva avec brusquerie. Et encore moins de mon plein gré.

— Tess…

— Je regrette, lança-t-elle en ouvrant la porte. J'ai cru pouvoir vous faire confiance et j'ai eu tort. Adieu, Alex.

Après avoir consciencieusement jaugé la situation, je parvins à une décision ; j'attrapai ma veste, sortis dans la rue et hélai un taxi.

19.

Vingt minutes plus tard, le chauffeur stoppa devant l'immeuble hébergeant le syndicat de la police. Je réglai ma course, entrai dans le hall et demandai à voir William Roth.

Avais-je rendez-vous avec lui ? s'enquit le réceptionniste. Non. Avais-je essayé de l'appeler d'abord ? Je jugeais le problème assez critique pour venir m'entretenir avec M. Roth en personne. Il me fallut jurer au cerbère que c'était peut-être une question de vie ou de mort pour qu'il consente à décrocher son téléphone.

M. Roth présidait une réunion importante, m'informa le réceptionniste après avoir raccroché.

— Vous n'avez pas insisté sur la gravité de la situation. Rappelez.

L'homme leva les yeux au ciel, attrapa à nouveau son combiné et recomposa le numéro.

— Le visiteur demande qu'on interrompe la réunion. C'est urgent à ce point, dit-il à son interlocuteur.

Il attendit longtemps une réponse, puis raccrocha en m'indiquant :

— Allez-y, deuxième étage, au bout du couloir. M. Roth n'est pas content du tout.

— Je m'en moque, rétorquai-je, avant de m'engouffrer dans l'escalier.

Je frappai à la porte et entrai dans une antichambre où une secrétaire très irritée était assise à un bureau.

— M. Roth prépare cette réunion depuis six mois, me reprocha-t-elle.

— Si une de vos connaissances était en danger, vous lui porteriez secours ?

— Ma foi, répondit-elle, troublée, je suppose que oui.

— Alors, où est Roth ?

— Je suis là ! tonna un homme chauve, rouge d'exaspération, qui venait d'apparaître sur le seuil de la pièce derrière la secrétaire. Vous avez intérêt à avoir une bonne raison. Il y a des gens à la table de négociations que je ne...

— Il s'agit de Tess Aaliyah, le coupai-je en pénétrant dans son bureau. Vous êtes bien son représentant ?

— Aaliyah ? répéta-t-il avec un léger dédain. Seigneur, qu'est-ce qu'elle a encore fait ?

— Vous me l'avez envoyée pour une consultation ce matin. Je la crois dépressive et potentiellement suicidaire.

— Mais non, dénia Roth, qui s'assit à son bureau. Je l'ai vue la semaine dernière. Elle avait le cafard, mais elle sait bien que ce n'est pas sa faute si la petite fille jouait dans le vestibule avant le début de la fusillade.

— Aaliyah s'en fout. Comme de tout désormais, je pense. Cet état pourrait être causé par un dérèglement chimique, et c'est pour ça que nous devons la faire admettre trois jours dans un hôpital psychiatrique afin qu'elle soit examinée par des spécialistes.

— Vous voulez que je fasse interner Aaliyah ? s'écria Roth, incrédule. Non, pas question. Même si j'en avais le pouvoir, ce qui n'est pas le cas, je m'y refuserais.

— N'êtes-vous pas censé la représenter, la protéger ?

— Dans le cadre de la fusillade, oui, mais pour ça ? Non.

— Sa dépression et ses idées suicidaires découlent de cet incident, lui rappelai-je avec fermeté. Elle a besoin d'aide. De beaucoup plus que je ne saurais lui en apporter.

— Vous le lui avez dit ?

— Oui.

— Qu'a-t-elle répondu ?

— Qu'elle était bouleversée mais loin d'en être au stade de la chambre capitonnée.

— Vous voyez bien, conclut Roth en se levant. J'ai une réunion qui m'attend.

Je lui barrai le passage à la porte.

— Vous ne vous souciez donc pas du bien-être d'Aaliyah ?

— Bien sûr que si, répliqua Roth. Mais un internement en établissement psychiatrique s'effectue à la requête du médecin traitant ou d'un membre de la famille. Ou alors essayez d'obtenir du MPD d'en faire une condition à l'annulation de sa suspension. Dans tous les cas, une chose est sûre.

— Laquelle ?

— Tess va se battre.

20.

Après plusieurs tentatives infructueuses, je finis par avoir au téléphone Esther Dodd, une avocate du MPD. À la sécheresse de son ton, il était évident que Mme Dodd rechignait à prendre mon appel, probablement en raison des charges d'homicide retenues contre moi. Elle m'écouta avec impatience, puis rejeta d'emblée l'idée d'imposer à

Aaliyah de se soumettre à un examen psychiatrique au plus vite comme condition à sa réintégration.

— L'inspectrice Aaliyah est suspendue dans l'attente d'un procès civil, expliqua l'avocate. Sa situation juridique nous laisse peu de marge de manœuvre, surtout que votre évaluation de son état a été effectuée à la demande du syndicat de la police. Avec tout le respect qui vous est dû, votre opinion n'a aucun poids d'un point de vue légal. Au revoir, docteur Cross.

Je me mis ensuite à la recherche des coordonnées du médecin d'Aaliyah, et la chance me sourit grâce à un ami des ressources humaines qui dénicha son nom dans les archives : Dr Timothy Cantrell. Il était répertorié comme interniste au George Washington Medical Center, bien connu pour son département de médecine tropicale. J'appelai le cabinet de Cantrell, pour apprendre que le praticien, également membre de l'association Médecins Sans Frontières, était actuellement à l'étranger, en mission au Brésil où sévissait une épidémie de fièvre jaune.

Malgré ces échecs, je restais résolu à ne pas abandonner sans avoir tout tenté.

À 14 h 12, après un long trajet en voiture, je m'engageai sur Francis Street dans la petite ville d'Arbutus, à la périphérie de Baltimore, et trouvai rapidement le pavillon bleu et blanc agrémenté d'un jardin parfaitement entretenu.

Un vent âpre du nord-est qui s'était levé me fit frissonner quand je courus dans l'allée et pressai la sonnette. Une grande femme rousse frisant la soixantaine, très bien mise, ouvrit la porte.

Je me présentai et son expression s'adoucit.

— Je vous ai vu aux informations, dit-elle. Tess et Bernie affirment que vous êtes innocent, que vous avez été accusé à tort.

Elle s'appelait Christine Prince. C'était la compagne de Bernie, le père d'Aaliyah, et elle m'expliqua qu'il était à la pêche au lancer, sa passion depuis la retraite. À ma question sur l'heure de son retour, elle répondit que, comme il était parti pour l'un de ses coins préférés sur l'île d'Assateague, il ne rentrerait probablement pas avant minuit.

Pris de court, je lui demandai si elle savait dans quelle partie de l'île il pêchait.

— Vous comptez le rejoindre là-bas ? s'étonna-t-elle, tout en me montrant l'emplacement sur une carte.

— J'ai besoin de son avis, et je suis sûr qu'il souhaiterait me le donner au plus tôt.

— C'est Tess ? s'enquit-elle à voix basse.

— Vous lisez dans mon esprit, Christine. Merci pour ces renseignements.

Deux heures plus tard, j'arrivai dans la réserve naturelle d'Assateague. Le poste des rangers était fermé, mais je trouvai la Jeep Wagoneer de Bernie Aaliyah garée à l'endroit précis indiqué par Christine.

Le vent et un crachin subit me transpercèrent dès que je descendis de voiture. Je fouillai dans le coffre et en extirpai un vieux ciré ainsi qu'une paire de bottes en caoutchouc que je garde là pour les scènes de crime. J'enfilai le tout et, la capuche rabattue pour me protéger des rafales, j'empruntai un sentier à travers les dunes jusqu'à la plage.

L'Atlantique était gris et houleux. Sur ma gauche, des surfeurs chevauchaient les rouleaux, couverts de la tête aux pieds de combinaisons noires en néoprène. À ma droite, il y avait six ou sept pêcheurs. Sans bouger, je les examinais un par un, lorsqu'un homme d'un certain âge fonça en claudiquant vers le ressac, et d'une poussée de ses épaules puissantes arqua sa lourde canne lestée d'un gros leurre rose.

Je crus que la ligne allait être déviée par le vent mais le lancer avait un angle parfait et elle plongea loin dans les vagues. Pendant que je marchais vers lui, le pêcheur sortit son leurre de l'eau à plusieurs reprises, fit une pause et recommença toute l'opération. Au moment où je dépassais son attirail – chaise pliante, glacière, boîte de matériel et deux lampes-tempête éteintes –, il lançait la ligne une troisième fois.

— Bernie Aaliyah ? le hélai-je.

L'homme sursauta et jeta un coup d'œil à l'individu en ciré, aux traits à demi cachés, qui l'appelait par son nom.

— On se connaît ? demanda-t-il.

Je repoussai ma capuche.

— Alex Cross, monsieur.

Le visage du père de Tess se fendit d'un sourire tout en dents.

— C'est bien vous ! Ça fait un bail, docteur Cross. Je suis votre carrière depuis longtemps.

— Et moi je suivais la vôtre quand j'étudiais à Johns Hopkins.

— Attendez, il faut qu'on soit tranquilles, dit Bernie, tout en enfonçant l'extrémité de sa canne dans un morceau de tuyau en PVC blanc planté dans le sable. Voilà, c'est bon.

Il pivota sur lui-même avec maladresse, séquelle de la blessure par balle au bassin qui avait mis fin à sa remarquable carrière dans la brigade criminelle de Baltimore, mais il me serra la main avec la vigueur d'un homme de la moitié de son âge.

— Vous avez fait toute la route jusqu'à ce trou paumé ! À quoi dois-je cet honneur ?

— Il s'agit de Tess, répondis-je. C'est sérieux.

21.

Une fois que je lui eus décrit les symptômes motivant mon inquiétude, Bernie Aaliyah resta silencieux quelques minutes, immobile, regardant s'écraser les vagues dans la lumière déclinante.

— J'ai vu ma fille il y a trois jours, finit-il par dire. Tess avait encore énormément de chagrin, sans parler de ses remords, mais je ne l'ai pas sentie suicidaire, Cross. Et il n'est pas question que j'aille contre sa volonté.

— Je ne sous-estime pas votre opinion, monsieur Aaliyah. Et je comprends que vous ne vouliez pas forcer Tess à se soumettre à une évaluation psychiatrique approfondie. Mais vous pourriez la convaincre de le faire d'elle-même. Si je me trompe, tant mieux ; je préférerais vous revoir sur cette plage plutôt que devant sa tombe.

Le père de Tess n'eut pas le temps de réagir à mes paroles qu'un bruit sec nous fit nous retourner. Sa canne ployait fortement, la ligne tendue vibrait. Bernie se précipita et agrippa le manche avant qu'il ne soit arraché.

— Voilà une belle touche ! s'écria-t-il.

Il retenait la canne d'une poigne ferme, ses mains positionnées à un peu moins d'un mètre de l'extrémité toujours fichée dans le tuyau. Il se pencha en arrière, jaugeant le poids du poisson et sa force.

— Nom de Dieu ! Ce lascar fait au moins quinze kilos, peut-être même vingt !

Le moulinet se mit à geindre. Aaliyah desserra le frein pour donner du mou à la proie invisible. Quand une centaine de mètres de fil fut dévidé et que la ligne devint lâche, il libéra la canne et remit le frein.

— Bernie... commençai-je.

— Ça fait deux ans que je guette une prise de ce calibre, Cross ! aboya-t-il. Soit vous vous en allez, soit vous attendez que j'aie fini !

— Faites comme si je n'étais pas là, dis-je en levant les mains.

Je me tins donc à l'écart et observai le policier à la retraite engagé dans un combat épique sur la plage. Chaque fois que Bernie moulinait pour le rapprocher du bord, le poisson l'essoufflait par une nouvelle course.

— Il pourrait bien atteindre les vingt-cinq kilos ! grogna le père de Tess après vingt minutes d'efforts. Un très, très gros bar rayé !

Un quart d'heure plus tard, il annonçait :

— Peut-être carrément trente kilos ! Sacré bestiau !

Au bout de cinquante-deux minutes de lutte, il parvint à ramener le poisson dans l'écume devant lui, à une trentaine de mètres. Nous aperçûmes le bas de ligne et le bref scintillement d'une grande nageoire, puis le bar géant se retourna sur lui-même et se mit à donner des coups de tête pour se libérer de l'hameçon.

Tout à coup, il fonça en avant, sans cesser de se débattre, jaillit en l'air et atterrit sur le flanc dans l'eau tumultueuse. Je n'en revenais pas de sa taille. Bernie non plus.

— C'est dingue ! s'extasia-t-il. Il doit approcher le record du monde !

Le bar se démenait de plus belle. Soudain, il y eut un claquement et la ligne se cassa en deux. Bernie tomba à la renverse sur le sable.

J'étais déçu pour lui et certain qu'il allait pester, maudire sa malchance ou au minimum pousser un juron de désappointement. Or le père d'Aaliyah resta simplement assis sur la plage, sa canne toujours à la main, à contempler l'océan et ce qui aurait pu être.

Au bout d'un long moment, il déclara :

— Certaines occasions ne se présentent qu'une fois dans la vie, et il arrive qu'on les laisse échapper. C'est d'accord, Cross. Je vais m'arranger d'une façon ou d'une autre pour que Tess obtienne l'aide dont elle a besoin selon vous.

22.

John Sampson toqua contre l'encadrement de la porte du bureau de Bree Stone.

— Patronne, elle est là pour l'audition.

Bree leva les yeux d'une pile de papiers, posa son stylo et quitta son fauteuil.

Elle se rendit avec l'enquêteur dans la petite pièce d'où l'on voyait la salle d'interrogatoire à travers une glace sans tain. Tatouages colorés de perroquet sur les deux bras, piercings au visage, cheveux noir corbeau rasés d'un côté, une jeune femme était assise à la table, son regard braqué sur le miroir.

Avec un accent venu tout droit de la région des Appalaches, elle appela :

— Hé, j'ai pas toute la journée ! Vous voulez savoir oui ou non ?

Ainsley Fox, qui se trouvait également dans la cabine d'observation, suggéra alors :

— Laissez-moi lui parler seule, patronne. Pour établir un lien avec elle.

Sampson doutait fort que ce soit possible, étant donné que Fox était la plus caustique, la plus odieuse des collègues avec qui il avait travaillé jusque-là.

Aussi sceptique que lui, Bree secoua la tête.

— L'inspecteur Sampson mènera la danse. Il a des années d'expérience de ce genre de situation.

Fox se renfrogna, mais ne plaida pas sa cause tandis qu'elle suivait Sampson dans le couloir. Il s'arrêta à la porte pour lui donner ses instructions :

— Vous écoutez. Vous observez. Vous apprenez.

Maussade, elle acquiesça d'un signe. Ils entrèrent ensemble dans la salle d'interrogatoire et s'assirent en face de la femme.

— Sally Sweet ? commença Sampson après s'être présenté.

— C'est ce qu'y a d'écrit sur mes papiers d'identité, rétorqua-t-elle avec un sourire narquois. Vrai de vrai. Même le tribunal le confirme.

— Interpellée pour sollicitation à des fins de prostitution, intervint Fox. Et possession d'un stupéfiant réglementé.

Sampson dut prendre sur lui pour ne pas la sommer de partir immédiatement.

Sweet haussa les épaules.

— Comme je l'ai dit au flic des mœurs, l'oxy est réglo à cause de ma hernie lombaire, et de toute façon j'ai une carte « sortie de prison » que je veux utiliser.

— À quoi elle ressemble, cette carte ? s'enquit Sampson.

— Elle vaut cher.

Fox se pencha sur la table, prête à parler. Aussitôt, il lui serra vigoureusement la cuisse. Elle se renfonça dans son siège en fixant son coéquipier d'un air outragé.

Il augmenta encore la pression avant de relâcher sa prise, regarda Fox durement, puis tourna la tête vers Sweet, laquelle n'avait aucune idée de ce qui se passait.

— Je ne peux rien vous promettre tant que je ne sais pas ce que vous avez à offrir, dit-il, indifférent à la subite teinte écarlate de la peau naturellement pâle de Fox. S'il s'agit d'une preuve solide, nous en informerons le procureur qui sera saisi de votre affaire. En échange de votre témoignage, vous obtiendrez un arrangement.

Les lèvres de Sweet se retroussèrent, comme si elle flairait quelque chose de louche.

— J'ai jamais parlé de témoignage. C'est juste un tuyau. Je vous le file. Vous me laissez partir.

Fox ouvrait déjà la bouche quand Sampson repoussa sa chaise et se leva en annonçant :

— Alors, je crois qu'on en a fini. Ma collègue va vous ramener au dépôt. Fox ?

Celle-ci ne bougea pas durant quelques secondes, puis se mit debout avec raideur.

— Quoi ? Attendez ! s'écria la prostituée. Et merde, bon, O.K. La gentille Sally va causer mais faudra que ça lui rapporte.

Ignorant toujours royalement sa coéquipière, Sampson se rassit et reprit :

— Nous vous écoutons.

Sweet lui conseilla de réclamer à la police du Kansas le dossier sur la disparition d'Emily McCabe, demeurant à Wichita, une jeune fille blonde de dix-sept ans qui avait fugué parce que son oncle aurait abusé d'elle.

McCabe avait vécu dans la rue à Washington jusqu'à sa rencontre avec un certain Neal Parks ; après l'avoir rendue toxicomane – cocaïne, méthamphétamine, héroïne –, celui-ci en avait fait une de ses call-girls. Sally Sweet travaillait également pour Parks, lequel organisait les rendez-vous des filles avec les michetons via son smartphone, tel un cybermac.

— Emily avait bon cœur, continua la prostituée. Je l'aimais bien, même quand elle est devenue la chouchoute de Neal.

Manifestement, Parks comblait d'attentions ses nouvelles recrues afin qu'elles fassent tout ce qu'il exigeait d'elles. Sweet avait été un temps l'une des favorites. D'ailleurs, elle possédait encore une clé de l'appartement du proxénète.

— Neal me devait du fric de mes passes, et je savais où il le gardait, expliqua-t-elle. Laissez-moi retourner en arrière une seconde. À l'époque, je ne voyais plus Emily aussi souvent qu'avant, et puis Neal m'a dit qu'il l'avait envoyée à New York bosser quelques semaines pour un de ses potes. Bref, j'ai attendu un soir que Neal sorte dîner avec une des filles, et je suis entrée chez lui.

Elle avait descendu un coffret caché dans le faux plafond au-dessus du meuble informatique, récupéré la clé dans un buffet pour l'ouvrir, et pris mille cinq cents dollars en liquide.

— Seulement ce qui me revenait, précisa-t-elle. J'ai pas touché au reste.

— Quel rapport avec Emily ? l'interrogea Fox avec impatience.

Sur un ton suffisant, la prostituée poursuivit :

— En grimpant sur le bureau pour remettre le coffret à sa place, j'ai bougé sans faire exprès la souris de l'ordinateur. L'écran s'est allumé. Il y avait une photo d'Emily en gros plan.

Sweet avait compris que l'image faisait partie d'un film, et elle l'avait démarré.

— Neal l'a tourné avec sa GoPro fixée sur lui. Pour avoir... comment ça s'appelle au cinéma... un plan subjectif?

Sampson se rappela les vidéos sur le site internet Killingblondechicks4fun, et il hocha la tête, songeant que l'histoire de Sweet tenait peut-être debout.

— Qu'est-ce que vous avez vu? la pressa Fox.

— Neal dans un rôle de dominateur, répondit Sweet, la voix hachée. Il frappait Emily, lui disait et lui faisait des saloperies pendant qu'elle restait toute soumise. Ensuite, il a pris une corde et l'a enroulée autour de son cou.

Elle s'interrompit, les lèvres tremblantes à ce souvenir.

— Neal s'est mis à l'étrangler, chuchota-t-elle enfin. Il a placé la caméra devant son visage. Elle paraissait morte de peur, et là l'écran est devenu noir.

23.

Dans le salon, aux environs de 22 h 30 ce même soir, Bree déclara qu'elle était épuisée et allait au lit.

— Tu viens, Alex?

— Je vais taper quelques notes de consultation en bas, regarder les infos de 23 heures et je monte après.

— Ne t'endors pas devant la télé comme d'habitude, dit-elle et elle m'embrassa.

— J'essaierai, répondis-je en lui rendant son baiser.

— Tu as promis à Jannie et Ali que tu irais courir avec eux demain matin.

— Je n'ai pas oublié. Je t'aime.

— Moi aussi, fit-elle avant d'agiter une main lasse et de quitter la pièce.

J'attendis que Bree ait gravi l'escalier et fermé la porte de la chambre pour descendre dans mon cabinet, où j'enfilai un blouson et une casquette de baseball noirs. Puis j'envoyai un SMS rédigé une heure plus tôt.

J'ouvris la porte du sous-sol aussi silencieusement que possible, me glissai dehors dans la nuit, longeai la maison en passant à pas de loup sous la fenêtre éclairée de notre chambre. La lumière s'y éteignit et je sprintai vers le trottoir et la voiture qui m'attendait.

Je grimpai sur le siège passager. John Sampson était au volant.

— C'est cool que tu aies pu t'échapper, dit-il, puis il sourit et démarra.

— Tu vas me donner la raison de tous ces mystères, John ?

— Bien sûr.

Et il me raconta : Emily McCabe, Sally Sweet, la vidéo que celle-ci avait vue sur l'ordinateur de Neal Parks et l'interruption du film au moment de la strangulation.

— Tu crois à cette histoire ? demandai-je.

— Pourquoi on serait ici, sinon ?

— Tu as un mandat ?

— On s'est fait jeter par le juge, soupira John. Impossible d'obtenir une autorisation de perquisition sur la seule parole d'une prostituée voulant à tout prix éviter la prison. Mais la vie d'une autre blonde est en jeu et nous devrions avoir au plus vite une petite discussion avec ce Parks.

— Pourquoi moi ? m'enquis-je. Où est Fox ?

John secoua la tête avec écœurement.

— Elle menace de déposer une plainte contre moi pour lui avoir serré la cuisse un peu fort parce qu'elle ne me laissait pas mener l'interrogatoire. Elle se fiche totalement des grades. Elle est même passée outre les instructions de Bree.

— En somme, tout va bien entre vous ?

— Oh ouais, tout baigne dans l'huile ! C'est d'ailleurs pour ça que tu es là.

— Pour en parler ?

— Non. On va asticoter Parks. On en tirera peut-être quelque chose.

À ce moment, j'aurais évidemment dû tout arrêter et prendre un taxi pour rentrer chez moi. Bree piquerait une crise si elle découvrait que non seulement j'enquêtais avec l'un de ses inspecteurs mais que nous désobéissions tous deux à ses ordres explicites. Pourtant, c'était si bon, si douloureusement naturel de rouler avec John tard le soir que je refoulai la promesse faite à ma femme.

Nous traversâmes la ville, en direction d'un bar que Neal Parks fréquentait souvent à partir de 23 heures Selon les critères de Washington, le Parrot était un vrai saloon à l'ancienne ; il occupait le rez-de-chaussée d'un immeuble miteux non loin de la frontière avec le Maryland. Parks habitait au troisième étage.

— Pratique quand on est alcoolique, remarqua John.

— Il l'est ?

— Aucune idée, répondit-il en se garant dans la rue. Sweet dit qu'il se pose dans un box et qu'il y vaque à ses petites affaires jusqu'à la fermeture. Il dirige tout son business avec son smartphone. Un cybermac, quoi.

— Comment allons-nous voir la vidéo d'Emily McCabe ?

— J'avais envie qu'on monte chez lui pour la regarder sur son ordinateur, admit John. Mais il y a un risque d'irrecevabilité. Si nous obtenons un mandat, il ne faut pas que cette preuve soit exclue au procès.

Procès. Je songeai au mien en descendant de voiture. Alors que la date approchait de plus en plus, je semblais faire tout mon possible pour éviter d'affronter le problème. Que m'arrivait-il ?

— Voici l'entrée, m'informa John, le doigt pointé vers le néon bleu en forme d'ara qui clignotait au-dessus d'une porte à quelques mètres de nous. Et il y a une sortie de secours à l'arrière.

— Je m'y posterais bien, dis-je, mais je n'ai pas d'arme.

John stoppa net, plongea dans la voiture et en sortit un petit Ruger neuf millimètres qu'il me tendit.

— Je passe par derrière, décida-t-il. Toi, tu entres, tu le repères et tu attends.

Je contemplai le pistolet, conscient que c'était la pire des idées que j'avais eues ces dernières semaines, mais je le coinçai au creux de mes reins sous ma ceinture et rabattis ma chemise par-dessus.

Nous nous séparâmes. Je partis d'un pas nonchalant vers le Parrot et poussai la porte. Ce bar était un endroit chaleureux, plutôt animé étant donné l'heure. Dans le juke-box derrière les deux tables de billard, Lenny Kravitz chantait *Are you gonna go my way*. Le comptoir se trouvait à ma gauche ; des boxes s'alignaient le long du mur opposé.

Des photographies, tableaux et posters représentant toutes sortes de perroquets étaient accrochés partout, et deux gris du Gabon caquetaient et voletaient dans une grande cage au centre du saloon. L'un d'eux se mit à escalader le grillage en s'aidant de ses serres et de son bec. Comme je passais près de lui pour m'installer au bar, le perroquet tourna la tête et me dévisagea un moment de ses yeux ronds, avant de brailler :

— Poulet ! Poulet !

Cela m'épate encore à ce jour, mais ce volatile m'avait démasqué, et il s'entêta à croasser : « Poulet ! » De nombreux regards étaient braqués vers moi lorsque je me juchai sur un tabouret. Le barman m'ignorant ostensiblement, je jetai un coup d'œil par-dessus mon épaule. De l'autre côté de la cage, un grand type filiforme aux cheveux courts couleur carotte se glissait hors du troisième box à partir de la porte. Neal Parks.

Il me lança un regard furtif.

Nos yeux se croisèrent.

Il détala.

24.

L'espace d'une demi-seconde, je crus que Parks se dirigeait droit vers l'issue de secours, et donc vers John. Au contraire, le souteneur se faufila devant moi et sauta au-dessus du comptoir avant que je n'aie pu le retenir.

John déboula dans la salle, arme au poing et insigne brandi.

— Parks ! rugit-il. Halte ! Police !

Le fuyard disparut derrière un rideau en plastique. Des consommateurs criaient et juraient, tandis que les joueurs de billard se mettaient à l'abri sous les tables. Je bondis à mon tour par-dessus le comptoir et fonçai sur le barman. Comme il semblait prêt à me bloquer la route, je lui hurlai à la figure :

— Poulet !

Il s'écarta de mon chemin. John, qui avait contourné le bar, atteignit le rideau le premier. Me souvenant du jour où on lui avait tiré dessus, je le mis en garde :

— Du calme, mon frère.

Il hésita puis repoussa brutalement les pans en plastique, dévoilant une pièce avec des tonnelets vides, une chambre froide, et d'où partait un escalier plongé dans l'obscurité. Nous étions déjà en train de monter quand un bruit de course se fit entendre plus haut.

John grimpa à toute vitesse, avec moi sur les talons. C'était un escalier de service aux marches en acier antidérapant et il y avait à chaque palier une porte coupe-feu métallique. Au moment où nous franchissions le deuxième étage, celle du dessus s'ouvrit et claqua.

— Stop, murmura John.

Je m'immobilisai comme lui. Aucun son.

— Il va dans son appartement récupérer l'ordinateur et la vidéo, chuchota John, avant de reprendre l'ascension.

Une fois au troisième, il entrebâilla la porte du palier. D'un bref regard, je constatai que le couloir était désert. J'attrapai la manche de John et lançai d'une voix forte :

— Il est chez lui !

Puis je laissai la porte se refermer tout en posant un doigt sur mes lèvres. John acquiesça en silence. Nous ne bougions plus, l'oreille aux aguets. Dix secondes s'écoulèrent. Puis vingt. J'allais admettre que Parks était bel et bien allé dans son appartement lorsque je perçus un craquement au-dessus de moi, suivi d'un autre.

— Neal Parks ? cria John. C'est la police. Vous êtes encerclé !

Le martèlement de ses pas sur les marches se fit à nouveau entendre. Nous repartîmes à sa poursuite. Au dernier étage, une échelle rivée au mur donnait accès à une trappe, laquelle était ouverte. John y monta puis je le rejoignis sur la toiture gravillonnée. La lumière bleuâtre diffusée par l'enseigne en néon du Parrot y dessinait des ombres étranges.

D'un geste, John m'envoya à gauche et il partit à droite. Nos Maglites étaient allumées, leur faisceau pointé devant nous. Il y avait sur le toit de gros générateurs pour la climatisation, huit en tout. Soit Parks se dissimulait derrière l'un d'eux, soit il cherchait à gagner l'escalier d'incendie extérieur.

Nous avancions sans bruit, parallèlement, à une vingtaine de mètres l'un de l'autre, utilisant nos torches électriques pour explorer les coins sombres, et nous avions dépassé le cinquième ou sixième générateur lorsque John le débusqua.

Parks surgit d'un côté d'une des deux dernières machines et courut en diagonale sur les gravillons. J'éteignis ma torche et tentai de l'intercepter.

Il filait vers le vide aussi vite que le temps qui me restait pour l'empêcher de tomber, puis je compris qu'il comptait sauter sur le toit de l'immeuble voisin.

Le proxénète se trouvait à trois pas du bord quand je réussis à le saisir par les cols de sa veste et de sa chemise. Je voulais le tirer en arrière pour le plaquer au sol, mais la force de son élan m'entraîna avec lui.

Mes tibias heurtèrent le rebord de la toiture, si brutalement que je commençai à basculer, ainsi que Parks, dans les vingt mètres de vide qui nous séparaient de la chaussée de la ruelle en bas.

25.

Soudain, ma tête partit en avant et cogna celle de Parks tandis que mon corps reculait violemment : John avait, in extremis, agrippé des deux mains mon blouson. Il tira dessus jusqu'à nous mettre hors de danger.

Mon cœur battait la chamade, j'avais des remontées acides, l'air me manquait. J'avais failli tomber de six étages vers une mort certaine. Secoué lui aussi, Parks n'opposa aucune résistance quand John le menotta et le fouilla.

Le souteneur n'était pas armé, et il n'avait pas non plus son smartphone sur lui, ce qui nous parut louche puisque Sally Sweet avait affirmé qu'il s'en servait pour diriger à distance son réseau de prostitution.

— Où est votre téléphone ? lui demandai-je, ma lampe braquée sur son visage.

— Je l'ai paumé l'autre jour, prétendit-il, ébloui, clignant des paupières et baissant la tête. J'allais en acheter un neuf demain.

— Hmm, hmm, fit John. Pourquoi tu t'es enfui ?

— J'adore courir.

— Après vos prostituées, vous voulez dire ? le provoquai-je.

— Mais non, courir pour être en forme, répondit-il, à présent calme et concentré.

— Plutôt pour courser tes gagneuses ! rétorqua John. Tu en as toute une écurie.

— Faux, nia Parks avec un ricanement. Qui raconte ça ?

— La brigade des mœurs.

Il leva alors les yeux et les plissa, méfiant :

— Vous n'êtes pas des mœurs ?

— Nous sommes de la criminelle, fit John. Emily McCabe, ça te parle ?

Parks feignit la perplexité.

— Ce nom ne me dit rien du tout.

— Ne faites pas le malin, l'avertis-je. Nous pouvons prouver que vous la connaissez.

— Nous enquêtons sur son meurtre, ajouta John.

— Son meurtre ? répéta le proxénète, l'air sincèrement surpris. Elle est morte ?

— Oui, et c'est vous qui l'avez tuée, confirmai-je. Étranglée en direct, devant votre caméra.

Parks en resta baba. La bouche entrouverte, les yeux rivés au sol et, sans aucun doute, le cerveau fourmillant d'interrogations. Comment nous étions-nous procuré la vidéo ? Comment devait-il réagir ?

John reprit :

— Nous savons que tu as fait un *snuff movie* de son assassinat, Neal. Tu vas écoper du maximum, compte sur nous.

— N'importe quoi ! Je n'ai tué personne.

— Vous avez mis une corde autour du cou d'Emily pendant des rapports sexuels SM, lui rappelai-je. Et après, vous l'avez étranglée à mort.

— Non ! protesta-t-il. Je l'ai...

— Tuée ! le coupa John.

— Non, bredouilla Parks, cherchant visiblement une échappatoire, avant de capituler. Bon, O.K., je connais Emily, mais je ne lui ai rien fait et elle n'est pas morte. Ce film, c'était juste un fantasme sexuel. Elle l'a tourné pour moi comme une sorte de cadeau d'adieu.

— Ne vous fichez pas de nous, m'énervai-je.

— C'est la vérité !

Parks raconta ensuite qu'Emily McCabe lui avait dit avoir économisé suffisamment d'argent pour arrêter la prostitution et poursuivre des études quelque part en Floride.

— Quelque part en Floride ? railla John. T'as rien trouvé de mieux ?

Perdant soudain son sang-froid, Parks paniqua.

— C'est la seule chose que j'ai à vous donner ! Écoutez, j'aimais bien Emily. Beaucoup, même. Je ne l'aurais jamais tuée.

— Alors, dites-nous où la joindre, le pressai-je.

— J'en ai aucune idée. Elle ne voulait pas que je la contacte. Elle souhaitait rompre avec le passé, reconstruire sa vie. Je respectais ça.

— Son numéro de portable ? insistai-je.

— J'ai perdu mon téléphone, je vous rappelle.

— Je la gobe pas, ton histoire, aboya John tout en le traînant jusqu'à la trappe du toit. On t'embarque, et on va aussi fouiller ton appartement. Ton *snuff movie* va t'envoyer en taule pour le restant de tes jours.

— Non, attendez. Je ne mens pas. Emily est bien vivante. Quelque part.

— C'est naze comme défense, fis-je remarquer.

Cette fois, Parks resta muet. Après que j'eus descendu l'échelle le premier, John lui libéra les mains et, sous la menace de son arme, lui ordonna de me suivre. Le proxénète obéit et n'opposa pas de résistance lorsque John lui remit les menottes.

Pendant que nous l'escortions dans l'escalier, Parks déclara :

— Si je vous file un tuyau, vous m'aiderez à m'en sortir ?

John grommela :

— Qu'est-ce que tu as qui nous intéresserait, Neal ?

Celui-ci s'humecta les lèvres.

— Il faut que vous sachiez que je risque la mort en vous parlant, mais j'ai des infos sur des vrais *snuff movies* et sur les enfoirés complètement barges qui les font.

— Hmm, hmm, et ça nous apporte quoi à nous ? demandai-je.

Parks hésita encore, puis lâcha :

— Peut-être que vous découvrirez ce qui est arrivé à ces blondes qui ont disparu.

— Comme Emily McCabe ? lui renvoya John.

— Non. Comme deux salopes lesbiennes de Pennsylvanie.

26.

Des sanglots aigus, féminins.

Les derniers sons distincts qu'avait entendus Gretchen Lindel, mais c'était des heures plus tôt.

Deux filles qui pleuraient, songea Gretchen, et elle tendit à nouveau l'oreille.

Mais rien ne parvenait à l'adolescente de dix-sept ans à travers les cloisons en contreplaqué. Aucune voix. Pas un seul craquement de parquet. Pas même un cliquètement de chaîne. Ni un autre sanglot de désespoir.

Ce silence la rendait complètement folle. Elle secoua du pied la chaîne qui courait de sa cheville gauche au mur et s'adressa, pleine de rage, à la petite caméra installée dans un coin en hauteur, hors de sa portée.

— Qui êtes-vous ? hurla-t-elle. Pourquoi je suis ici ? Qu'est-ce que vous voulez ?

Puis elle éclata en sanglots, comme trop souvent depuis qu'elle avait repris connaissance dans ce réduit de la taille d'une cellule, vêtue d'une affreuse chemise de nuit en flanelle blanche, étendue sur un matelas neuf encore sous plastique, et recouverte d'épaisses couvertures en laine de l'armée.

Il y avait à manger et à boire – une grosse boîte de Kentucky Fried Chicken, plusieurs bouteilles de boisson énergétique Gatorade ; un seau en métal pour se soulager, pile à l'extrémité de sa chaîne ; et au plafond, une ampoule LED qui ne s'éteignait jamais.

La lumière constante faisait perdre à Gretchen la notion du temps. Une fois sa crise de larmes calmée, elle s'enroula dans les couvertures, se demandant soudain combien de jours s'étaient écoulés depuis son arrivée là. Trois ? Une semaine ? Plus ?

Le kidnapping en soi avait été un cauchemar, tel un mauvais rêve dont on va se réveiller. Mais elle avait beau dormir aussi souvent que possible, essayer de toutes ses forces d'oublier la scène, elle continuait à revivre son enlèvement, à revoir le meurtre de Mme Petracek.

Ils l'ont abattue comme si elle n'était rien.

Que vont-ils me faire à moi ?

Gretchen sentit la panique l'envahir et chercha quelque chose vers quoi tourner ses pensées. Elle avait entendu son père dire que ça l'aidait à oublier sa souffrance.

Elle inspira longuement par le ventre, retint l'air, puis expira avec lenteur, tout en visualisant ses parents, si amoureux et pourtant si malheureux.

Comment papa supporte-t-il ma disparition ? Et maman ?

Ces interrogations lui donnèrent la nausée et une nouvelle envie de pleurer.

Il ne mérite pas ça. Elle non plus. Mon Dieu, n'ont-ils pas déjà subi assez d'épreuves ? N'ont-ils pas eu leur dose de malheur ?

Elle se concentra ensuite sur sa meilleure amie, Susan, et sur son petit copain occasionnel, Nick. *Sont-ils inquiets ? Essaient-ils de me retrouver ? Est-ce qu'on me cherche ?*

Se recroquevillant en une position fœtale, Gretchen voulut puiser du courage dans sa foi et prier pour que le bien l'emporte sur le mal. Mais trop de questions s'obstinaient à l'encercler, à se frayer un chemin dans sa tête.

Pourquoi suis-je ici ? Pourquoi m'avoir enlevée ? Qu'est-ce que j'ai fait, mon Dieu, pour mériter ça ? Et si je ne revoyais plus jamais papa et maman ?

Un frottement de métal contre métal interrompit ces idées noires, la fit se redresser et contempler avec appréhension la porte grossière munie de deux verrous extérieurs. Elle n'avait jamais été ouverte jusque-là.

Le battant tourna sur ses gonds.

L'adolescente mit une main sur sa bouche pour étouffer un cri d'épouvante.

Bâti comme une armoire à glace, l'homme était tout en noir, de ses bottes de moto à son bonnet en laine et à sa visière de paintball teintée. Sur sa poitrine clignotait une caméra GoPro maintenue par un harnais. Mais ce qui hypnotisait Gretchen, c'était ce qu'il tenait dans sa main droite gantée : un couteau ciselé à la lame courbe, terrifiant.

— Salut Gretchen, dit-il d'une voix étrange, comme électronique. Es-tu prête à jouer une partie avec nous ?

27.

Il était 1 h 30 quand je me glissai enfin dans mon lit, pas entièrement convaincu par l'histoire de Neal Parks mais trop fatigué pour y réfléchir plus avant.

Entre le moment où ma tête se posa sur l'oreiller et celui où quelqu'un me secoua l'épaule, on aurait dit qu'il s'était écoulé à peine quelques minutes.

Je repris péniblement conscience et entrouvris un œil groggy pour découvrir Jannie et Ali debout à côté de moi, en tenue pour le jogging matinal que je leur avais promis. Je sentais dans mon dos la chaleur du corps de Bree, et, soucieux de ne pas la réveiller, je mis un doigt sur ma bouche.

Ils comprirent et sortirent de la chambre sur la pointe des pieds. Je me levai, un peu étourdi, mourant d'envie de grappiller trois ou quatre heures de sommeil supplémentaires. Mais ces temps-ci, lorsque je faisais une promesse à mes enfants, je m'efforçais de la tenir.

Après m'être habillé dans le dressing-room, je me faufilai sur le palier embaumé d'une odeur de café fraîchement moulu venue d'en bas. Je descendis à la cuisine, où Nana Mama, en chemise de nuit bleu marine et peignoir assorti, me servait déjà une dose de son nectar, tandis que Jannie et Ali nouaient leurs lacets.

— Bénie sois-tu, Nana, lui dis-je quand elle me tendit la tasse.

— Tu t'es encore endormi devant la télé ? me gronda-t-elle.

J'acquiesçai en buvant à petites gorgées le café revigorant.

— Dommage qu'elle ne s'éteigne pas automatiquement, soupira ma grand-mère.

— C'est possible, il n'y a qu'à programmer la box, intervint Ali.

— Allons-y, décrétai-je pour mettre fin à cette conversation, et je posai ma tasse vide. Un nouveau patient a pris rendez-vous ce matin, et je ne veux pas être en retard.

Les enfants me suivirent dehors. Les premières lueurs du jour éclairaient le ciel et l'air était vif. Nous démarrâmes en douceur, j'avais choisi un itinéraire qui menait à Lincoln Park, environ six kilomètres aller-retour.

Lorsque je cours seul, mon esprit se vide ; or, une fois rentré à la maison, il m'apparaît souvent que j'ai résolu un problème ou un autre. C'est le subconscient qui travaille. Mais un jogging insouciant était mission impossible avec Ali, surtout une fois que Jannie eut pris de la vitesse après un kilomètre, nous laissant à la traîne.

— Papa ? pépia Ali qui trottinait à mon côté. Tu savais que courir plus de trente minutes, ça stimule la régénération des cellules du cerveau ?

Je baissai les yeux sur lui, émerveillé comme d'habitude qu'un enfant de neuf ans, le mien en l'occurrence, se passionne pour de tels sujets.

— J'avoue que non, répondis-je, haletant. En tout cas, je sais que c'est bon pour le cœur.

— Et aussi pour le cerveau. J'ai lu un article là-dessus sur Internet. C'est pour ça que j'ai demandé à Jannie de m'emmener à ses entraînements.

— Pour régénérer tes neurones ? Allons, bonhomme, tu n'as que neuf ans. Tu continues à en fabriquer, et ce pour de longues années, je t'assure.

Ali me considéra avec impatience.

— J'en fabriquerai plus en courant !

Je levai les mains en signe de reddition.

— Je te crois sur parole.

Il sourit et ajouta :

— Mais faut pas trop courir non plus, sinon mon cerveau va être trop gros et ma tête va exploser, pas vrai papa ?

Ça, c'était typique de mon petit garçon.

— P'pa ?

— Non, ton cerveau n'enflera pas si tu cours trop.

— Tu es sûr ?

— Prends Jannie par exemple, tu penses vraiment que ça risque de lui arriver ?

Je vis que cette idée l'inquiétait sérieusement.

— Personne n'a la tête qui explose pour avoir fait de l'exercice, affirmai-je alors que nous approchions de notre destination. Sujet suivant.

Ali resta muet jusqu'à notre arrivée au parc. Nous avions rebroussé chemin et descendions South Carolina Avenue pour rentrer, lorsqu'il m'interrogea à nouveau :

— Papa, est-ce que dans notre pays il y a des policiers qui détestent tellement certaines personnes qu'ils leur tirent dessus sans raison ?

28.

Choqué par cette question, je ralentis et finis par m'arrêter, les mains sur les hanches, de la sueur coulant le long de mon nez.

— Pourquoi me demandes-tu ça, fiston ?

Intimidé par le ton de ma voix, Ali m'avoua avec gêne :

— À la télé, j'ai vu des journalistes qui racontaient que des jeunes sont abattus juste parce qu'ils sont noirs, et aussi que tu as tué des fans de Soneji parce que tu hais ce type, même mort.

Mon ventre se tordit. De la bile remonta dans ma gorge et me brûla la langue.

Je pris quelques secondes pour répondre :

— Commençons par le début. As-tu peur, toi, qu'un policier te tire dessus à cause de la couleur de ta peau ?

— Je devrais ? répliqua Ali en croisant les bras. Ils disent que ça arrive tout le temps.

— Premièrement, le travail d'un agent des forces de l'ordre est très difficile. Tu le comprends, n'est-ce pas ?

— Je crois. Oui.

— Deuxièmement, trop de Noirs se font tuer en effet. Et certains d'entre eux par des racistes. Mais, dans l'ensemble, il s'agit plutôt de policiers insuffisamment formés, qui n'appliquent pas la procédure ou les méthodes les plus modernes pour faire respecter la loi.

Loin de l'apaiser, mon explication chamboula Ali, qui partit comme une flèche. Je courus après lui, le rattrapai, et découvris qu'il était en pleurs.

Avant même que je ne lui demande quel était le problème, il bredouilla :

— Toi, tu ne suis pas les règles, papa. C'est ce qu'ils ont dit à la télé. Il paraît que tu es devenu incontrôlable et que tu représentes tout ce qui va mal aujourd'hui dans la police en Amérique.

Cette déclaration m'assomma littéralement.

— Tu le penses aussi ?

Essuyant ses larmes, il renifla.

— Mais tout le monde le dit, p'pa ! Même à l'école.

Je mis un genou sur le trottoir et regardai mon garçon, qui cherchait des réponses sur mon visage.

— Je ne suis pas incontrôlable, Ali. Ce soir-là, j'ai tiré sur des méchants qui voulaient me tuer.

— Mais on raconte que...

— Je sais, le coupai-je, luttant contre l'émotion pour garder un ton ferme. Je te jure que ce n'est pas vrai, fiston.

Ton père n'est pas un tueur. C'était de la légitime défense. Il faut que tu me croies. Tu as confiance en moi, hein ?

Ali me scruta si longtemps que je craignis de l'avoir perdu, puis il hocha la tête et m'étreignit de toutes ses forces ; mes yeux s'embuèrent, mon amour pour lui me serrait la gorge.

— Merci, bonhomme, chuchotai-je d'une voix cassée. Je ne pense pas pouvoir y arriver sans ton soutien.

29.

Deux heures plus tard, j'étais assis dans mon bureau, déprimé par ma conversation avec Ali. Mais bon, il est normal d'avoir le blues quand votre enfant de neuf ans remet en question votre intégrité personnelle et professionnelle.

J'essayai de me changer les idées en me remémorant les informations fournies par Neal Parks la veille au soir. Le proxénète prétendait avoir eu accès à une vidéo téléchargée sur le site de…

Un coup sec résonna à la porte du cabinet. Je vérifiai l'heure. Mon nouveau patient était en avance de cinq minutes.

En ouvrant, je découvris un homme blond aux yeux bleus enfoncés, tristes, à qui il était difficile de donner un âge à cause de ses traits burinés et tirés par l'épuisement.

Vêtu d'un jean repassé et d'une chemise blanche impeccable, avec aux pieds des mocassins bateau cirés mais sans chaussettes, il portait une alliance en or martelé, une montre Rolex, ainsi qu'un petit crucifix en or suspendu à son cou par une chaînette.

— Monsieur Lindel ? le saluai-je, la main tendue.

Il la serra, son regard planté dans le mien, en confirmant :

— Alden Lindel. Je suis heureux que vous preniez le temps de me recevoir, docteur Cross.

— Et moi d'avoir trouvé un créneau de libre, dis-je, même s'il était en fait mon seul rendez-vous de la journée.

Je l'entraînai vers le bureau.

— Lindel. C'est peu courant comme nom.

— Pas en Norvège, répliqua-t-il.

— Non, c'est juste que je l'ai entendu récemment et...

— Je suis le père de Gretchen, docteur, m'interrompit-il d'une voix étranglée. Elle est dans la même école que votre fils, n'est-ce pas ?

— Mais oui, répondis-je en le voyant sous un tout nouveau jour. Oui, en effet. Ali, ma famille et moi-même, nous prions tous pour qu'elle vous revienne saine et sauve.

— Merci, fit-il, ses yeux rougis braqués vers le sol. Nous avons besoin... J'ai besoin...

D'après mon expérience, si l'on pose une question directe à un patient, on obtient généralement une réponse tout aussi franche. Je lui demandai donc :

— En quoi puis-je vous être utile, monsieur Lindel ? Pour quelle raison êtes-vous là ?

Il hésita, puis releva la tête et écarta les mains.

— Pour être honnête, je viens consulter le Dr Cross à cause de mon anxiété et de ma culpabilité, mais aussi Alex

Cross le policier parce que j'ai de plus en plus peur pour la vie de ma fille.

Je m'installai dans mon fauteuil.

— Vous savez que je suis suspendu dans l'attente de mon procès ?

— Je l'ai lu, oui, admit Lindel. J'ai aussi appris par la presse que, malgré vos ennuis actuels avec la justice, vous êtes l'un des meilleurs enquêteurs de ce pays.

— Le journaliste qui a écrit cela est trop flatteur. En outre, je connais les agents fédéraux saisis de votre affaire : ce sont des as, la crème du FBI.

— Selon ma mère, quand on fait un gâteau, on peut toujours ajouter de la crème, rétorqua Lindel. Je vous en prie, aidez-moi à retrouver Gretchen avant qu'il soit trop tard et...

Des larmes roulèrent sur ses joues.

— Notre petite, notre Gretchen, elle est tout pour nous, et maintenant ils nous torturent avec ces images abominables.

— Je ne comprends pas, l'arrêtai-je. Qui vous torture ?

Lindel s'essuya le visage avec un mouchoir, avant de fouiller dans une poche de son pantalon et d'en sortir une petite clé USB protégée par un sachet en plastique.

— Elle était dans la boîte aux lettres lorsque j'ai récupéré le courrier ce matin. Allez-y, branchez-la.

30.

Je pris le sachet et examinai par transparence le support de stockage. Marque Toshiba, mémoire de 128 gigaoctets.

— Vous n'avez pas transmis ça au FBI ? m'étonnai-je en le reposant pour enfiler des gants en latex.

— Comme nous avions rendez-vous, je préférais vous en parler d'abord. Je... je ne crois pas ces gens du FBI capables de résoudre cette affaire sans vous. Après en avoir fait une copie, accepteriez-vous de leur remettre l'original à ma place ? Je dois prendre le premier avion pour New York. En plus de tout le reste, ma mère a été hospitalisée.

J'acquiesçai avec réticence, curieux néanmoins de voir ce que contenait cette clé USB. Je la libérai de sa protection et la connectai à mon ordinateur. Il y eut un flash à l'écran, puis démarra une vidéo qui me parut sinistrement familière.

Une jeune fille blonde en chemise de nuit blanche courait dans une forêt lugubre aux arbres nus, le porteur de la caméra à sa poursuite. Cela se passait au crépuscule. Il la rattrapa et la jeta à terre, mais le film était trop granuleux pour que l'on puisse distinguer les traits de la fugitive.

« Non, arrêtez ! l'implora-t-elle lorsque le cameraman aux mains gantées la tira par les cheveux pour la mettre à genoux.

— Vraiment ? railla la voix électroniquement modifiée. Tu souhaites donc que ce soit ta dernière partie ? On ne joue plus au chat et à la souris ? On ne s'amuse plus ?

— Je veux juste que tout ça finisse », geignit-elle. À l'écran, elle n'était plus qu'une vague silhouette dans l'obscurité grandissante.

« Eh bien d'accord, ton vœu va être exaucé. »

J'aperçus dans l'ombre un mouvement vif vers le cou de la fille. J'entendis le crissement d'un objet tranchant, suivi d'un affreux hoquet. Aussitôt l'image granuleuse se figea, et l'icône habituelle d'une serrure apparut au-dessus d'un lien, mais cette fois vers un autre site internet : www.ITSOVERBLONDIE.ORG.CO[1].

— Trouvez s'il s'agit d'un montage, dit Lindel qui s'était remis à pleurer. C'est tout ce que je vous demande de faire. Arrêtez cette torture avant qu'elle nous rende fous, ma femme et moi.

Je n'avais pas de licence de détective privé. J'étais suspendu de la police. J'aurais dû me limiter à exprimer ma compassion, et refuser tout net.

Mais j'étais également un père, comme cet homme mis au supplice par le kidnapping de sa fille et maintenant son supposé assassinat filmé en direct à la manière d'un *snuff movie*.

— Vous êtes certain que c'est Gretchen ? insistai-je.

— Je reconnaîtrais sa voix n'importe où, assura-t-il, me regardant comme si j'étais sa dernière et meilleure chance.

— Je vais faire mon possible, lui promis-je.

Les poings serrés, Lindel sourit à travers ses larmes.

— Dieu vous bénisse, docteur Cross. Merci du fond du cœur.

---

1. « C'est fini, blondinette ».

31.

Bras croisés, la mine farouche, l'agent spécial Henna Batra me toisait, plantée derrière le sas de sécurité principal de la base du FBI à Quantico.

Après l'avoir franchi, je m'expliquai :

— Désolé, mais vous ne décrochiez pas votre téléphone et j'ai besoin de vous parler en urgence.

Batra ne daigna pas répondre, se bornant à pivoter sur ses escarpins noirs et à foncer dans le couloir d'un pas martial. Je m'empressai de la rattraper. Quand je fus à sa hauteur, elle grinça :

— Comment osez-vous venir ici ? Vous voulez me faire virer, Cross ?

— J'ai dit à Sidney, à l'entrée, qu'il s'agissait d'une situation critique. Et je ne suis manifestement pas sur la liste noire puisqu'il m'a ouvert grand le portail.

— Sidney vous connaît depuis dix-huit ans.

— Eh bien, justement. Nous sommes tous dans la même équipe.

— Vous ne saisissez pas, Cross. Vous êtes poursuivi pour homicide à Washington DC. C'est un cas fédéral, donc du ressort du FBI.

— Croyez-moi, je le sais. Mais l'analyse de cette vidéo pourrait sauver la vie de Gretchen Lindel. Ou au moins apaiser les craintes de ses parents.

Elle plissa les yeux.

— Quelque chose m'échappe. Pourquoi Lindel n'a-t-il pas remis cette clé USB aux agents qui enquêtent sur l'enlèvement de sa fille ?

— Ça fait des jours qu'il ne dort plus, il était dans un sale état quand je l'ai vu ce matin. Et il partait pour New York, car sa mère vient d'être hospitalisée.

Sans faire de commentaire, Batra marcha encore quelques mètres, puis s'arrêta. Elle se mordilla la lèvre, contempla le plafond un moment.

— L'analyse de vidéo n'est pas vraiment ma spécialité. Pour ça, il faut qu'on aille au sous-sol, céda-t-elle enfin. Docteur Cross ?

— Oui, agent Batra ?

Elle me dévisagea d'un œil glacial.

— Avant qu'on descende, vous devez faire le serment par écrit et en présence de deux témoins que vous ne raconterez jamais à âme qui vive ce que vous allez voir en bas.

Dix minutes plus tard, au sortir de la section de cybercriminalité, je pénétrai dans un ascenseur sécurisé avec la sensation que je venais de signer la fin de ma liberté. Batra me rejoignit dans la cabine, inséra une carte magnétique dans une fente et appuya sur le bouton « - 2 ».

— On me traite carrément comme un espion ! commentai-je lorsque les portes se refermèrent.

— C'est la procédure, ces temps-ci.

— Allez-vous me donner la raison de tous ces secrets ?

— Vous êtes assez intelligent pour la trouver tout seul, éluda-t-elle, tandis que l'ascenseur dépassait le premier sous-sol et ralentissait.

Je perçus des vibrations ainsi qu'un bruit sourd qui devenait plus fort et plus distinct à mesure que nous descendions. Dès que les portes de la cabine s'ouvrirent, nous fûmes assaillis par de la techno-pop. À plein volume. Avec des basses lancinantes. Bizarrement, cela me donna envie de danser.

La musique avait visiblement le même effet sur le gars à la coupe iroquoise flamboyante qui se déhanchait et virevoltait à l'intérieur du laboratoire vitré en face de nous. Il portait un short de toile et un tee-shirt noir sans manches sous un gilet en jean. Nu-pieds, parfaitement en rythme, il ondulait du bassin et lançait ses deux poings vers le plafond, sa crête fendant l'air.

Ce spectacle me fit sourire. Au contraire de Batra.

Elle traversa le couloir. Je la suivis en lui demandant :

— C'est qui cet olibrius ?

— Keith Karl Rawlins, dit-elle sur un ton froissé. Il se fait appeler « KK » ou « Krazy Kat », selon les circonstances.

32.

À la porte du laboratoire, Batra se tourna vers moi, très mal à l'aise.

— Il travaille pour le Bureau ? insistai-je. C'est à son sujet, la clause de confidentialité ?

Elle me foudroya du regard.

— Il n'y a pas plus brillant que lui en matière d'analyse numérique. Il est bien meilleur que moi.

J'en fus surpris, car j'avais toujours pensé que Batra et Internet ne faisaient qu'un. Soudain, je compris la raison de l'exil de Rawlins au deuxième sous-sol.

— Il ne correspond pas à l'image conservatrice de l'agent fédéral à la John Edgar Hoover, hein ?

— Non, admit-elle en abaissant la poignée. KK ne rentre pas dans le moule.

La musique était encore plus forte à l'intérieur du laboratoire, dont les paillasses disparaissaient sous du matériel électronique. Au fond de la pièce, Rawlins dansait devant huit larges moniteurs disposés en demi-cercle et diffusant tous le même clip : des grappes de gens dans la rue en train de se trémousser au rythme envoûtant de la techno.

Batra se planta face à Rawlins en agitant les bras comme un sémaphore.

Il pointa sur elle deux pistolets imaginaires, puis enfonça une touche sur une console digne d'un studio d'enregistrement. Le silence retomba d'un coup. Le punk cessa de gigoter.

La saluant d'un geste espiègle, il déclara d'une voix chantante qui fleurait bon La Nouvelle-Orléans :

— Je te pardonne pour cette fois d'interrompre ma dose quotidienne de Diplo, mon D.J. préféré. De toute façon, j'avais presque fini de régénérer mes neurones.

— Tiens, mon fils aussi m'a parlé de ça, intervins-je sans laisser à Batra le temps de réagir. L'exercice serait propice au renouvellement des cellules.

Rawlins me vit alors, me jaugea, puis sourit. Il attrapa une petite serviette abandonnée sur une chaise, et s'approcha de moi tout en épongeant la sueur sur son crâne rasé de chaque côté de sa crête. Il avait un anneau en or à la narine gauche, et les lobes de ses oreilles arboraient de multiples piercings. Sur son tee-shirt s'étalait en paillettes multicolores : GODDESS DANCES.

— Vous êtes encore plus imposant en chair et en os. Et votre fils a dû lire le même article que moi. Quelles sont les chances que cela arrive, Mister Cross ?

— Je ne sais pas.

— Moi si, triompha Rawlins. Deux sur un milliard et demi environ. À moins qu'on ne s'appuie sur la théorie des cordes, auquel cas le nombre des probabilités augmente exponentiellement à chaque nouveau lecteur de l'article, grâce aux ondes vibratoires dégagées par son cerveau qui interagissent avec d'autres.

— Euh, je suis complètement largué, là.

— Quel dommage ! soupira l'informaticien avec une moue boudeuse. Je suis toujours séduit par l'alliance de la finesse d'esprit et de la force brute.

33.

J'éclatai de rire.

— Vous n'avez pas de veine, agent spécial Rawlins. Je manque des deux, c'est d'ailleurs la raison de ma visite.

Rawlins glissa un regard à Batra et ricana.

— Ni « spécial » ni « agent », Mister Cross. Juste KK ou Krazy Kat. Je suis un consultant. Le Bureau n'a jamais réussi à faire de moi un fonctionnaire assermenté. Pas vrai, Big Baby B ?

— Nous sommes ici pour le boulot, Kat, pas pour papoter, dit-elle en levant les yeux au ciel.

— Je suis sûr que je déchirerais, comme flic, affirma Rawlins sur un ton hautain. En dépit des apparences, je suis d'une honnêteté sans faille, et j'attends la même chose de mes collègues. Alors dites-moi, Mister Cross, avez-vous tué ces fans de Soneji pour le sport ?

— Non.

— Pour réparer une injustice ?

— C'était de la légitime défense.

Il chercha sur mon visage des tics de nervosité. En vain.

— En quoi puis-je vous être utile ?

— Tout d'abord, un peu de contexte, suggérai-je.

Et je lui résumai l'histoire que Neal Parks, le cybermac, nous avait vendue à Sampson et moi. Il prétendait s'être rendu plusieurs semaines auparavant à Newport News en Virginie, une ville aux nombreuses bases militaires, avec le projet d'y étendre son commerce. Un soir qu'il traînait dans un club de strip-tease, le proxénète avait fait la connaissance de deux hommes dans la trentaine, prénommés Billy Ray et Carver.

Comme le courant passait bien, il avait bu et sniffé avec eux jusque tard dans la nuit. Billy Ray, plus bavard que son acolyte, lui avait confié qu'ils cherchaient des blondes pour des films produits à la demande de sites lucratifs du *dark web*. L'un des plus récents, et des plus appréciés, mettait en scène deux jeunes lesbiennes de Pennsylvanie, avait précisé Billy Ray en notant pour Parks l'URL du site internet : WWW.ITSOVERBLONDIE.ORG.CO. Je sortis de ma poche le sachet hermétique contenant la clé USB Toshiba.

— On trouve la même adresse sur la vidéo stockée là-dedans. J'aimerais savoir si le film est truqué ou non.

À partir de là, le punk donna la mesure de son professionnalisme. Il me prit le sachet et me demanda où j'avais eu cette clé. Je lui parlai alors du père de Gretchen Lindel.

— Il aurait dû apporter ça directement aux agents chargés de l'affaire de sa fille, maugréa-t-il en se dirigeant vers une paillasse.

— C'est compliqué pour lui, dis-je.

— Vous avez regardé ce qu'il y a dessus ?

— Un *snuff movie*, d'ailleurs le premier que je vois, s'il s'agit bien d'un vrai.

— Vous voulez seulement savoir si c'est un faux ?

— Tout l'intéresse à propos de ce film, intervint Batra. Et moi aussi.

Rawlins m'interrogea :

— Vous en avez fait une copie ?

— Sur mon ordinateur, chez moi.

— Pas de bug ?

— Non, tout a fonctionné normalement.

— Je vais quand même vérifier, décréta-t-il en s'asseyant à un ordinateur.

Il enfila des gants en latex, sortit la clé et l'inséra dans un port USB.

Quelques instants plus tard, nous contemplions l'icône d'un sablier en train de décompter la minute et les quarante secondes nécessaires à une inspection complète du support de stockage. Le temps écoulé, un message apparut : *aucune anomalie connue détectée*.

— C'est parti mon kiki ! lança l'informaticien.

Il retira la clé, s'installa devant le terminal qui contrôlait les huit moniteurs, et la connecta à un serveur relié au réseau interne du FBI.

Un index du contenu de la clé s'afficha sur l'écran central ; il se limitait à un unique fichier, un MPEG. Rawlins cliqua dessus. Il y eut un flash, puis la séquence démarra : le film granuleux avec la blonde hystérique de peur courant dans la forêt, le cameraman à ses trousses.

— C'était quoi ça ? fit Batra. Le flash tout au début ?

— Je n'en sais rien, répondit l'informaticien en stoppant la vidéo.

— En fait, maintenant que j'y repense, il s'est passé la même chose quand j'ai cliqué sur l'icône, dis-je. Mais comme mon écran est beaucoup plus petit et plus vieux, ce n'était pas aussi brillant que là.

Rawlins grommela et réclama à l'ordinateur le listing des applications actives et des processus en cours. Le répertoire s'ouvrit, les montrant triés par ordre chronologique, le plus récent tout en haut.

— C'est ça qui a flashé tout à l'heure ? s'enquit Batra, un sourcil arqué. Porngrinder ? Du porno ?

34.

Rawlins pouffa puis avoua avec désinvolture :

— Oh, Porngrinder c'est à moi. Pour ma défense, je me sens parfois très seul dans mon sous-sol.

— Doux Jésus, soupira Batra, dégoûtée. Le Bureau désapprouve ce genre de… divertissement.

— Tu vas me faire virer ?

— C'était quoi ce flash ? insista Batra.

— Je ne sais pas. Un défaut, un saut d'écran. Ça arrive, figure-toi.

— Ou bien un bug dans le plug-in qui active le lecteur vidéo ? suggéra-t-elle.

Rawlins leva un doigt.

— Un moment à marquer d'une croix blanche : l'agent spécial Henna B. et moi sommes d'accord sur quelque chose !

Elle roula les yeux d'exaspération.

— Dissèque-nous cette vidéo, Kat.

Je ne vais pas vous assommer avec trop d'explications techniques sur le savoir-faire et l'astuce de Rawlins qui menèrent à des résultats concluants. Tout d'abord, il se servit d'un logiciel classique de recherche sur le fichier qui nous intéressait, afin d'accéder à son *dark data* – des données stockées mais non traitées, dites « obscures ». Mais sans succès. Elles avaient été éliminées par l'épluchage du réseau Tor, comme pour le site internet Killingblondechicks4fun.

— Pas étonnant, râla Rawlins. Mais il me reste le chiffon à poussière.

Ce « chiffon à poussière » était en fait un programme conçu et codé par l'informaticien pour dénicher le moindre résidu de métadonnées ou de *dark data*. Il le comparait au télescope spatial Hubble capable d'observer des débris cosmiques même à plus de mille kilomètres derrière la queue d'une comète.

Et de fait, un deuxième écran fut rapidement rempli de fragments de codes qui défilaient en synchronisation avec la vidéo. Dans la séquence du soi-disant meurtre, où l'éclairage était faible et les sons au contraire plus forts, Rawlins découvrit parmi la poussière de données les traces d'un raccord audio de six secondes environ. Or ce laps de temps correspondait au moment où l'on entendait le crissement d'un couteau qui tranchait une gorge, suivi d'un hoquet évoquant le dernier souffle sorti d'une poitrine agonisante.

— Elle est vivante, conclut Rawlins, un quart d'heure à peine après avoir commencé son analyse. Enfin, ce ne sont pas les bruits de *son* assassinat.

Je poussai un soupir de soulagement. Je n'aurais pas à donner à Alden Lindel et à sa femme des nouvelles encore plus dévastatrices.

— Expliquez-moi comment vous êtes parvenu à cette certitude. Les parents vont m'interroger.

— Le truquage est assez pro, sans doute du son créé par ordinateur. Ce qui indique une solide formation en bruitage. À mon avis, c'est quelqu'un qui a fait une école de cinéma ou bossé dans une société d'effets spéciaux à Hollywood. Mais pas un programmeur.

— Et pourquoi ça ? demanda Batra.

Rawlins pianota sur son clavier, et la vidéo sur le moniteur central défila en arrière jusqu'au début du raccord de six secondes, tandis que le deuxième écran affichait les résidus de *dark data*. L'analyste pointa le doigt vers une ligne irrégulière de données visible presque tout au long de la séquence.

— Voilà la retouche sonore. Un programmeur l'aurait mieux dissimulée, il aurait fait une suture aussi discrète que de la chirurgie esthétique. Il n'y aurait pas eu l'ombre d'une cicatrice.

— Donc, c'est du montage audio basique ? insistai-je.

Rawlins tapota avec coquetterie sa crête iroquoise comme si c'était la haute couture de la coiffure et concéda :

— Disons trois niveaux au-dessus d'un travail de boucher. Bien, je ne peux pas vous aider plus pour l'instant. J'ai beaucoup à faire ici avant l'ouverture de Goddess.

Devant mon air perplexe, Batra précisa :

— Sa boîte de nuit préférée.

— Vous dansez, Mister Cross ? s'enquit Rawlins.

Je n'eus pas le temps de répondre car mon téléphone vibra dans ma poche. Je le sortis, reconnus le numéro.

— C'est l'école de mon fils. Je dois prendre l'appel.

35.

Ali Cross se savait plus doué que la moyenne à Washington Latin Charter School, mais sans se considérer comme un génie. Les élèves qu'il jugeait d'une intelligence supérieure étaient également les plus timides et les plus bizarres. Un mois dans cette école lui avait suffi pour se convaincre que la notion de génie y était surévaluée. Il se contenterait d'être très malin, très bûcheur et très curieux.

Parce qu'il avait plus d'un an d'avance, Ali était le benjamin de sa classe de CM2. Sa maturité et son sens de l'humour lui permettaient toutefois de s'intégrer dans la plupart des groupes. Mais comme disait toujours son père, chaque troupeau a ses brebis galeuses.

Ali en croisa justement deux ce jour-là, un peu après la sonnerie de fin des cours. Ayant quinze minutes à tuer avant la séance de débats, il décida d'aller attendre dehors pour profiter de la douceur de cette après-midi ensoleillée.

Il s'arrêta en haut des marches et contempla le parvis, assailli par le souvenir de ces hommes masqués qui avaient kidnappé Gretchen Lindel et abattu Mme Petracek. Plutôt que de ressasser cet horrible événement, il s'assit sur le rebord du mur de l'escalier et s'absorba dans un jeu sur son téléphone.

Des grappes d'élèves passaient à côté de lui, il saisissait des bribes de leurs conversations. Soudain, quelqu'un l'empoigna par le col, juste sous le menton, et le poussa violemment en arrière comme pour le faire tomber du mur. Puis le remit d'aplomb tout aussi brusquement.

Pris par surprise, Ali sentit l'adrénaline et la peur lui retourner l'estomac avant même de réaliser pleinement ce qui lui arrivait. George Putnam, un baraqué de sixième, continuait à lui serrer le cou si fort qu'il avait du mal à respirer. La situation rendait son agresseur hilare.

— Je t'ai sauvé la vie, Cross, railla-t-il. Espèce de petite merde.

— Lâche-moi, gargouilla Ali. Tu m'étrangles !

Le pote inséparable de George, Coulter Tate, plus grand et déjà défiguré par l'acné, se pencha sur Ali à lui toucher le visage, le regard dément.

— Ça fait quoi d'être le fils d'un tueur, Cross ? cracha-t-il. C'est comment d'avoir des gènes de meurtrier ?

Comme Putnam resserrait encore sa prise, Ali eut la sensation que ses yeux gonflaient. À partir de là, son esprit se vida de toute pensée, de toute réflexion. Il rejeta la tête en arrière et la projeta vers l'avant. Son front percuta le nez de Tate, un craquement net se fit entendre.

Avec un cri de souffrance, Tate recula d'un pas chancelant. Il palpait son appendice endolori, d'où coulait un flot écarlate.

— Il l'a cassé ! sanglota-t-il, incrédule. Il m'a pété le nez !

Ahuri, son ami le regardait pisser le sang, sans libérer Ali, qui lui envoya alors son poing dans la gorge. Putnam lâcha le col de sa victime et dégringola les marches en toussant, les yeux exorbités, les mains autour du cou.

Figé dans une posture de combat, Ali tremblait de la tête aux pieds lorsque Mme Dalton, la directrice de Washington Latin, sortit en trombe de l'établissement.

— Mon Dieu, que se passe-t-il ici ? s'écria-t-elle.

Ali n'eut aucune réaction. Toute son attention restait fixée sur les deux élèves de sixième, comme s'il les défiait de l'approcher.

— Ce petit merdeux m'a cassé le nez, m'dame ! chouina Tate, du sang coulant entre ses doigts. C'est un malade, il a aussi frappé George à la gorge !

— Ali ? s'indigna Mme Dalton. Pourquoi as-tu…

— Je ne parlerai pas avant que mon père soit là, l'interrompit-il en s'efforçant de garder son calme.

— Tu vas tout me dire immédiatement, jeune homme, le somma-t-elle, pleine de son autorité. Je l'exige !

— Pardon, madame Dalton, mais non, s'entêta Ali, soudain pris de faiblesse tandis qu'il laissait retomber ses poings et se tournait vers elle. S'il vous plaît, faites venir mon père ou un avocat, et je vous raconterai exactement ce qui s'est passé.

36.

Mon retour à Washington fut ralenti par les embouteillages. Je me demandais dans quel pétrin Ali avait bien pu se fourrer, car cela devait être grave pour nécessiter ma présence en urgence. La directrice de l'école était restée évasive au téléphone.

Pendant que je franchissais à une allure d'escargot le pont Theodore Roosevelt, j'appelai Alden Lindel. Il décrocha à la troisième sonnerie.

— Alex Cross à l'appareil. Monsieur Lindel, je suis heureux de vous dire que Gretchen n'est pas morte au cours de ce film. C'était un montage.

Il émit un son entre la toux et le sanglot.

— Oh, merci ! hoqueta-t-il. Oh, Dieu soit loué ! Vous en êtes sûr ? Comment le savez-vous ?

— Parce qu'un magicien de l'informatique particulièrement doué du FBI certifie que la vidéo est truquée. Les bruits ne sont pas réels.

— C'était pourtant la voix de Gretchen. Je le jurerais !

— Je vous crois, monsieur Lindel. Mais elle n'était pas agonisante. Je tenais à vous en informer au plus vite. Prévenez votre femme.

— Oui, bien sûr. Tout de suite.

— Je vous contacte si j'en apprends plus.

— Attendez, docteur, j'ai quand même besoin de consulter quelqu'un. Eliza, la maman de Gretchen, et moi... sommes séparés, j'étais déjà sous pression avant l'enlèvement de notre fille. Et il y a ma mère, elle est au plus mal, nous pensons que la fin est proche.

— Je suis navré de tout cela, monsieur Lindel. Appelez à mon cabinet demain. Nous prendrons rendez-vous.

— Merci, docteur.

— Je vous en prie, dis-je, et je raccrochai.

La circulation était enfin plus fluide. Quinze minutes après, je me garai près de Washington Latin, et me dirigeai en hâte vers la section où se trouvaient les bureaux de la directrice et du personnel administratif.

Depuis le bout du couloir, je vis Coulter Tate installé dans la partie droite de la salle d'attente. Il tenait une poche de gel froid sur sa figure. Une femme, sans doute sa mère, avait un bras passé autour de ses épaules et chuchotait à son oreille.

Deux ou trois chaises plus loin, George Putnam pressait un sac de glace sur sa gorge. À côté de lui était assis un homme que j'imaginai être son père, un grand gaillard à la carrure de catcheur engoncé dans un costume à cinq mille dollars. Il fusillait du regard Ali, avachi sur un siège en face, les yeux fermés.

— Monsieur Cross ?

Je me retournai. Mme Dalton trottinait vers moi.

— Monsieur Cross, commença la directrice avec un soupir d'exaspération. Avant d'en venir à la bagarre elle-même, je dois vous parler de l'insubordination de votre fils. Un établissement comme…

— S'il vous plaît. Je souhaiterais d'abord m'entretenir avec lui en privé.

— Monsieur, rétorqua-t-elle en levant le menton. Je ne crois pas que vous…

— Avec tout mon respect, madame Dalton, j'estime quant à moi qu'Ali a eu raison de garder le silence. Il est mineur, mais il a certains droits. Dont celui de se faire assister par un parent durant son interrogatoire.

— Ça, c'est avec la police. Moi, je dirige une école, et je tiens à être présente quand il racontera sa première version des faits.

— Vous voulez vraiment me dénier mes droits parentaux ? Parce que vous dépenserez beaucoup d'argent en frais d'avocats, et vous perdrez.

Mme Dalton était une femme de tête qui n'avait pas l'habitude qu'on lui résiste, qui détestait s'avouer vaincue, cela se lisait dans ses yeux. Elle céda pourtant.

— Très bien, monsieur Cross. Vous pouvez utiliser mon bureau. Dix minutes. Il y a les autres parents et élèves à prendre en considération.

— Merci, madame Dalton. Vous êtes dans une situation délicate, je le comprends, et je suis sensible au tact avec lequel vous la gérez.

Elle tiqua sous l'ironie, mais finit par m'indiquer d'un geste la salle d'attente. À mon entrée, Coulter Tate, celui au nez cassé, eut un sursaut, se recroquevilla sur sa chaise et chouina de peur.

— Qu'est-ce qui t'arrive, trésor ? lui demanda sa mère, qui se tordit le cou pour mieux me voir.

— Il tue des gens, m'man, geignit-il. Et il apprend à son fils à tuer aussi.

— Boucle-la, Coulter, gronda Ali en ouvrant les yeux. Tu es vraiment un pauvre con.

— Surveille ton langage, fis-je.

Ali bondit de son siège avec une expression de soulagement et me serra fort. Ignorant tous les autres, je me tournai vers Mme Dalton. Elle nous mena à son bureau, et ferma la porte derrière nous.

— Ça va, bonhomme ? demandai-je, inquiet.

— J'ai mal au front, admit-il, avant de m'étreindre à nouveau.

— Mme Dalton est très mécontente. Alors dis-moi toute la vérité.

37.

Je rouvris la porte au bout de dix minutes, pour trouver Mme Dalton plantée devant.

— J'allais justement frapper, se défendit-elle, confuse.

Ou plutôt vous laissiez traîner vos oreilles, pensai-je sans le formuler à haute voix.

— Faites venir les autres, madame. Ils doivent entendre la version d'Ali.

— Pourquoi ?

— Parce que ces deux garçons vous mentent. Et Ali peut le prouver.

Cinq minutes après, trois enfants et trois parents s'entassaient dans le bureau de Mme Dalton. Personne n'était ravi d'être là.

— Je vais vous poursuivre pour dommages corporels, l'ami, aboya le père de George Putnam en me menaçant d'un doigt épais. Je suis avocat.

— Sans blague ! Je ne l'aurais jamais deviné.

— Restons courtois, voulez-vous ? intervint la directrice. Écoutons Ali.

— C'est qu'un menteur ! protesta George Putnam d'une voix enrouée.

Ali secoua la tête avec dédain.

— Quel bouffon, celui-là ! J'ai encore rien dit.

Je posai une main sur son épaule et la serrai.

— Tiens-t'en strictement aux faits, lui recommandai-je. Pas d'insultes. Adresse-toi à Mme Dalton.

Malgré sa frustration, mon fils raconta son histoire sur un ton neutre : il était assis sur le mur bordant l'escalier lorsque George Putnam l'avait saisi par le col et poussé violemment en arrière ; s'il ne l'avait pas retenu, Ali serait tombé de deux mètres sur le béton en bas des marches et se serait sans doute blessé gravement.

— Mais je t'ai pas lâché, rappela George. C'était juste pour jouer à « je te sauve la vie ». Merde, quoi !

Ali poursuivit :

— Oui il m'a retenu en disant : « Je t'ai sauvé la vie. » Mais ensuite Coulter a collé sa figure à la mienne et a sorti des saloperies sur papa.

— Donc, tu lui as donné un coup de tête ? lança aigrement Mme Tate. Tu ne peux pas réagir comme ça. Eux, ils plaisantaient, mais toi tu as profité de l'occasion pour leur faire vraiment mal.

— Tel père, tel fils, renchérit Coulter.

— Elle a raison, intervint M. Putnam. Ali n'avait pas à frapper George à la gorge. Le jeu était fini, il a pris mon garçon en traître.

— George continuait à m'étrangler après mon coup de boule à Coulter ! expliqua Ali en regardant Mme Dalton droit dans les yeux. J'avais peur de mourir. Je visais son menton mais mon poing a atterri en dessous.

— Peur de mourir ? répéta George de sa voix rauque. Tu rigoles ?

— Est-ce que tu ne serrais pas mon cou quand je me suis défendu ? lui demanda Ali. Les autres élèves sont déjà rentrés chez eux, mais je suis sûr que quelqu'un a tout vu et qu'il confirmera, alors dis la vérité maintenant.

Furieux, George ouvrit la bouche. Il hésita, déglutit péniblement, puis concéda :

— Je te tenais peut-être par le col, mais je t'ai jamais étranglé.

— Jamais ?

— Non.

Ali défit les premiers boutons de sa chemise et écarta le tissu. Des marques rouges cerclaient son cou.

— Traces nettes d'une tentative de strangulation, déclarai-je.

— Hein ? cria M. Putnam. C'est n'importe quoi ! Vous avez pu les lui faire vous-même pendant que vous étiez seul avec lui.

Ali agita son téléphone.

— Je n'ai que neuf ans, mais je ne suis pas stupide. J'ai pris des photos dans les toilettes, il y a une heure. J'en ai beaucoup, toutes horodatées. Donc affaire classée, c'était de la légitime défense. Ou vous préférez qu'on vous attaque tous en justice pour violences multiples ?

Réprimant un sourire, je lui soufflai :

— Multiples est un tantinet exagéré.

— Oh ! dit-il d'un air espiègle. Bon, O.K.

Un long silence régna dans la pièce. Enfin, Mme Dalton prononça sa sentence :

— George ? Coulter ? Cinq jours d'exclusion.

— Vous êtes sérieuse ? glapit Mme Tate.

— Non ! rugit M. Putnam.

— Si, confirma la directrice. Et si jamais ils sont à nouveau mêlés à un incident du même ordre, ils seront renvoyés de l'école définitivement.

— Je vais me plaindre au conseil d'administration, vociféra M. Putnam. Une lourde sanction pour eux et rien pour celui qui les a blessés ? C'est inacceptable.

— Je n'ai pas terminé, répliqua Mme Dalton, qui nous considéra tour à tour, mon fils et moi. Ali, trois jours d'exclusion.

— Quoi ? s'écria-t-il. C'était de la légitime défense !

La directrice resta de marbre.

— Lorsque tu t'es inscrit à Washington Latin, tu en as signé le code de conduite. Lequel stipule, entre autres, que les bagarres ne sont tolérées en aucune circonstance. Aucune. T'en souviens-tu ?

— Oui, mais…

— Pas de « mais », le coupa-t-elle, puis son regard se porta sur moi. Ali a signé cet engagement. Tout comme vous et votre épouse, monsieur Cross.

— En effet, admis-je. Et nous nous y conformerons.

— P'pa !

— Affaire classée, fiston.

38.

Le lendemain matin, après un long jogging avec Jannie et une douche revigorante, je rejoignis Nana Mama à la cuisine et versai un mug de café pour Bree. Celle-ci entra en traînant les pieds et en bâillant, encore dans les vapes. Il y avait eu un affrontement entre gangs la veille au soir, trois homicides venus s'ajouter à une pile de dossiers qui menaçait de s'écrouler sous l'accumulation du retard. Bree n'était pas rentrée avant 2 heures, mais il lui fallait déjà repartir au bureau pour une réunion avec le chef à 9 heures.

Je posai le mug devant elle.

— Béni sois-tu, mon cœur, me remercia-t-elle avec un pâle sourire, avant de siroter le breuvage fumant.

— À ton service quand tu veux.

— Bon, raconte-moi pour Ali.

— Humph, maugréa Nana Mama, qui se mit à préparer des œufs brouillés.

Je pris une chaise en face de ma femme.

— Ma foi, on aurait dit un avocat de la défense en herbe. Son argumentation était d'une logique imparable. Et c'était son idée de les piéger en ne signalant pas les marques sur son cou à Mme Dalton avant la confrontation.

— Comme ce Perry Mason de la série télé ! lança Nana Mama, sur un ton tout sauf élogieux. Se bagarrer sur l'escalier de l'école ! Cela ne serait pas arrivé à l'époque où j'étais proviseure adjointe. Jamais !

Dans son douillet peignoir bleu marine, ma grand-mère nous tournait le dos et battait furieusement ses œufs. La bouche en forme de O, Bree essayait de ne pas rire.

— Nana, protestai-je, qu'aurait dû faire Ali ? Se laisser étrangler à mort ?

— Ce n'est pas ce que j'ai dit, me rembarra-t-elle sèchement, tout en me faisant face. Je m'inquiète seulement de la réputation de ton fils, car cela prend beaucoup de temps pour s'en forger une bonne.

Ces paroles étaient l'écho des conseils avisés qu'elle m'avait prodigués au fil des ans, et je m'inclinai.

— Oui m'dame. C'est vrai.

— Et s'il faut des années pour la bâtir, elle peut en revanche être détruite en deux secondes, Alex, conclut-elle avec un *tss* de désapprobation.

— Je suis bien placé pour le savoir, Nana, mais franchement, j'estime que mon fils a eu la bonne réaction vu les circonstances. De plus, sa punition lui enseigne que le monde est parfois injuste.

— Alex a raison, renchérit Bree. En fait, la réputation d'Ali sera encore plus solide après cette histoire. Rendez-vous compte, à neuf ans, il mate des brutes âgées de douze ! Vous devriez être fière de lui, Nana. Il a bien fait, même si ça lui vaut une exclusion.

Ma grand-mère parut déstabilisée. Je me levai pour l'enlacer et insistai :

— Parfois, on est obligé d'enfreindre les règles. Surtout pour se protéger.

Nana Mama resta d'abord raide comme une planche entre mes bras, puis elle se laissa mollir et m'étreignit à son tour.

— Tu sais que je n'aime pas que l'on se batte, Alex.

— Mais oui.

— Où a-t-il appris à se défendre comme ça ?

— En regardant sur YouTube des vidéos de Krav Maga, la technique israélienne de combat rapproché.

— Ne faudrait-il pas limiter le temps qu'il passe sur Internet ?

— Tout à fait d'accord, approuvai-je en embrassant son adorable vieille tête.

La sonnerie de mon portable retentit. Je lâchai ma grand-mère pour décrocher.

— Alex Cross.

— Ici Bernie Aaliyah, fit celui-ci avec brusquerie. C'est Tess. Elle s'est barricadée dans sa chambre. Elle a un revolver, et j'ai peur qu'elle se tue si vous ne venez pas la calmer.

39.

Tess Aaliyah habitait un duplex, près du centre de Washington. La rue, qui s'embourgeoisait, était en pleine rénovation. Il y avait des bennes à gravats devant trois ou quatre autres de ces maisons mitoyennes, dans lesquelles résonnaient des coups de marteaux, le bourdonnement de perceuses.

Une scie circulaire qui hurlait non loin noya le bruit de mes pas sur les marches menant à la porte de Tess. Son père ouvrit avant que je ne sonne, et sortit sur le perron pour me serrer la main. Bernie Aaliyah avait le visage couvert d'égratignures et d'hématomes. Il était livide, et je vis dans ses yeux une palette d'émotions allant de l'angoisse à la colère.

— Je vous avais promis de procurer à Tess l'aide dont elle a besoin, Cross, déclara-t-il d'une voix basse et nerveuse. J'ai fait de mon mieux pour la convaincre. Mais elle a été agressive dès que j'ai suggéré une évaluation psychiatrique. Comme je lui expliquais que c'était pour son bien, elle a pété les plombs. Elle m'a sauté dessus et griffé, puis frappé avec quelque chose qui m'a mis K.-O.

Il secoua la tête d'incrédulité et de chagrin.

— Tess ressemble à sa mère, elle a un tempérament pondéré, même petite fille elle ne s'énervait jamais.

— C'est toujours la même personne. Mais elle souffre.

— Parlez-lui. Faites-lui comprendre que ce n'était pas sa faute.

Conscient de son désespoir, j'inspirai profondément.

— Je peux essayer. Où est sa chambre ?

— En haut à droite.

— C'est quoi ce revolver ?

— Son arme de secours. Elle a rendu son pistolet de service.

— Savez-vous quels médicaments lui ont été prescrits ?

— Tout un tas ! Le comptoir de la cuisine est une vraie pharmacie !

— Bon, je vais d'abord aller voir ça.

Il me précéda de sa démarche claudicante dans le couloir, d'où partait un escalier raide, jusqu'à une petite cuisine moderne. Sur le plan de travail s'étalait une flopée de flacons.

Je les passai en revue un à un. Certains des noms m'étaient connus. Pour les autres, je me servis de mon smartphone pour les trouver dans le site de référence Drugs.com. Je parcourus toutes les notices, inscrivant sur un papier les principaux effets thérapeutiques, puis cherchai sur le site les interactions médicamenteuses possibles.

Quand j'eus fini, alarmé, je chuchotai :

— Bernie ? Tess les prend tous ? Ou seulement quelques-uns ?

— Elle a refusé de me le dire, et je n'arrive pas à avoir ces fichus toubibs au téléphone.

Les noms des médecins étaient inscrits sur les étiquettes des flacons. En tout, cinq praticiens avaient prescrit douze traitements différents à Tess Aaliyah au cours des six dernières semaines.

Son père m'interrogea :

— Alors, qu'en pensez-vous ?

— Si elle a pris ne serait-ce que la moitié de ces médicaments en même temps, c'est un miracle qu'elle ne soit pas déjà internée pour comportement psychotique.

— Oh, seigneur ! gémit Bernie. J'en étais sûr. J'ai confié à ma compagne que quelque chose clochait. Mais je... je n'ai pas cherché plus loin, comme un imbécile.

— Tess est une adulte, lui rappelai-je en lui tapotant le bras. Vous venez avec moi ? Elle aura besoin de vous à un moment ou à un autre, mais surtout ne lui dites rien avant que je vous fasse signe.

Cette instruction lui déplut.

— Dans ma carrière, j'ai souvent convaincu des gens suicidaires de ne pas sauter, grommela-t-il.

— Je n'en doute pas, Bernie. Mais c'est comme le chirurgien qui opère un proche ou l'accusé qui est son propre avocat au tribunal. Il y a trop de risques.

Le père de Tess se renfrogna mais promit :

— Je ne parlerai pas à moins que vous ne me donniez le feu vert.

— Bien, allons-y.

40.

Les marches tapissées de moquette n'émirent aucun grincement pendant que je montais. Arrivé sur le palier étroit, je longeai la rambarde jusqu'à la chambre de Tess. J'allais frapper à la porte quand je l'entendis monologuer :

— Des rats, disait-elle d'une petite voix qui trahissait sa confusion. Je les ai vus. Ici ? Crois-moi. Et puis… ils faisaient du bruit en grattant dans les murs… et il y avait ces cris. C'était maman… maman qui hurlait de douleur. (Elle se mit à pleurer.) Tout le temps.

Elle semblait si proche que je m'accroupis et discernai son ombre sous la porte ; elle était assise par terre, le dos appuyé contre le battant.

Je me relevai, inspirai à fond et toquai en appelant doucement :

— Tess ?

— Allez-vous-en, chuchota-t-elle tout bas, au point que je dus tendre l'oreille.

— C'est Alex Cross, dis-je, un peu plus fort. Je voulais savoir si on pourrait discuter tous les deux.

— Silence ! vociféra-t-elle. Je connais mes… mes droits. Je n'irai pas voir un autre psy. Plus de mouchards qui blablatent et fouillent dans mon cerveau, plus jamais.

Sans me laisser répondre, Tess enchaîna :

— Alex, c'est vous le plus grand mouchard. Une petite conversation, et hop vous en faites tout un drame, vous mettez des idées débiles dans la tête de mon père. « Pauvre Tess. Ça y est, elle est complètement folle. Enfermez-la et jetez la clé. »

— Je ne suis pas là pour vous faire interner.

Tess ricana.

— Bien sûr que si !

— Mais non. Je souhaite juste éclaircir certaines choses.

Durant quelques secondes, il n'y eut aucune réaction. La porte craqua alors que Tess s'appuyait plus lourdement contre elle en changeant de position sur le sol.

Je lançai un coup d'œil à son père, qui se tenait en haut des marches, l'air dévasté comme s'il écoutait sa fille se noyer.

— Tess ? insistai-je. Puis-je parler maintenant ? Vous êtes d'accord ?

— Si ça vous chante, répondit-elle. (Sa voix était de nouveau confuse.) Mais faites-le gentiment et doucement. Je vous entends bien.

Je me concentrai, essayant d'anticiper la suite, cherchant les meilleurs arguments pour l'inciter à sortir et à me remettre le...

Clic-clac.

41.

Ce son me paralysa. Je l'avais entendu mille fois dans ma vie, le bruit caractéristique que fait un revolver double action lorsqu'un pouce met le chien en position.

— Tess, dis-je en me plaçant sur le côté de la porte, hors d'une éventuelle ligne de tir. Avez-vous une arme sur vous ?

— Je déteste avoir des rats dans mes placards, répondit-elle, toujours sur le même ton décalé.

Je me tournai vers Bernie, lui fis signe de ne pas bouger.

— Beaucoup de gens se font du souci pour vous, Tess. Ils souhaitent tous vous aider. Et moi, j'aimerais entrer pour vous porter secours. Votre père également.

— Pas besoin, marmonna-t-elle d'une voix lasse, comme si elle était sur le point de s'endormir. Demandez à papa. Tessie n'a pas de patience, elle ne peut pas attendre que les dératiseurs fassent leur boulot.

— Voulez-vous me faire plaisir ? Juste en posant votre arme par terre à côté de vous ?

— Non, Alex, murmura-t-elle. À quoi ça servirait ?

Je décidai de la secouer un peu.

— Je vous ai demandé si vous faisiez de l'automédication. Vous m'avez assuré que non. Or votre père vient de me montrer dans votre cuisine douze traitements différents.

Après une pause, elle répondit :

— Sur ordonnance de médecins.

— Sauf que je ne crois pas que chacun d'eux savait ce que les autres vous avaient prescrit, Tess. J'ai vu plusieurs médicaments en bas, des antidépresseurs et des neuroleptiques, dont l'association présente un risque majeur. Il pourrait y avoir une grave interaction entraînant un arrêt cardiaque, ou une attaque cérébrale qui endommagerait votre cerveau, effacerait votre mémoire à long terme.

— Rien. N'a. Marché, chantonna-t-elle dans un lent murmure.

Le revolver aboya.

Cela me fit sursauter et bondir en arrière, puis je sentis le choc, l'horreur, m'envahir. Tess s'était tiré dessus. Elle était morte juste à côté, dans cette chambre. Les jambes soudain en coton, je dus m'accrocher à la rambarde ; j'avais envie de vomir.

En proie à la panique et au désespoir, Bernie Aaliyah rugit :

— Non !

Il se précipita en boitant et se mit à tambouriner sur la porte.

— Tess ! Parle-moi ! Tess, réponds immédiatement !

Le silence retomba, que je finis par briser :

— Bernie ?

Le père de Tess tourna la tête vers moi, fou de rage.

— Vous, la ferme ! Je n'aurais jamais dû vous appeler. Vous l'avez tuée, Cross, voilà ce que vous avez fait !

TROISIÈME PARTIE

LE PROCÈS D'ALEX CROSS

42.

Quatre semaines plus tard...

Abattant deux fois son maillet, la juge Priscilla Larch observa l'assemblée à travers ses lunettes à verres épais et annonça de sa voix râpeuse :

— Le ministère public contre Alex Cross. Silence dans la salle. Monsieur Holm, vous pouvez introduire le jury.

— Bien, votre Honneur, répondit l'huissier, puis il sortit.

— Je prie pour qu'on ait fait le bon choix, souffla ma nièce Naomi.

Anita Marley hocha la tête avec raideur, absorbée par les notes de son argumentation, sans même se fendre d'un regard vers les cinq hommes et sept femmes tenant mon sort entre leurs mains qui prenaient place dans la tribune. Mon avocate était encore fâchée contre moi au sujet de la sélection du jury, et je la comprenais.

Lors de l'audition où l'accusation et la défense interrogent chaque juré potentiel en vue de le retenir ou de l'écarter, Anita et moi avions été en désaccord sur deux d'entre eux : les numéros cinq et onze. Le premier était un septuagénaire au dos de travers et bossu à cause d'une déformation de la colonne vertébrale. Il marchait péniblement avec une canne et devait tordre tout le buste pour regarder son interlocuteur.

Son caractère en revanche était droit, comme l'indiquait la franchise de ses réponses, notamment lorsqu'il avait confessé un scepticisme invétéré et systématique. Ingénieur en énergie électrique à la retraite, il prenait son temps pour se décider, pesait le pour et le contre avant d'agir, et restait fidèle à ses convictions.

Anita souhaitait le récuser parce qu'il avait un ami dont le fils avait été abattu par la police de Baltimore. Mais il avait précisé qu'il n'avait « rien contre les flics. Leur boulot est très dur. Je suis tout à fait capable de rendre un verdict juste, sans parti pris ».

Je m'étais opposé à Anita dans son cas, arguant qu'il nous fallait des gens assez circonspects pour ne s'en tenir qu'aux faits et assez honnêtes pour en tirer des conclusions justes.

La jurée numéro onze était une belle femme tout en rondeurs, très stylée dans son tailleur Chanel gris, une rousse flamboyante avec un sourire éclatant, un rire contagieux et un accent aussi onctueux que du miel texan. Elle travaillait pour une grosse agence de relations publiques à Washington, et avait des amis dans la U.S. Capitol Police, l'organisme chargé de la protection du Congrès et de ses membres. Mon avocate ne la croyait pas impartiale, car son frère avait reçu un coup de matraque d'un policier lors d'une échauffourée dans un festival de musique à Austin, Texas.

Cette dame avait néanmoins ajouté : « Cet idiot l'a bien cherché, il était saoul, complètement déchaîné et il a cogné sur deux flics. » Ce que j'avais rappelé à Anita en rejetant son veto.

Pour tous les autres, nos avis concordaient. Dans l'ensemble, ce jury me semblait être un échantillon représentatif de la population de la capitale. Il y avait une femme mince, hyper nerveuse, assistante d'un sénateur, qui enrageait de n'avoir pas été exemptée de cette obligation ; un homme corpulent, rédacteur dans une revue fiscale ; un lobbyiste pour l'industrie agroalimentaire ; une jeune mère vivant dans le quartier branché d'Adams Morgan, qui paraissait ravie de remplacer momentanément ses tâches maternelles par son devoir de citoyenne. On comptait aussi un infirmier du George Washington Medical Center, un professeur à la retraite et un barman du Four Seasons. Enfin, deux grand-mères et un ancien officier de la marine marchande complétaient ce groupe de douze jurés qui décideraient soit de me laisser poursuivre ma vie comme avant, soit de m'infliger un très long détour par un pénitencier fédéral.

Une fois qu'ils furent tous assis, la juge Larch déclara :

— La parole est à vous, monsieur Wills.

43.

— Merci, Madame la Juge, dit le substitut du procureur fédéral.

Il se leva en rentrant sa chemise sous son gros ventre, arbora un sourire débonnaire, se dirigea tranquillement vers l'estrade où présidait la magistrate et s'arrêta à mi-chemin.

Il inspira avec ostentation, fit durer le suspense une minute. Puis se lança :

— Ici, aux États-Unis, certains policiers sont convaincus que notre système judiciaire est en ruines. Ils en éprouvent une telle frustration qu'ils commencent à se considérer comme juge, jury, et enfin bourreau. Oui, absolument. De par mes fonctions au ministère de la Justice, je peux vous assurer que dans les principaux services des forces de l'ordre, il y a toujours un, deux, voire une poignée d'individus qui se croient au-dessus de la loi.

Il marqua une pause, avant de porter son attention sur moi.

— Le prévenu, Alex Cross, en est un parfait exemple. Il estime être le seul capable d'identifier le mal, le seul capable de l'éradiquer, et ne recule pas devant le meurtre pour arriver à ses fins.

Le substitut fit un signe de tête à Athena Carlisle, son adjointe, laquelle appuya sur une touche de son ordinateur. Sur un écran placé en face du jury apparurent les visages de deux personnes.

Wills les présenta :

— Virginia Winslow, soudeuse de son état, était une mère qui avait survécu à des années de sévices durant son mariage avec Gary Soneji…

— Virginia est une martyre ! hurla quelqu'un dans le public.

Je pivotai sur ma chaise et découvris un barbu aux yeux exorbités, debout dans une travée, le poing en l'air. Il ajouta :

— Comme Lenny Diggs !

La juge Larch donna un coup de maillet.

— Huissier, faites expulser cet homme de ma salle d'audience. J'avais prévenu que je ne tolérerais aucun esclandre.

— Ils ont été persécutés ! vociféra le barbu. Tous les deux ont été tués par le persécuteur en chef, Alex Cross !

Deux marshals se saisirent de l'importun, qui ne leur opposa aucune résistance et resta muet pendant qu'on l'escortait dehors. Sans doute pensait-il avoir suffisamment marqué les esprits.

— Le jury ne tiendra pas compte de cette interruption, décréta la juge. Monsieur Wills, accélérez le mouvement. Nous avons beaucoup de points à traiter.

— Oui, votre Honneur, dit celui-ci en s'approchant de la tribune du jury. Mesdames et messieurs, il est primordial que vous sachiez une chose au sujet de Virginia Winslow. La police l'avait dans son collimateur uniquement parce qu'elle avait épousé en toute ignorance un tueur sadique, c'était une situation insupportable.

» Elle a eu beau changer de nom après son divorce avec Gary Soneji, les flics l'ont harcelée. Elle a déménagé. Ils l'ont retrouvée. Elle a tenté de cacher à son enfant, Dylan, le lourd héritage de son père. Jusqu'à ce que le prévenu, Alex Cross, démolisse cruellement tous ses efforts en racontant à l'adolescent avec force détails odieux les atrocités commises par son géniteur, faisant en sorte qu'il se sente coupable lui aussi.

Wills se tourna vers moi.

— Oui coupable, car pour Alex Cross, le fils, l'ex-femme de Gary Soneji et tous ceux ayant gravité à un moment ou à un autre autour de l'assassin avaient leur part de responsabilité dans ses crimes. Alex Cross était obsédé par Gary Soneji. Il haïssait tout ce qui touchait à cet homme avec une passion telle qu'il a décidé d'outrepasser la loi. Toutes les personnes liées à Soneji devaient être supprimées de la surface de la terre. Il les éliminerait une à une.

Wills se tut et jeta un regard à la ronde. J'entendis Ali chuchoter :

— Il ment, hein, Damon ? Ce type, là devant, il raconte n'importe quoi sur papa ! Comment ça se fait qu'on dise rien ?

— Chut, fit Damon. Attends que ce soit notre tour.

Le substitut poursuivit :

— Les preuves démontreront que l'inspecteur Cross, usant de tactiques d'intimidation, a forcé une admiratrice de Gary Soneji à lui organiser une rencontre avec le leader de son groupe de fans. Alex Cross a alors enfreint des procédures policières bien établies. Il est allé seul au rendez-vous, sans renforts. Il a foncé tête baissée dans ce qui s'est révélé être un traquenard, une mascarade mettant en scène des gens déguisés pour ressembler à Soneji. C'était une performance conçue pour susciter une réaction de la part de l'inspecteur.

» Le résultat a dépassé leurs attentes, enchaîna Wills, la mine sombre. Car Alex Cross a tiré froidement sur trois d'entre eux. Virginia Winslow est morte en premier. Il a ensuite abattu un cameraman, Leonard Diggs. Puis il a tenté de tuer Claude Watkins. Lequel a certes survécu mais est aujourd'hui paralysé et cloué dans un fauteuil roulant. Bien sûr, vous entendrez la défense soutenir que les trois victimes menaçaient l'inspecteur avec une arme. C'est faux, et les pièces à conviction le prouveront.

Plaçant ses deux mains sur le rebord de la tribune du jury, le substitut regarda chacun des membres tour à tour.

— M. Cross, et d'autres agents incontrôlables un peu partout dans le pays, se croient au-dessus de la loi et tuent impunément. Ne serait-il pas temps que nous, en tant que nation, en tant que peuple, disions : « Stop. Ça suffit. Plus de meurtriers dans la police » ?

Wills fit une nouvelle pause théâtrale, puis d'une voix vibrante de colère, conclut :

— Je vous invite, mesdames et messieurs, à examiner les preuves. Et je vous demande d'exiger ensuite que tout cela s'arrête. De dire : « Assez, Alex Cross. Même si vous êtes un excellent enquêteur, même si vous avez résolu de nombreuses affaires. Plus jamais vous ne tuerez dans un total mépris de notre système judiciaire. Vous allez être jugé sur des faits devant cette cour. Vous serez déclaré coupable et vous serez puni pour vos actes. »

44.

Dès que Wills se rassit, la juge Larch frappa un coup de son maillet et annonça une suspension d'audience de dix minutes avant de quitter son siège en hâte.

Je coulai un regard vers le jury ; les jurés numéros cinq et onze me toisaient comme si j'étais un déchet de l'humanité.

— Ça s'est bien passé, commenta Anita Marley.

— Vraiment ? Alors, j'aimerais connaître votre idée de la crucifixion !

— Respire, oncle Alex, dit Naomi. Ce n'était pas si terrible.

— C'était accablant, oui !

— Elle a raison, insista Anita. Avez-vous noté que le substitut n'a pas mentionné beaucoup de faits irréfutables ? Certes, il y en a dans l'acte d'accusation, mais pas assez, sinon Wills s'en serait servi. Dans ces cas-là, les procureurs essaient de relier le procès à une cause de portée nationale. Toute cette esbroufe signifie que notre affaire ne peut être jugée uniquement sur la base de faits.

J'allais répondre lorsque j'entendis derrière moi :

— Alex ?

C'était Bree. Elle me montrait son téléphone.

— On me réclame au bureau.

Je la rejoignis et l'enlaçai.

— Merci d'être venue.

— J'aurais aimé rester jusqu'à la fin, dit-elle, et elle m'embrassa sur la joue.

— Je sais. Mais va bosser. Mes super avocates se battent pour moi.

Bree essuya une larme quand nous nous séparâmes, puis elle partit en saluant de la main Nana Mama, Damon et Ali. Je leur fis un clin d'œil. Mon benjamin me le renvoya. Mon aîné sourit faiblement. Ma grand-mère hocha la tête sans conviction, et continua d'égrener le petit chapelet qu'elle avait apporté.

— Veuillez vous lever ! commanda l'huissier.

La juge Larch rentra dans la salle.

Trop loin pour la sentir, j'étais pourtant certain qu'elle dégageait une odeur de cigarettes Marlboro. Larch essayait en permanence d'arrêter sans jamais y parvenir, ce qui contribuait à son humeur grincheuse en audience. En tout cas, c'était ce que m'avait confié un jour sa greffière.

— Maître Marley, vous avez la parole, annonça la juge, et elle se fourra une pastille à la menthe dans la bouche.

Mon avocate se tourna vers moi avec un sourire. Puis elle mit une main sur mon épaule et, sans la retirer, se dressa, fixant des yeux un juré après l'autre.

— Pas cet homme, commença-t-elle, et elle se tut quelques secondes. Cet homme n'est pas la créature que M. Wills vient de décrire. Alex Cross est quelqu'un de bien. Je vais vous exposer à son sujet des faits indéniables, des faits solides qui ne peuvent être modelés comme de l'argile en quelque chose d'autre que la vérité.

Elle fit quelques pas.

— Alex Cross s'est vu attribuer une bourse d'études par la faculté de médecine Johns Hopkins, où il a obtenu une maîtrise avec mention, et par la suite un doctorat en psychologie criminelle. Il a travaillé quelques années pour le FBI, dans le service de la science du comportement où l'on profile les tueurs en série pour mieux les traquer. Par ailleurs, il est enquêteur au Metropolitan Police Department, section des homicides, depuis plus de quinze ans.

» Durant sa carrière au FBI et au MPD, le Dr Cross a reçu plusieurs décorations et citations honorifiques pour, entre autres, bravoure dans la défense de collègues, arrestation de poseurs de bombe, sauvetage de victimes de kidnapping, capture de meurtriers de masse, et pour avoir déjoué un complot terroriste visant à faire exploser la gare d'Union Station. Ai-je précisé que cette dernière citation est signée par le Président des États-Unis ?

45.

Dans le jury, le numéro cinq se tordait le cou et les épaules pour mieux me voir, tandis que la numéro onze, apparemment impressionnée, griffonnait quelque chose sur son bloc-notes.

— C'est malheureusement à cause de cette notoriété que le bureau du procureur fédéral a engagé des poursuites contre mon client, reprit Anita Marley en revenant à mon côté. Avec la vague de bavures et d'abus commis par les forces de l'ordre, le ministère de la Justice a besoin de mettre au pilori une figure éminente, prouvant ainsi au peuple indigné que le gouvernement désavoue formellement les brutalités policières.

Après avoir replacé sa main sur mon épaule, elle continua :

— Cependant, mesdames et messieurs les jurés, je vous demande de ne pas vous laisser influencer par cette tactique gouvernementale, car les faits sont du côté de cet homme bien et démontreront, sans le moindre doute possible, qu'il est innocent. Permettez-moi de vous les exposer.

Anita relata avec précision les événements qui m'avaient conduit à tirer en état de légitime défense sur trois disciples de Gary Soneji. Elle débuta par le culte Soneji, ce groupe dangereux qui s'était formé sur le mythe du défunt kidnappeur et poseur de bombes.

— Les membres de ce culte s'attaquaient aux enquêteurs qui avaient pourchassé Gary Soneji, expliqua-t-elle en se rapprochant du jury. Ils ont d'abord pris pour cible l'inspecteur John Sampson, puis ce fut Alex Cross. Sa famille et lui ont reçu des menaces de mort.

Puis elle raconta comment la section de lutte contre la cybercriminalité du FBI avait identifié une certaine Kimiko Binx comme la conceptrice anonyme d'un site internet consacré à ce culte. Des rapports indiquaient que Binx avait créé le site avec un dénommé Claude Watkins. À seize ans déjà, Watkins avait été jugé pour avoir découpé la peau des doigts d'une petite fille, et déclaré coupable.

— Mme Binx a proposé à mon client de lui faire rencontrer Watkins, devenu un artiste reconnu après avoir purgé sa peine. Elle a conduit M. Cross jusqu'à une usine désaffectée où Watkins et un groupe d'émules les attendaient, tous travestis en Soneji grâce à des masques d'une qualité digne d'Hollywood.

Anita fit un signe à Naomi qui pianota sur son ordinateur. Une ancienne photographie judiciaire de Gary Soneji apparut sur l'écran de la salle, accolée à un cliché de l'un des masques pris sur la scène de crime.

— Trois des membres du culte portaient des masques identiques à celui-ci, précisa Anita. Ils avaient des revolvers nickelés dont ils se sont servis pour menacer l'inspecteur Cross, un officier de police en service. Il leur a fait la sommation d'usage, puis il s'est défendu.

» Pendant qu'il allait accueillir les renforts et les secouristes qu'il avait réclamés, quelqu'un a subtilisé les trois revolvers. La défense est convaincue qu'il s'agit d'un des disciples, lequel a ourdi cette machination dans le but de faire passer Cross pour un énième policier ayant franchi la ligne rouge.

Anita marqua une pause, avant de reprendre avec indignation :

— Le bureau du procureur fédéral devrait avoir hontc de prêter foi à ce qui est à l'évidence une histoire fabriquée de toutes pièces. De même que le ministère de la Justice en la personne du procureur général. Ces gens se moquent des états de service exemplaires d'Alex Cross au FBI. Peu leur importent aussi ses innombrables accomplissements dans la police. Il leur faut un bouc émissaire connu des médias, et mon client a le profil parfait.

Elle revint vers moi, remit à nouveau sa main sur mon épaule, et ce fut sur un ton calme, convaincant, qu'elle conclut :

— Pourtant, mesdames et messieurs les jurés, je vous le dis : ce ne sera pas Alex Cross. On ne fera pas de cet excellent homme un bouc émissaire. La réputation de l'un des enquêteurs les plus talentueux du pays ne sera pas traînée dans la boue. Sa remarquable carrière ne sera pas détruite, et il ne verra jamais la cellule d'une prison, car M. Cross, cet homme bien, est totalement innocent de ce dont on l'accuse ici.

46.

À la fin de l'exposé d'Anita Marley, la juge Priscilla Larch leva la séance pour le déjeuner, et si je déchiffrais correctement le langage corporel des jurés cinq et onze pendant qu'ils se dirigeaient vers la pièce réservée au jury, les arguments de mon avocate avaient ramené le score à égalité.

Nana Mama trouva également le plaidoyer d'Anita très efficace, mais le stress de cette matinée l'ayant épuisée, elle préférait rentrer à la maison faire une sieste. J'encourageai les enfants à la suivre. Les garçons refusèrent. Jannie accompagna Nana, car ses devoirs et son entraînement l'attendaient.

Damon et Ali partirent avaler un casse-croûte dehors. Anita, Naomi et moi mangeâmes des plats à emporter chinois dans une salle de réunion au bout du couloir, tout en revoyant les déclarations de plusieurs témoins qui pourraient m'être particulièrement hostiles.

Le substitut du procureur fédéral avait la réputation de ne pas cacher ses cartes en audience. Il aimait au contraire attaquer avec son atout maître pour faire une forte impression sur le jury. Nous nous préparions donc à une après-midi rude.

Nous n'imaginions pas à quel point elle le serait.

Dès que la session reprit, le ministère public appela à la barre Harry Chan, le premier enquêteur du MPD à arriver à l'usine après l'incident. Deux patrouilleurs en voiture l'avaient précédé de cinq minutes, mais je leur avais enjoint de rester dans le parking en attendant mes collègues et l'équipe scientifique.

— Il tenait à préserver les lieux de toute contamination dans la mesure du possible, précisa Chan.

— Comment décririez-vous l'attitude du prévenu à ce moment-là ? demanda Wills.

— Il était survolté, il parlait à toute allure. Il transpirait et marchait de long en large. Il s'est plaint de vertiges et de maux de tête.

— Que s'est-il passé ensuite ?

— Les ambulances sont arrivées, ainsi que la chef Stone. Comme elle voulait éloigner l'inspecteur Cross, son mari, de la scène de crime, elle l'a ramené chez eux sans me laisser beaucoup de temps pour l'auditionner. Je suis alors entré dans l'usine avec les secouristes et ma coéquipière, Lorraine Magee. Nous avons découvert trois victimes : Virginia Winslow, morte par balle ; Leonard Diggs, dont la vie ne tenait plus qu'à un fil ; enfin Claude Watkins, conscient mais grièvement blessé. Diggs est décédé dans l'ambulance.

Le substitut parut peser cette déclaration, puis il enchaîna :

— Avez-vous vu des revolvers nickelés dans les mains ou à côté des trois victimes ?

— Absolument pas.

— Les techniciens de scène de crime ont-ils trouvé des armes cachées dans l'usine ?

— Non, affirma Chan.

— Des traces de pas autour des victimes ?

— Beaucoup. Watkins et certains membres de son groupe squattaient là depuis un bout de temps.

— Rien de concluant, donc ?

— Pas d'après mes constatations.

— Des résidus de poudre sur les mains de l'une ou l'autre des victimes ?

— Non.

— Le témoin est à vous, maître, conclut le substitut en s'adressant à Anita Marley.

Celle-ci sourit et quitta son siège.

— Dites-moi, inspecteur Chan, avez-vous déjà dû affronter trois assaillants sur le point de vous tuer ?

— Non.

— Mais, étant donné vos années d'expérience, vous semble-t-il raisonnable de penser que, ayant survécu à une telle épreuve, il serait normal que l'inspecteur Cross soit survolté, parle à toute allure, transpire et marche de long en large par nervosité, ou même souffre de vertiges et de maux de tête ?

Chan répliqua :

— Ma foi, il ne serait pas moins raisonnable de penser que, ayant délibérément et sans motif légitime tiré sur trois personnes, l'inspecteur Cross se comportait ainsi parce qu'il craignait de ne pas réussir à me duper.

Anita fit une moue de mécontentement.

— Conjectures, votre Honneur. La cour veut-elle bien ordonner au témoin de répondre à ma question ?

— Il l'a fait, maître. Requête rejetée.

— La défense se réserve le droit de faire recomparaître plus tard l'inspecteur Chan, déclara mon avocate avant de s'asseoir.

— Le ministère public appelle Norman Nixon à la barre, annonça Wills.

— Bon sang, il ne traîne pas, marmonna Naomi entre ses dents.

47.

Norman Nixon était un vigoureux quinquagénaire, et il brillait comme un sou neuf : la peau récurée, chevelure gris acier lissée en arrière, costume vert kaki et cravate bleue à rayures. L'air sérieux, sûr de sa compétence, il se présenta avec un dossier sous le bras.

Après que le témoin eut prêté serment, Wills énonça rapidement ses qualifications en tant qu'expert. Nixon avait été policier à Chicago, et décoré pour son mérite, avant d'être recruté par le FBI dans la division des droits civiques, où il participait notamment à l'enquête ouverte à la demande du gouvernement sur les homicides commis par des agents des forces de l'ordre. Désormais à la retraite, il continuait néanmoins à analyser les éléments menant à ces actes contre des civils.

— Parfois, il s'agit de racisme, dit Nixon. Parfois, la pression quotidienne inhérente à ce métier finit par engendrer un sentiment paranoïaque de menace. Mais aussi, et plus souvent qu'on le pense, le policier tire tout simplement parce qu'il se croit au-dessus de la loi.

Wills se tourna vers le jury.

— À votre avis, monsieur Nixon, Alex Cross a-t-il le profil de celui qui s'estime au-dessus de la loi ?

— Objection ! Question tendancieuse ! opposa Anita.

— Rejetée, décréta la juge Larch. Répondez, monsieur Nixon.

— Oui, il en a le profil. Il est même un parfait exemple de ce phénomène.

— Un parfait exemple. Et de quelle façon exactement ? l'encouragea Wills.

— Eh bien, j'ai pris de nombreux renseignements sur M. Cross, expliqua Nixon, qui regardait avec gravité dans ma direction. J'ai fait des recherches sur toutes les fusillades auxquelles il a été mêlé.

— Une minute, le coupa le substitut. Il y aurait donc des précédents aux faits qui lui sont reprochés aujourd'hui ?

Anita bondit de son siège.

— Objection ! Quelle est la pertinence de tout ceci, monsieur Wills ?

— Nous nous efforçons de fournir au jury tout le contexte en rapport avec cette affaire.

— Rejetée, décida Larch.

— Votre Honneur !

— Rejetée !

Le substitut reprit :

— Alex Cross avait-il déjà tiré sur quelqu'un avant de le faire sur les trois victimes en question ?

— Oui, répondit Nixon.

— Combien de fois le policier américain moyen fait-il usage de son arme au cours de sa carrière ?

— Zéro, affirma l'expert. La très grande majorité des agents ne tirent jamais dans l'exercice de leurs fonctions.

— Zéro, répéta Wills. Et combien de fois Alex Cross s'est-il servi d'une arme durant sa carrière au FBI et dans la police de Washington ?

Le témoin remua sur sa chaise.

— Je n'ai pas accès à tous les dossiers. Certains sont scellés. Mais uniquement d'après les documents publics que j'ai consultés, Alex Cross a utilisé son arme de service à trente et une reprises au minimum.

Je battis des paupières, de l'acidité me brûla l'estomac. Quant à l'assistance, elle réagit si bruyamment que Larch dut imposer le calme avec son maillet.

— Silence dans la salle !

À en juger par leur expression, les jurés numéro cinq et onze se retournaient de nouveau contre moi. Rien de surprenant. J'étais aussi choqué qu'eux par le nombre annoncé.

Trente et une fois ! Est-ce exact ? Et il y en aurait même encore plus ? Car il a bien dit « au minimum » ?

— Pourriez-vous décomposer pour nous ces occurrences de façon significative ? demanda le substitut à Nixon.

Celui-ci hocha affirmativement la tête.

— Les rapports que j'ai lus indiquent que M. Cross a manqué sa cible quatorze fois, et blessé quelqu'un huit fois.

— Et qu'en est-il des neuf autres où il a usé de son arme dans l'exercice de ses fonctions ?

— Ses tirs étaient parfaits, déclara l'expert. Ses victimes sont toutes décédées.

48.

À la fin de ce premier jour de procès, je me sentais comme la carcasse de bœuf qui sert de sac de frappe à Sylvester Stallone dans *Rocky*.

Durant trois bonnes heures, Wills et Nixon nous avaient sans répit mitraillés de détails sur ces neuf incidents fatals qui, cumulés, me cataloguaient selon eux comme un flic se croyant au-dessus de la loi.

— Ils m'ont presque convaincu moi-même ! soupirai-je.

La séance était close et nous procédions à un débriefing dans une salle de réunion avant de rentrer chacun chez soi.

Anita me mit en garde :

— Vous ne devez absolument pas faiblir !

— Elle a raison, renchérit Naomi. La certitude de ton innocence doit transparaître dans ton maintien. Si tu as le moindre doute, le jury s'en rendra compte.

Mon avocate posa sa main sur mon avant-bras.

— C'est une stratégie classique de Nathan Wills, d'après ce que j'ai entendu dire, et il nous reste plus d'une carte dans nos manches. Rentrez, Alex. Passez du temps en famille. Ne regardez pas les infos. On se retrouve demain matin.

— O.K. John Sampson me ramène, il me récupère dans le parking souterrain.

— Bonne idée, approuva Naomi. Sinon, as-tu réfléchi à la demande d'interview de Gayle King ?

— Je ne vois pas l'avantage qu'il y aurait à la faire.

Ma nièce insista :

— L'avantage, c'est que ta version des faits sera connue par le public au niveau national, et contrebalancera toutes les horreurs que les gens ont racontées sur toi.

— Je vais y penser, promis-je avant de partir.

John m'attendait au sous-sol dans sa jeep Grand Cherokee.

— C'était comment ? s'enquit-il comme je refermais ma portière.

— Un peu moins dur que le Tribunal de l'Inquisition.

— Merde alors ! Et moi qui espérais que la vierge de fer et le chevalet faisaient leur grand retour dans notre système judiciaire.

Surpris, je le regardai, mais son sourire malicieux me fit m'esclaffer.

— Bon, d'accord. Ça aurait pu être pire, j'imagine. Même si je ne sais pas comment.

La jeep quitta le parking du palais de justice, contourna la horde des médias qui guettaient à la porte ma sortie, et prit la direction de ma maison.

— Je peux faire quelque chose ? proposa John.

— Non, à moins que tu ne sois capable d'accélérer les résultats du labo plus vite que Bree.

Il me dévisagea, perplexe.

— Des analyses de salive exigées par Anita, expliquai-je. Elles nous seront peut-être utiles.

— À quoi ?

— Je n'ai pas le droit d'en parler.

— Je comprends, dit-il, mais son ton sous-entendait le contraire et un silence tendu régna entre nous le reste du trajet.

John se gara à distance du petit groupe de journalistes qui campaient devant chez moi.

— Prends la ruelle pour les éviter.

— Ce sera plus facile, en effet. Merci d'être un ami fidèle, John.

Après quelques secondes, il répondit :

— J'ai un excellent modèle.

Et il s'éloigna. Réconforté par sa loyauté indéfectible, je me sentais plus léger en remontant la ruelle à l'arrière du pâté de maisons. Pour améliorer encore mon humeur, un arôme d'ail et de basilic m'accueillit lorsque je franchis le portail du jardin et pénétrai dans l'extension, qui abrite le vaste séjour-cuisine.

Ali et Jannie, vautrés dans le canapé, regardaient le journal du soir de NBC présenté par Lester Holt.

— Papa ! s'écria Ali en se précipitant sur moi.

Les yeux de ma fille évitèrent les miens. Elle était pieds nus mais toujours en survêtement, concentrée sur la télévision. Holt termina son sujet sur la dernière impasse budgétaire au Congrès puis, la mine soudain sévère, dit : « Trente et une fois. »

En toile de fond derrière lui se dessina la silhouette sombre d'un homme, pistolet au poing. Sous l'image, on lisait : *La police hors-la-loi ?*

Holt enchaîna : « Le procès du célèbre enquêteur Alex Cross s'est ouvert aujourd'hui à Washington DC, au beau milieu d'un débat sur les abus et la violence de certains policiers qui se croient au-dessus de la loi, débat depuis longtemps nécessaire aux États-Unis, selon les procureurs. »

La séquence de mon entrée avec Anita dans le tribunal ce matin-là fut diffusée tandis que Holt commentait en voix-off : « Après les exposés préliminaires, le ministère public a fait venir à la barre son témoin-vedette, Norman Nixon. Ce fut presque immédiatement un bombardement d'accusations et d'informations, notamment le fait incroyable que l'inspecteur Cross a fait usage de son arme trente et une fois en service, alors que le policier moyen ne le fait jamais. Neuf des coups de feu tirés par Cross se sont révélés fatals, sans compter les deux homicides pour lesquels il est poursuivi aujourd'hui. »

À l'écran apparut ensuite une femme aux cheveux frisés posant devant un mur tapissé de livres, présentée comme professeure de sociologie. « Trente et une fois ? s'exclama-t-elle. Et il a tué neuf personnes avant ces deux dernières ? Désolée, mais c'est un policier qui tire d'abord et pose les questions après. »

49.

— Éteins la télé, dis-je à Jannie.

Elle ne bougea pas.

— Jannie ! insista Ali, qui alla chercher la télécommande.

— Non ! protesta-t-elle. Je veux tout entendre, même le pire !

Ali appuya sur le bouton d'arrêt et l'écran devint noir. Jannie nous foudroya du regard tour à tour avant de bondir du canapé pour quitter la pièce.

— Qu'est-ce qu'elle a ? s'étonna Ali.

Je contemplai ma fille qui traversait la cuisine au pas de charge. Ma grand-mère surgit de derrière le comptoir.

— Je le lui demanderai tout à l'heure, répondis-je, puis je rejoignis Nana Mama qui terminait de préparer le dîner.

Elle me tapota la main.

— Tiens le coup. La vérité triomphera, fiston. Comme toujours.

— Je sais, dis-je, mais avec peu de conviction.

Nana Mama m'attira dans ses bras. Je trouvais toujours miraculeux qu'une vieille dame si minuscule puisse dégager tant d'énergie positive.

— Ne te laisse pas abattre, m'encouragea-t-elle en me frottant le dos. Lorsqu'ils entendront ta version des faits, Lester la Pie et Chuck le Paon chanteront sur un autre ton !

Je ris et la regardai.

— Lester La Pie et Chuck le Paon ?

— C'est comme ça que je les appelle, lui et le reporter politique.

— Lester Holt n'est pourtant pas si bavard.

— Et Chuck Todd pas si vaniteux, admit Nana Mama. Mais quand les infos sont trop déprimantes sur NBC, je me console en me moquant de ces deux-là.

Je plongeai mon regard dans celui de ma grand-mère et y lus autant de confiance que d'appréhension.

— Tu es une vieille lady très complexe, dis-je en lui caressant la joue.

— Je l'espère bien ! fit-elle, puis elle s'écarta. Dîner dans un quart d'heure ?

— Qu'est-ce qui est en train de cuire ?

— Poulet rôti aux herbes façon Nana. Monte faire un brin de toilette. Bree m'a envoyé un texto, elle ne va pas tarder.

Je me dirigeais vers l'escalier lorsque Bree entra par la porte de devant. Tout son corps était tendu comme un arc ; les yeux baissés, elle hésita une seconde avant de m'enlacer.

— Je regrette de ne pas avoir été là. Ça a dû être atroce.

— Cela m'a donné à réfléchir. Trente et une fois. Je n'imaginais pas autant.

Bree leva la tête pour me regarder dans les yeux avec une froide curiosité.

— Et les neuf morts et les huit blessés ?

— Je me souviens de chacun d'eux. On n'oublie pas ce genre de choses. Jamais. Même si mes tirs étaient justifiés.

Au bord des larmes, elle me scruta, puis me serra fort contre elle.

— Mon Dieu, souffla-t-elle d'une voix cassée. Ils veulent te lyncher en public.

— Alors il leur faudra une corde plus solide, la rassurai-je, avant de l'embrasser sur le haut du crâne.

50.

Gretchen Lindel, roulée en boule sur le matelas sale, se gratta la tête, contemplant les cloisons en contreplaqué qui l'emprisonnaient : son supplice finirait-il jamais ?

Crasseuse, sa chemise de nuit en loques, l'adolescente empestait et ses pieds écorchés étaient gonflés. Dans sa chevelure emmêlée restaient des feuilles, des brindilles, des fleurs de bardane, qu'elle n'avait pas encore réussi à retirer, mais elle n'essayait plus depuis la dernière fois qu'ils l'avaient emmenée dehors.

Cela faisait combien de temps ? Cinq jours ? Six ?

Elle n'en était pas certaine, et cela n'avait aucune importance au fond.

Je suis ici jusqu'à ce que je n'y sois plus, songea-t-elle. *C'est comme si je n'étais déjà même plus moi. Le dernier pas ne sera pas difficile.*

Son geôlier, le géant tout en noir avec la visière de paintball teintée et le couteau, était venu la chercher à quatre reprises depuis son kidnapping. C'était toujours au crépuscule et elle se trouvait dans une forêt quand il dénouait le bandeau lui couvrant les yeux.

Dès la première fois, il y avait aussi deux ou trois autres hommes habillés comme lui, qui s'étaient mis à ricaner lorsqu'il lui avait dit :

— Et maintenant, enfuis-toi. Tente ta chance et offre un beau spectacle à ces messieurs.

Sportive – elle faisait du volley-ball en compétition –, Gretchen bondit et courut facilement, sans se soucier des pierres et des branches qui blessaient ses pieds nus. Elle avait pris de l'avance et pensait les avoir semés.

Puis la nuit tomba.

Soudain, ils furent tous autour d'elle, à brailler au milieu des bois, à l'appeler en la raillant :

— Où es-tu, blondinette ? Où es-tu, princesse ?

Ils devaient être équipés de lunettes de vision nocturne ou autre instrument de ce genre, parce qu'ils la retrouvaient toujours et lui faisaient croire qu'ils allaient la tuer, lui trancher la gorge et la regarder saigner à mort pour leur plus grand plaisir, tout cela filmé en direct.

Les trois premières fois où ils la prirent en chasse, Gretchen survécut en focalisant ses pensées sur ses amis et ses parents, sur son désir désespéré de les revoir, en particulier son père. Il existait entre eux un lien spécial, une véritable amitié en plus du respect et de l'amour filial qu'elle lui vouait.

Ça le tuerait, se disait-elle lorsqu'elle voulait abandonner et leur demander d'en finir. *Il en mourrait. Je ne peux pas lui faire cela. Ni à lui ni à aucun de mes proches.*

La quatrième fois qu'ils l'avaient traquée, la dernière, la partie avait été différente. Ils l'avaient à peine laissée courir avant de la rattraper. Ils l'avaient traînée jusqu'à une cabane cachée entre les arbres. Le géant lui avait arraché sa culotte tandis que les autres la maintenaient plaquée sur le sol. Ensuite, ils...

À ce moment-là, son esprit s'en était allé très loin, là où il n'y avait pas de souffrance, où l'on n'éprouvait rien, comme si c'était déjà la mort. Cette impression d'être partie, d'avoir quitté son corps, était restée en elle, même après qu'ils en avaient eu fini, même après avoir été jetée comme un sac dans sa cellule en contreplaqué, même après des jours de jeûne.

Quelqu'un tira les verrous de la porte.

Gretchen se recroquevilla encore plus et s'efforça de ne regarder que la cloison.

— Si tu ne t'alimentes pas, tu ne mérites pas de participer au jeu, dit la voix électronique. Si tu refuses de manger et de boire pour garder des forces, tu n'es pas digne de vivre.

— Je n'ai pas envie de vivre comme ça.

— C'est bien ce que nous pensions.

Elle leva alors les yeux vers l'homme en noir caché sous la visière de paintball, le cameraman, et découvrit quelque chose qui la ramena du néant, qui la fit reculer de terreur.

Il n'avait pas ce jour-là son couteau habituel, celui qu'il avait apporté pour le jeu les quatre fois précédentes.

À la place, dans sa main se trouvait un rouleau de corde, avec un nœud coulant à une extrémité.

51.

La juge Larch ouvrit la session à 8 heures précises. Elle traita de différentes questions administratives avant de convoquer Norman Nixon à la barre et de lui rappeler qu'il déposait toujours sous serment.

— Maître Marley, dit-elle. Procédez à votre contre-interrogatoire.

Anita me tapota la cuisse, puis se leva.

— Monsieur Nixon, dans combien des neuf incidents fatals impliquant mon client a-t-on jugé qu'il y avait eu abus de pouvoir policier ?

Mal à l'aise, il changea de position sur son siège.

— Aucun. C'est une…

— Vous en déduirez donc que, pour chaque cas, l'enquête interne a conclu que les actes d'Alex Cross étaient motivés par la prudence que stipulent les procédures en vigueur dans la police et au FBI.

— Drôle de prudence quand le suspect en meurt.

— Objection ! rugit Anita.

— Retenue, accorda la juge. Mais reformulez votre question, maître.

Prise de court, Anita marqua une pause, puis demanda au témoin :

— A-t-il été reconnu que l'inspecteur Cross avait agi conformément aux procédures de la police et du FBI lors de ces incidents ?

L'air d'avoir quelque chose coincé entre les dents, Nixon finit par admettre :

— En effet.

— Dans les neuf cas ?

— Oui.

— Et dans ceux où il y a eu des blessés ?

— Oui, mais…

— Un simple oui suffira, monsieur Nixon. Puisque vous avez eu l'occasion d'étudier ces dossiers avec une telle minutie, serait-il exact de dire que les criminels concernés étaient de dangereux individus ? Violents ?

— Cela ne justifie pas qu'ils soient morts sous les balles de la police, protesta Nixon.

— Répondez par oui ou par non.

— Oui, ils étaient dangereux.

— C'étaient des tueurs ?

— Souvent.

— Des poseurs de bombes ?

— Leurs crimes ne sont pas en cause ici.

— Bien au contraire, le rembarra Anita. L'inspecteur Cross a la réputation de poursuivre les pires meurtriers, de traiter les affaires les plus difficiles, n'est-ce pas ?

— Il est considéré comme un bon enquêteur.

— S'est-il mis lui-même en danger pour résoudre les affaires que vous avez consultées ?

— Chaque flic en Amérique risque sa vie tous les jours.

— Je vous l'accorde, concéda Anita. Mais à la lumière du genre de cas dont le chargeaient le FBI et la police de Washington, n'était-il pas susceptible d'approcher des suspects violents plus souvent que le policier moyen ?

L'expert prit son temps pour répondre :

— Sans doute plus fréquemment, mais je ne connais pas les statistiques sur le sujet.

— Plus fréquemment suffira, dit Anita.

Elle sourit au jury en regagnant la table de la défense, puis chaussa des lunettes de lecture pour compulser ses notes. Lorsqu'elle eut fini, elle pivota sur ses talons et regarda le témoin :

— Si je résume, monsieur Nixon, dans chacun des neuf incidents fatals que vous avez analysés, M. Cross était en service commandé quand il s'est retrouvé face à des criminels endurcis, exact ?

Il réfléchit à la question.

— Exact.

— Et la situation a dégénéré, enchaîna-t-elle.

— Non seulement ça, mais des gens sont morts de la main de Cross.

Anita retira ses lunettes et inclina la tête sur le côté.

— Dans ces neuf situations, combien de fois Alex Cross a-t-il tiré le premier, monsieur Nixon ?

Celui-ci se racla la gorge.

— Il serait plus juste de parler d'escalade de la violence, maître.

— Combien de fois M. Cross a-t-il tiré le premier ?

Nixon eut l'air de vouloir argumenter, mais il se borna à répondre :

— Zéro.

— Zéro ? insista Anita, qui se tourna alors vers le jury. Et combien de fois M. Cross a-t-il tiré le premier dans les incidents où il y a eu des blessés ?

— Zéro.

— Zéro, répéta l'avocate en s'adressant directement aux jurés cinq et onze. Jamais, de toute sa carrière, mon client n'a usé de son arme autrement qu'en légitime défense. Il traque la pire engeance. Il tente d'éviter l'affrontement, mais lorsqu'on l'attaque, il a le droit de se défendre, n'est-ce pas vrai, monsieur Nixon ?

— Non, rétorqua l'expert. C'est faux. Cross cherche la confrontation. Il fonce tête baissée.

— Pour moi, c'est un policier courageux qui fait son travail.

— Objection ! fit Wills.

— Retenue, dit la juge Larch. Le jury ne tiendra pas compte de ce commentaire.

Mais, bien entendu, c'était impossible. Je vis sur les visages des jurés cinq et onze que le contre-interrogatoire d'Anita avait été efficace et édifiant. Pour ces deux-là, au moins, je n'étais peut-être pas le flic incontrôlable que le substitut avait décrit la veille.

— Je n'ai plus de questions pour ce témoin, votre Honneur, conclut Anita.

Wills se dressa.

— Le ministère public appelle Kimiko Binx.

52.

Kimiko Binx leva la main droite et prêta serment. De type asiatique, frisant la trentaine, le corps bien entretenu, elle portait un élégant tailleur gris. Depuis notre dernière rencontre, elle avait laissé pousser ses cheveux et opté pour une coupe chic au carré.

Elle se percha sur le siège des témoins et promena lentement son regard dans la salle d'audience, le posant sur tout le monde sauf sur moi.

— Vous avez la parole, monsieur Wills, annonça la juge, qui fut prise d'une quinte de toux.

Le substitut du procureur fédéral ajusta son pantalon et arbora ce sourire débonnaire réservé au jury.

— Madame Binx, quel est votre métier ?

— Conception de sites internet et programmation.

— Êtes-vous compétente dans ce domaine ?

— Très.

— Bien, dit Wills en souriant de plus belle. Vous souvenez-vous de l'après-midi et du début de la soirée du 29 mars ?

— Comme si c'était hier.

Il fit relater à Binx sa version des événements de ce jour-là. Selon elle, j'avais remonté sa trace depuis le site consacré à Gary Soneji qu'elle avait conçu et je l'attendais devant la porte de son appartement alors qu'elle rentrait d'un jogging. Je lui avais demandé de me faire rencontrer le cocréateur du site, Claude Watkins.

— Qu'est-ce qui vous intéresse tant chez Gary Soneji ?

Binx haussa les épaules.

— C'était juste une phase, comme cette femme qui décrit dans un livre ses pèlerinages sur les tombes des présidents assassinés. Un peu morbide, mais fascinant sur le moment, vous comprenez ?

— Vous n'êtes donc pas obsédée par Gary Soneji ?

— Plus maintenant. Voir des amis se faire tuer pour leurs intérêts intellectuels, ça m'a refroidie.

— Objection ! s'insurgea Anita.

— Retenue, accorda la juge. Le jury ne tiendra pas compte de cette dernière déclaration.

Wills inclina la tête, se dirigea vers la tribune des jurés.

— Ainsi, vous avez conduit Alex Cross à une usine désaffectée pour qu'il y rencontre M. Watkins, c'est bien ça ?

Brinx opina et précisa que Watkins et quelques autres se servaient des lieux comme espace de vie et studio artistique.

— Avez-vous de quelque façon contraint M. Cross à aller trouver Watkins ?

Elle se pencha sur le micro.

— Je n'en ai pas eu besoin puisque c'était ce qu'il voulait.

— Mais vous souhaitiez également qu'il aille là-bas, exact ?

— Oui, enfin, c'est Claude qui y tenait.

— Pour quelle raison ?

— Claude est vidéaste et performeur. Il pensait que ce serait intéressant et révélateur de voir la réaction de Cross s'il était confronté à plusieurs Soneji l'un après l'autre.

Guidée par le substitut, Binx poursuivit sa déposition, et son histoire fut dans l'ensemble fidèle à la réalité. Puis on en arriva au moment où elle m'avait mené dans l'usine jusqu'à une vaste salle rectangulaire. À partir de là, elle commença à mentir comme un arracheur de dents. Wills lui demanda :

— Lorsque vous y êtes entrée avec M. Cross, Claude Watkins se trouvait-il au fond de cette salle, déguisé en Soneji ?

— Oui, confirma-t-elle.

— M. Watkins était-il armé ?

— Non.

— Il ne brandissait pas un revolver nickelé ?

— Non. Claude avait les mains vides, il a même montré ses paumes à Cross.

53.

Je me penchai vers Naomi pour lui murmurer :

— C'est totalement faux !

— Ne t'inquiète pas, Alex, souffla ma nièce en me tapotant le bras. On aura l'occasion de réfuter ses mensonges.

Wills continuait :

— Que s'est-il passé alors ?

— Cross a braqué son flingue sur Claude en lui criant de lâcher son arme et de s'allonger par terre.

— Celui-ci a-t-il obéi ?

— Il n'était pas armé, mais Cross s'en foutait. Comme j'étais sûre qu'il allait tirer sur Claude, je lui ai donné un grand coup sur la main. Claude a couru et a essayé de se cacher.

— Comment se comportait M. Cross avant que vous le frappiez ?

— Il était bizarre, carrément glauque.

— Mais encore ?

— Il transpirait, on aurait dit que ça l'éclatait d'avoir Claude dans son viseur, qu'il prenait son pied.

Wills s'approcha de l'écran où était projeté un plan de l'usine, et désigna le coin gauche au fond de la salle rectangulaire.

— Watkins se tenait-il à cet endroit avant de courir ?

— Oui, devant un box de stockage.

— Que s'est-il passé ensuite ?

Pour la première fois, Binx me regarda franchement.

— Cross a pété un câble.

— Objection ! s'écria mon avocate.

— Rejetée, fit la juge. Poursuivez.

Binx affirma que Virginia Winslow avait surgi de l'obscurité d'un autre box, au milieu du mur, et que j'avais tué la veuve de Soneji sans aucune provocation de sa part.

— Mme Winslow tenait-elle un revolver ? s'enquit Wills.

— Jamais ! Elle détestait les armes à feu.

— Racontez-nous pourquoi elle faisait partie de la performance.

— Virginia m'avait dit que comme elle n'arrivait pas à échapper à son passé avec Soneji, elle avait décidé d'en faire de l'art, une parodie amère, vous voyez ?

— Et Alex Cross a tiré sur elle ?

— En plein dans la poitrine. J'y croyais pas. J'ai hurlé mais il s'en fichait. Il a continué à décharger son flingue, d'abord sur Claude, puis sur Lenny Diggs.

— L'un et l'autre étaient bien désarmés ?

— Oui. Et après avoir eu Lenny, il a pointé son arme tout autour de lui en gueulant qu'il en voulait plus.

— Quels étaient exactement ses mots ?

— Quelque chose comme : « Au suivant ! Montrez-vous, salopards ! Je n'en aurai pas fini avant d'avoir abattu tous les Soneji ! »

Wills se tourna vers le jury et répéta :

— « Je n'en aurai pas fini avant d'avoir abattu tous les Soneji. »

Le juré numéro cinq secouait la tête avec réprobation. Pareil pour la jurée numéro onze. Wills se frotta les mains comme s'il était en train de les laver et conclut :

— Merci, madame Binx, cela a dû être difficile. Le témoin est à vous, maître Marley.

54.

Anita, qui était en train de griffonner sur son grand bloc-notes, leva les yeux.

— Votre Honneur, dit-elle, la défense demande à la cour la permission de différer notre contre-interrogatoire de Mme Binx, dans l'attente de la conclusion d'une investigation en cours.

— Une investigation ? s'étonna Wills.

— Tout à fait.

Cela ne plut guère à la juge Larch.

— Quel délai sollicitez-vous ?

— Jusqu'à demain après-midi, ce serait bien, votre Honneur.

Larch fit une grimace de contrariété puis sembla penser à quelque chose qui éclaira son visage.

— Madame Binx, vous êtes excusée pour aujourd'hui, annonça-t-elle. Dix minutes de pause avant le prochain témoin de M. Wills.

Elle abattit son maillet, sauta de son siège et trottina vers la sortie, rêvant certainement de sa première bouffée de cigarette.

Pile dix minutes plus tard, la juge revint de fort meilleure humeur. Elle reprit sa place sur l'estrade, se colla une pastille à la menthe dans la bouche et demanda :

— Monsieur Wills ?

— L'accusation appelle Claude Watkins à la barre.

La porte à double battant de la salle d'audience s'ouvrit, et un grincement de roues se fit entendre. Je me tournai, pour voir un homme en fauteuil roulant que poussait Dylan, le fils de Gary Soneji. Âgé de quarante-huit ans, Claude Watkins avait des cheveux poivre et sel, une barbe de quelques jours et un torse musculeux. Une couverture dissimulait ses jambes atrophiées.

Dylan le laissa devant le prétoire, et il fit rouler seul son fauteuil jusqu'au box des témoins. Le substitut s'adressa à la juge Larch :

— Je tiens à signaler le manque total de coopération de ce monsieur, qui est venu contre son gré.

Larch observa l'infirme, manifestement furieux d'être là.

— Acceptez-vous de déposer ? lui demanda-t-elle.

— Ça dépendra des questions, rétorqua-t-il sans la regarder.

Elle ordonna à l'huissier de faire prêter serment à Watkins, lequel s'exécuta de mauvaise grâce.

— Comment allez-vous, monsieur Watkins ? s'enquit Wills.

Ce qui lui valut un ricanement de mépris.

— Aussi bien qu'on puisse aller quand on est cloué dans un fauteuil et qu'on a besoin d'un cathéter pour pisser.

— Comment vous êtes-vous retrouvé dans cet état ?

Le visage déformé par la haine, Watkins pointa le doigt vers moi.

— C'est lui qui m'a rendu comme ça. Il m'a tiré dessus sans raison valable.

— Objection ! protesta Anita.

— Rejetée, déclina la juge, avant de sucer une nouvelle pastille.

— Pouvez-vous nous relater les événements du 29 mars ? enchaîna le substitut.

Avec réticence, l'infirme raconta que son intérêt pour Soneji puis pour moi était né d'un pur hasard. Cependant, plus il en apprenait sur mon compte, plus il était convaincu que je devenais « hors de contrôle, genre borderline » lorsqu'il s'agissait du tueur de masse.

Il avait alors décidé de me placer dans une situation qui donnerait lieu à une « performance artistique aussi marquante qu'édifiante ». Après m'avoir attiré par ruse dans l'usine désaffectée, on me confronterait à un Soneji après l'autre.

— Vous souhaitiez donc voir par vous-même la réaction de M. Cross ?

— Oh non, pas seulement ! Je tenais à ce que le monde entier assiste à la scène !

Près de moi, mon avocate se fit encore plus attentive, tandis que le substitut plissait les yeux, comme si le témoin avait cité un élément nouveau pour lui.

— Et comment comptiez-vous arriver à cela ?

— Quelle question, en filmant la performance ! répondit Watkins.

— Pardon ? fit Wills.

— Quoi ? souffla Naomi.

Anita intervint :

— Mais qu'est-ce qu'il…

— Vous les avez forcément trouvés ! la coupa Watkins. En fouillant l'usine, je veux dire, vous avez bien récupéré les smartphones avec les objectifs amovibles, pas vrai ?

Mon avocate et le substitut bondirent de leur siège et crièrent en même temps :

— Objection !

— Votre Honneur, il n'est pas fait mention de caméras ou de téléphones dans l'inventaire de perquisition, protesta Anita.

— Parce que nous n'avons rien découvert de tel ! riposta Wills.

Watkins en cracha presque de dégoût.

— Je les ai installés là-bas moi-même ! C'est quoi ça ? Un complot pour étouffer l'affaire ? Je me demandais pourquoi vous ne m'avez pas cuisiné à leur sujet dès le départ. Mais je vous garantis que tout a été filmé, sous trois angles différents !

55.

Des clameurs éclatèrent dans l'assistance. La juge Larch tambourina sur la table avec son maillet en exigeant le calme. Elle recommanda au jury de faire abstraction pour le moment du témoignage de M. Watkins puis enjoignit l'accusation et la défense, ainsi que les marshals affectés à son service, de la suivre dans son cabinet.

— Madame la Juge, le ministère public requiert un ajournement le temps de trouver ces téléphones qui, selon M. Watkins, seraient dans l'usine, déclara Wills.

— Votre Honneur, il n'y a aucun moyen de savoir s'il ne s'agit pas d'une machination de M. Watkins, qui les aurait fait mettre là-bas après les faits, réagit aussitôt Anita. Tout leur contenu devrait être exclu d'office.

— Cette usine est sous scellés depuis le début ! argua Wills.

— Mais pas sous surveillance.

— Maître Marley, nous n'avons même pas la certitude que ces téléphones existent, dit Larch, qui se tourna vers l'un des marshals. Collins, allez avec Avery demander à M. Watkins où ils sont cachés et emmenez une équipe scientifique à l'usine. Si vous trouvez les appareils, faites-les enregistrer comme pièces à conviction puis apportez-les-moi.

— Madame la Juge, ceci est du ressort du bureau du procureur, objecta le substitut.

— Monsieur Wills, nous cherchons à établir promptement la vérité. S'il y avait bien des caméras et qu'elles ont filmé ce qui s'est passé ce fameux jour, nous en visionnerons les images tous ensemble. En même temps. Ici. Dans mon cabinet.

Les marshals sortirent. La juge ordonna l'isolement des jurés, auxquels fut servi un repas. Je déjeunai avec mon avocate et Naomi dans un coin à l'écart. Si nous nous demandions tous comment les caméras avaient pu échapper à la perquisition, je m'inquiétais surtout de la confiance avec laquelle Watkins les avait mentionnées. Que révéleraient-elles ?

Une heure plus tard, on nous informa que trois smartphones équipés d'objectifs amovibles avaient été découverts précisément aux endroits indiqués par Watkins : à l'intérieur de niches creusées dans les poutres maîtresses de l'usine, et cachées avec de fines plaques d'acier.

Il s'écoula encore une heure avant le retour des marshals, qui apportèrent à la juge trois iPhone 6 protégés par des sachets de pièces à conviction. Ils étaient poussiéreux, leur batterie à plat. Par chance, nous étions plusieurs dans le groupe à avoir sur nous des chargeurs adéquats.

Un par un, les appareils s'allumèrent. Il fut demandé à Claude Watkins de fournir les codes de déverrouillage. C'était sa date de naissance pour les trois.

La marshal Avery, une femme mince au maintien sévère, enfila des gants avant de composer les chiffres. Puis elle brancha un premier téléphone à un ordinateur portable et celui-ci à l'écran au mur du cabinet de la juge.

Quinze minutes plus tard, à la fin de la dernière des trois vidéos, un silence écrasant tomba dans la pièce. J'avais la sensation d'être sous un rouleau compresseur, et je ne doutais plus d'être envoyé dans un pénitencier fédéral pour très, très longtemps.

— Des faits irréfutables, Madame la Juge ! s'écria le substitut d'une voix triomphante. Le ministère public souhaite ajouter immédiatement ces vidéos aux pièces à charge.

Anita objecta :

— Votre Honneur, vous ne pouvez les déclarer recevables avant qu'elles n'aient été analysées.

— Elles parlent pourtant d'elles-mêmes ! la contra Wills. Dans les passages les plus importants, en tout cas. Ne pas en tenir compte serait une parodie de justice, votre Honneur.

— Les présenter au jury en tant que preuves sans nous laisser le temps de vérifier leur validité conduirait à une grossière erreur judiciaire, votre Honneur, plaida Anita.

Larch se cala dans son fauteuil, ferma les yeux et tira plusieurs bouffées d'une cigarette électronique.

— Madame la Juge ? insista Wills.

— Je suis en train de réfléchir. Ça vous parle, monsieur le substitut ?

D'abord interloqué, il se ressaisit :

— Bien sûr, votre Honneur. Même moi, il m'arrive de réfléchir de temps à autre.

La juge ouvrit un œil qu'elle fixa sur Wills.

— Je vais autoriser la présentation de ces vidéos.

— Quoi ? s'écria mon avocate. Mais…

— Maître Marley, la coupa sèchement Larch, l'accusation souhaite montrer ces vidéos. Si vous avez de quoi mettre en doute leur crédibilité et les récuser, vous aurez toute liberté de le faire au moment opportun.

— Avec tout mon respect, votre Honneur, commença Anita, elles influenceront les…

— Pendant quelques jours, peut-être, l'interrompit la juge en posant la cigarette électronique sur son bureau. Si elles sont trafiquées, vous le saurez vite, n'est-ce pas ? Vous aurez alors l'occasion de tourner M. Wills en ridicule pour avoir été trop impétueux.

— Pardon, votre Honneur ? s'offusqua le substitut, le nez plissé comme s'il reniflait une odeur désagréable.

— Je vous ai donné beaucoup de munitions, monsieur Wills. Veillez à ne pas vous tirer une balle dans le pied.

Il cligna des paupières.

— Oui, Madame la Juge.

56.

À mon retour dans la salle d'audience, Nana Mama remarqua aussitôt mon air dévasté. Elle s'approcha de la barrière du prétoire.

— Ça va, mon chéri ?

— C'est la catastrophe, Nana.

— La vérité finira par sortir. Canalise ton énergie là-dessus.

J'acquiesçai, mais tout le poids du monde s'abattit sur mes épaules quand la juge Larch rouvrit la séance d'un coup de maillet et annonça au jury l'admission des vidéos comme éléments à charge, tout en l'avertissant que le ministère public avait pris la décision de ne pas les faire analyser avant de les présenter.

— Par conséquent, gardez un esprit ouvert et circonspect, conclut-elle. La défense aura son mot à dire sur ces vidéos, c'est certain.

Pendant que la marshal Avery connectait les smartphones à un écran mural, Nathan Wills se dandinait de satisfaction en s'approchant du témoin, toujours Claude Watkins dans son fauteuil roulant.

— Monsieur Watkins, commença le substitut. Avez-vous déjà vu ces enregistrements ?

— Non.

— Ils sont tous en noir et blanc et durent entre trois et quatre minutes. Leur diffusion sera simultanée de sorte à montrer la scène sous trois angles.

La marshal enfonça une touche sur le clavier de l'ordinateur. L'écran s'alluma, divisé en trois parties.

Dans celle de gauche apparut une perspective en plongée de la salle rectangulaire au fond de l'usine, où tout s'était passé. Il y avait une ancienne chaîne d'assemblage, et des boxes de stockage ouverts sur le pourtour du vaste espace à moitié vide.

Cet angle me fit déduire que le smartphone avait été placé sur une poutre au milieu du long mur côté sud. Sur la paroi opposée, une fresque était éclairée par une lumière douce.

Le centre de l'écran montrait ce qui était filmé par une caméra au-dessus du mur nord, presque directement en face de la première, avec l'objectif braqué vers le sol mais qui laissait apercevoir les bases de trois gros projecteurs.

Enfin, la partie droite offrait une vue en hauteur depuis l'un des boxes côté ouest, cette fois sur toute la longueur de la pièce coupée en deux par les faisceaux des projecteurs.

Avery démarra les trois films. Toute l'assistance me vit entrer par une porte à l'est, mon pistolet de service dégainé et tirant Binx par ses menottes. Exactement de la façon dont je m'en souvenais.

Sur le côté ouest de la salle, Claude Watkins avança. Il était déguisé en Gary Soneji et me salua d'une voix d'outre-tombe : « Inspecteur Cross ! J'ai cru que vous n'arriveriez jamais. »

— Mettez sur pause ! ordonna Wills à Avery. Et agrandissez l'image de la séquence numéro trois.

Quelques secondes plus tard, Watkins était en gros plan avec ses paumes en évidence.

— Il n'a pas de revolver, dit Wills. Absolument aucune arme.

J'avais beau voir cela pour la deuxième fois, l'idée d'avoir été piégé par des pros me rendait toujours aussi furieux.

— C'est un montage, chuchotai-je à Naomi. J'ignore comment ils ont fait, mais c'est bidon.

Avant que ma nièce n'ait pu répondre, l'écran s'anima. Les trois vidéos me montrèrent en train de viser le faux Soneji avec mon pistolet et de marcher vers lui en criant : « Lâchez votre arme tout de suite ou je tire ! »

Les doigts de Watkins bougèrent... mais ils ne tenaient rien, et il n'y eut pas non plus ce bruit de chute d'un objet métallique qui hantait ma mémoire.

« À plat ventre ! aboyai-je. Mains derrière le dos ! »

Watkins commençait à exécuter mes ordres lorsque Binx frappa de ses deux poings ma main armée. L'impact me déséquilibra et mon pistolet partit tout seul au moment où un quatrième spot s'allumait en m'aveuglant.

Puis la lumière s'éteignit. Je me jetai à terre, et restai là immobile quelques instants, à regarder autour de moi, avant de me relever d'un bond. Pistolet brandi, je courus au mur nord me réfugier dans le box le plus proche.

Je criai : « J'ai des renforts, Soneji. L'usine est cernée ! »

Je quittai mon abri et longeai la paroi pour atteindre le box suivant qui se trouvait au-dessous de la fresque. La caméra placée en face me filmait par derrière, donnant au spectateur une bonne vue de l'intérieur de l'espace de stockage, où de gros rouleaux de toile s'empilaient sur des plateaux en contreplaqué soutenus par des tréteaux.

Tout au fond de ce box, Virginia Winslow, affublée d'un masque à l'effigie de son mari défunt, surgit de la pénombre en trébuchant. Le dos courbé, en équilibre sur la pointe des pieds, elle fit deux pas saccadés vers moi avant de se redresser brusquement. La caméra zooma sur nous.

La main de Winslow commença à se lever.

— Stop ! ordonna le substitut.

L'image se figea sur la veuve de Gary Soneji, ses paumes tournées vers le plafond.

— Pas de revolver, commenta Wills.

Les vidéos reprirent.

Mme Winslow ouvrit la bouche et finit de lever la main. Je tirai. Elle s'écroula et Binx poussa un hurlement.

La diffusion se poursuivit quelques minutes de plus, Wills interrompant les séquences pour pointer les moments-clés, comme lorsque je faisais feu sur Watkins déguisé en Soneji, puis me mettais à couvert derrière deux barils d'huile. Le substitut fit un dernier arrêt sur image pour montrer Leonard Diggs, sans arme, juché sur le toit d'un box, juste avant mon tir mortel. Les films s'achevèrent enfin sur les sanglots de Binx en arrière-plan.

Je relâchai mon souffle et jetai un coup d'œil vers les jurés. Le numéro cinq était ratatiné dans son siège et me toisait comme si j'étais un criminel de guerre. La numéro onze se couvrait la bouche d'une main manucurée et secouait la tête d'horreur.

57.

Le lendemain en fin d'après-midi, l'expression habituellement neutre de Gayle King, coprésentatrice du journal matinal de CBS, trahissait une nette suspicion à mon égard.

Nous étions chez moi, et un ingénieur du son épinglait un micro à ma veste. King vint me prévenir :

— Dans cinq minutes, monsieur Cross.

— Je me réjouis d'avance, madame King.

— Appelez-moi Gayle. Nous sommes bien d'accord ? Pas de questions taboues ?

— Aucune. Je n'ai rien à cacher.

— Votre grand-mère, c'est un phénomène !

— Oh que oui !

Elle m'adressa un sourire, quoique teinté de pitié, et s'éloigna. Bree m'apporta un verre d'eau.

— Tu tiens vraiment à cette interview ?

— Anita et Naomi pensent que cela m'humanisera aux yeux du public. Et on ne peut rien faire d'autre jusqu'à ce que les experts d'Anita rendent leur avis sur les vidéos.

À la clôture de la session, la juge Larch avait accédé à la requête de la défense qui réclamait un ajournement au lundi suivant afin de procéder à ces examens.

— Et tes amis du FBI ? me demanda Bree en arrangeant ma cravate.

— Muets. Ce n'est pas surprenant. J'imagine que le bureau du procureur a réquisitionné Rawlins pour qu'il analyse les vidéos de son côté.

— Ce serait plutôt bien pour toi ? Il saura trouver le truquage.

J'allais répondre quand King m'appela :

— Monsieur Cross ?

— Bonne chance, me souffla Bree et elle m'embrassa sur la joue.

La présentatrice des actualités m'indiqua le siège en face d'elle. J'imitai sa posture, me tenant sur le bord du fauteuil, dos droit, menton haut, les mains relâchées, ouvertes et posées sur mes cuisses. Deux petits projecteurs nous éclairaient. King chaussa des lunettes de lecture.

— Ça tourne, annonça l'opérateur.

La journaliste rentra dans le vif du sujet sans prendre de gants, en faisant remarquer que la visualisation des vidéos en audience la veille avait dû me porter un coup très rude.

— Naturellement, nous n'avons pas été ravis de cette décision, Gayle. Mais nous sommes certains que ces films ont été trafiqués et nous avons l'intention de le prouver.

— Combien de fois avez-vous fait usage de votre arme de service durant votre carrière, monsieur Cross ?

— D'après Norman Nixon, au moins trente-quatre fois, si l'on compte l'affaire en cours.

— Et tué onze personnes dans l'exercice de vos fonctions ?

— Dans tous ces cas, j'ai agi conformément aux procédures de la police. Jusqu'à l'incident pour lequel je suis poursuivi, je n'avais jamais pressé la détente le premier. Mais là, ma situation était critique. Quand j'ai vu les revolvers, j'ai fait une sommation, puis j'ai dû tirer pour sauver ma vie.

— Vous maintenez donc que les trois victimes étaient armées ?

— Absolument.

King enchaîna :

— L'accusation vous dépeint comme un policier « incontrôlable ».

Je réprimai ma colère et répondis :

— Chaque fois qu'un agent des forces de l'ordre utilise son arme en service, une enquête est diligentée. Cela m'est arrivé plus souvent qu'à la plupart de mes collègues, mais dans chaque cas, aucune charge n'a été retenue contre moi.

— Que diriez-vous à ceux qui prétendent qu'il s'agissait en fait de bavures qui ont été étouffées ?

58.

Je regardai droit dans l'objectif de la caméra dont le témoin rouge était allumé.

— Lisez donc les rapports d'investigation, Gayle. Je vous les fournirai et vous pourrez les poster sur le site internet de CBS pour qu'ils soient accessibles à tous. Je suis sûr que vous serez d'accord avec les avis rendus par le comité de déontologie.

— Excellente idée, dit King, qui marqua une pause. Vous considérez-vous au-dessus de la loi, monsieur Cross ?

Je fis appel à toute ma volonté pour ne pas serrer les poings.

— Non, Gayle, certainement pas, et c'est franchement une insulte de me définir ainsi. J'ai passé ma vie au service de la loi en tant qu'enquêteur dans la brigade criminelle et au FBI. J'ai reçu plus de vingt distinctions honorifiques pour mon travail, et aucun blâme pour brutalité excessive ou autre faute disciplinaire. Pas un seul.

King planta son regard dans le mien.

— Gary Soneji méritait-il la mort, il y a dix ans ?

J'étudiai la question.

— Vous voulez mon opinion personnelle ?

— Ne l'est-elle pas forcément ?

— Alors, la réponse est oui.

Les yeux de la présentatrice s'écarquillèrent.

— Oui ?

— Avec ses bombes, Soneji a tué des gens en toute impunité. Il en a kidnappé et torturé d'autres. Il s'est servi d'un bébé comme bouclier au cours de son attentat contre Times Square. Je l'ai pourchassé dans les tunnels du métro de Manhattan alors qu'il portait un gilet bourré d'explosifs. Il a essayé de m'abattre. J'ai tiré sur lui pour l'empêcher d'activer le détonateur du gilet, mais trop tard. Donc, oui, si quelqu'un a mérité la mort, c'était bien Gary Soneji.

— Êtes-vous obsédé par lui ?

— Pas plus que vous ne le serez par moi lorsque vous traiterez le prochain sujet d'actualité. Écoutez, être enquêteur, c'est mon boulot, pas une croisade ni une vendetta. Je fais de mon mieux. Puis je passe à autre chose.

— « Je fais de mon mieux. Puis je passe à autre chose ». Bonne formulation, approuva-t-elle avec un sourire tout en ôtant ses lunettes. Virginia Winslow et Leonard Diggs. Méritaient-ils eux aussi de mourir ?

— Non. Mais ils ont fait des choix qui m'ont forcé en tant que policier à prendre des décisions qui leur ont coûté la vie. Je n'ai toujours pas trouvé de mobile rationnel à leurs agissements, à part cette machination montée contre moi.

— Dans les vidéos, on ne voit aucune de vos victimes avec une arme à feu.

— Et pourtant, ils tenaient tous des revolvers, répliquai-je.

Elle mordilla une branche de ses lunettes.

— Alors quoi ? Vous pensez que des complices de Watkins ont effacé les images de ces armes ?

— Quelque chose comme ça, oui.

— Lorsqu'on regarde ces enregistrements, vous y apparaissez comme le plus froid des tueurs, monsieur Cross.

— Ou le plus gros des pigeons.

King remit ses lunettes pour consulter ses notes.

— Considérant ces interpellations partout dans le pays au cours desquelles des policiers blancs ont tué de jeunes Noirs, n'est-il pas ironique que le gouvernement n'ait pas vraiment pris de mesures jusqu'à ce que le ministère de la Justice intente un procès à un policier noir ?

Je sentis mon expression se durcir pendant que je répondais :

— Je me suis toujours refusé à jouer cette carte-là, mais il est clair qu'il y a matière à réflexion, n'est-ce pas ?

L'interview se prolongea encore vingt minutes, puis ce fut le signal de fin. Dès que les caméras s'éteignirent, je me levai pour permettre au technicien de me retirer le micro, tandis que King discutait avec son producteur.

Elle me rejoignit ensuite, me serra la main en s'excusant :

— Désolée pour les questions les plus brutales. Mais, comme vous le dites vous-même, c'est le boulot.

— Aucune question ne me dérange si elle est impartiale.

— Comment m'en suis-je sortie ?

— Je vous ai trouvée réglo. Et moi ?

King soutint mon regard avant de répondre :

— Soit vous êtes un menteur pathologique et un tueur, soit vous avez été piégé par des gens très malins.

— Ce sera l'angle de votre reportage ?

— Monsieur Cross, nous nous bornerons à rapporter les arguments de l'accusation et de la défense, et laisserons les auditeurs juger par eux-mêmes.

59.

Bree, Anita et Naomi étaient persuadées que cette interview me serait favorable. Quant à Nana Mama, elle frétillait encore de l'excitation d'avoir rencontré la meilleure amie d'Oprah, la star du talk-show, ce qui était aussi attendrissant que comique.

Mais à mesure que s'écoulaient les heures, mon anxiété grandissait. Les experts d'Anita étaient-ils compétents ? Et si nous ne parvenions pas à démontrer la falsification des vidéos ?

Vers 21 heures ce soir-là, je commençai à souffrir de claustrophobie. Ali me rejoignit dans la cuisine, où je faisais les cent pas.

— Papa ? Tu me montres ces vidéos dont tout le monde parle ?

— Qu'est-ce qui pourrait t'intéresser là-dedans ?

Il haussa les épaules.

— Ton avocate Mme Marley pense qu'il y a un trucage. Je veux essayer de le trouver.

J'y réfléchis quelques instants, puis refusai :

— Je ne serais pas un très bon père si j'autorisais mon fils de neuf ans à regarder des gens mourir inutilement.

— Oh ! lâcha-t-il sur un ton déconfit. C'était juste pour t'aider.

— Je sais, bonhomme, dis-je en lui faisant un câlin.

Après qu'Ali, déçu, m'eut quitté, je tenais encore moins en place. Je montai dans ma chambre me changer : pantalon de survêtement, vieux sweat-shirt du FBI et baskets. Bree était dans le salon devant l'émission *The Voice* quand je la prévins que j'allais faire un jogging.

— Tu as envie de compagnie ?

— Pas ce soir. J'ai besoin de mettre certaines choses au clair, sinon c'est l'insomnie assurée.

Elle m'observa avec calme.

— Alex, sache que je trouve dégueulasse que tu aies à subir tout ça. J'en suis malade.

— Oui, c'est dur. Mais comme le répète Nana Mama, la vérité triomphera.

— Je ne veux pas que tu passes un seul jour en prison en attendant.

— Moi non plus.

— N'oublie pas que Jannie a une compétition demain matin.

— Je ne traînerai pas trop, lui promis-je avec un baiser.

Dans la rue, je piquai un sprint jusqu'à être hors de vue, puis ralentis pour héler un taxi en maraude. Je m'y engouffrai tout en donnant une adresse au chauffeur. Vingt minutes plus tard, il me déposait sur un parking bondé dans une zone industrielle bordant l'autoroute I-95, non loin de Dumfries en Virginie. Lorsque je travaillais à

Quantico, j'étais sans doute passé en voiture des milliers de fois devant cet entrepôt en acier sans y prêter attention.

Mais c'est vrai qu'à l'époque il n'y avait pas sur la façade visible de l'autoroute l'enseigne scintillante GODDESS !

De la techno à plein volume faisait trembler le bâtiment. Je crus d'abord que les deux videurs au crâne rasé allaient me refouler à cause de ma tenue négligée, mais le gérant sortit par hasard et me salua :

— Les gars du FBI sont toujours les bienvenus ici. Des courageux comme vous, on en a chaque jour de plus en plus.

Je réglai les vingt-cinq dollars d'admission et entrai dans le club, véritable hommage au style disco des années 70. Murs noirs, nombreux miroirs, boules lumineuses pivotant et clignotant au-dessus de la piste envahie par des gays en train de tournoyer, dont le look allait du smoking au cuir style SM.

Pendant que je faisais le tour des lieux, je dus décliner deux invitations à danser avant de repérer celui que j'étais venu voir. Krazy Kat Rawlins se trouvait au milieu du groupe compact de danseurs en sueur, trémoussant ses fesses, agitant sa crête iroquoise rouge, et balançant les bras au-dessus de sa tête tel un dévot exalté par une nouvelle religion.

Dès que la musique changea, Rawlins quitta la piste, hors d'haleine, en nage, tout sourire. Il flirtait avec des amis quand il m'aperçut. Brusquement, l'as de l'analyse numérique ne fut plus si euphorique.

— À moins que vous ayez viré de bord, que faites-vous là ?

— Vous ignorez tous mes coups de fil.

Il vérifia du bout des doigts si sa crête tenait bien droit avant de répondre :

— Je pense que vous n'êtes plus digne de mon attention ni de celle de Batra.

— Je vous demande pardon ?

Il carra les épaules, bras croisés.

— J'ai examiné les vidéos, Mister Cross. Il ne manque pas de métadonnées et rien n'indique que les passages montrant les mains des victimes sont des montages.

Ces mots mirent un moment à revêtir tout leur sens, et je me sentis me détacher de mon corps. Je parcourus le club des yeux, comme si c'était le décor d'un rêve surréaliste.

— J'ai vu des armes, des revolvers, dis-je.

— Les données numériques ne mentent pas, répliqua Rawlins.

— Non, il y a forcément une erreur. Croyez-moi, Krazy Kat, il...

— Je ne peux rien pour vous.

Je pris ma tête à deux mains.

— J'ai l'impression d'être dans un univers parallèle, de perdre carrément l'esprit.

Il plissa le front.

— Dans ce cas, vous devriez en parler à quelqu'un, un psy qui vous aidera à comprendre ce que vous avez fait et pourquoi.

— Mais je n'ai...

— Les vidéos le prouvent, m'interrompit Rawlins. Elles montrent que Winslow et Diggs n'étaient pas armés. Vous les avez tués de sang-froid, et non en légitime défense.

— J'ai vu ces revolvers !

— Alors, votre cerveau les a inventés pour que vous ne vous sentiez pas coupable. Vous vous en êtes toujours tiré impunément. Vous avez recommencé.

Le gourou informatique du FBI tourna les talons et se fondit dans la foule en transe sur la piste, tandis que je le regardais, hébété.

60.

Je n'ai jamais été un lâche, toute ma vie j'ai assumé mes obligations et responsabilités. Mais ce soir-là, assis à l'arrière d'un taxi vingt minutes après que Rawlins eut disparu au milieu des danseurs dans le club, l'envie me démangeait de demander au chauffeur de me conduire à l'aéroport ou à la gare plutôt que chez moi.

Fuir, prendre une nouvelle identité, me cacher dans une île des mers du Sud, tout sauf rentrer à la maison pour informer Bree, Nana Mama et les enfants des conclusions de Rawlins. Il n'y avait pas eu d'armes. Au mieux, j'avais été victime d'hallucinations, au pire, j'étais un assassin. Dans les deux cas, la prison fédérale m'attendait, probablement pour une réclusion à perpétuité.

Les yeux fermés, je m'efforçai de me souvenir de tout l'épisode, revoyant clairement le revolver dans la main de Watkins, comme dans celles de Virginia Winslow et Leonard Diggs. Mais il y avait ces vidéos qui démontraient incontestablement l'absence d'armes pointées sur moi lorsque j'avais tiré.

Au nom du ciel, comment était-ce possible ?

Je me repassai la scène encore une fois, tâchant de me rappeler chaque instant, et me revint en mémoire cette griserie étrange que j'éprouvais quand nous étions arrivés à l'usine, Kimiko Binx et moi. Et à l'intérieur, j'étais même... électrisé ? Mais pourquoi ? Confronté à des gens armés qui voulaient ma mort... j'exultais ?

Rawlins avait peut-être raison finalement. J'avais sans doute besoin de voir un psy, ou au moins quelqu'un qui soit capable de comprendre ce que je traversais, quelqu'un comme...

— Chauffeur, changement de programme, dis-je. Emmenez-moi dans le centre.

Le taxi me déposa non loin du palais de justice. Je marchai deux cents mètres jusqu'à une rue familière où il y avait de la lumière dans certaines des maisons mitoyennes et de grosses bennes à gravats devant celles qui étaient obscures.

Le duplex qui m'intéressait était éclairé, ce qui ne me surprit qu'à moitié. Bernie Aaliyah avait entrepris de le retaper entièrement.

Pendant que je grimpais les marches du perron, mon esprit se reporta à ma dernière visite. Moi à la porte de la chambre de Tess, le coup de feu, mon bond en arrière, l'accablement, le choc. Et ce pauvre Bernie martelant la porte, suppliant le silence de lui répondre, de lui donner de l'espoir.

Je me secouai pour évacuer ce souvenir, puis sonnai. Une minute plus tard, les verrous étaient tirés et on m'ouvrit.

— Alex ?

— Je me demandais si nous pouvions parler.

— Je vais mieux depuis la dernière consultation, affirma Tess avec un sourire. Nous avons déjà un prochain rendez-vous de prévu, n'est-ce pas ?

— Cette fois, il ne s'agit pas de vous.
— Ah ! fit-elle, les sourcils froncés. Eh bien, entrez, je vous en prie.

61.

Je la suivis dans le salon, tout en notant qu'elle était en pleine forme, un mois à peine après l'arrêt de tous ces traitements dont l'interaction l'avait menée à se barricader dans sa chambre avec un revolver et à discourir sur des rats tandis que son père et moi craignions qu'elle ne se suicide.

Le fait est que les travaux de rénovation le long de la rue avaient délogé une population de rats et entraîné sa migration. Ce jour-là, Tess en avait aperçu deux dans son placard à l'étage. Après sa dispute avec son père, et dans un état de semi-délire provoqué par les médicaments, elle avait décidé de vider son placard, d'y placer des biscuits et des graines, puis de se mettre à l'affût. C'était pour cette raison qu'elle me demandait de parler à voix basse. Elle était en chasse.

Lorsqu'elle avait abattu le rat, la détonation avait résonné si fort dans ses tympans que durant une minute atrocement longue, elle n'avait pas entendu son père tambouriner sur la porte. Elle avait fini par ouvrir, les yeux dans le vague et injectés de sang, en nous regardant sans comprendre ce qui nous affolait autant.

Ce n'est qu'au bout de plusieurs heures que nous étions parvenus à convaincre Tess de se faire admettre dans un établissement psychiatrique en Virginie pour une évaluation approfondie. Elle y avait passé une semaine, entre sevrage et examens. À son arrivée, elle prenait encore tout un assortiment de pilules ; à son départ, seulement un antidépresseur. Selon les médecins, elle avait de la chance que son cocktail chimique n'ait pas causé de dommages irrémédiables à son cerveau.

— Vous voulez une bière ? me proposa Tess. Papa en a laissé un pack.

— Plutôt de l'eau minérale, si vous en avez.

— Je reviens, dit-elle, et elle m'apporta une bouteille sortie du réfrigérateur.

Je m'installai dans le fauteuil préféré de Bernie Aaliyah. Tess me tendit un verre avant de se pelotonner sur le sofa.

— Encore merci, Alex. Vous êtes le seul à avoir compris que j'étais un danger pour moi-même.

— Je suis heureux que vous ayez accepté de vous faire aider. C'est d'ailleurs pour ça que je suis ici ce soir.

— Ah oui ?

— Avez-vous suivi mon procès ?

Elle fit signe que non.

— Mon médecin m'a prescrit un régime sans infos pendant un mois.

— Ce n'est pas une mauvaise idée.

Je la mis donc au courant des derniers développements, terminant par les vidéos et la certitude de Rawlins qu'elles n'avaient pas été trafiquées.

— Mais vous les avez bien vus, ces flingues ?

— Dès que je ferme les yeux, je les revois.

— Est-il possible que vous les ayez imaginés ?

Après l'avoir réfuté catégoriquement, j'ajoutai néanmoins :

— Une partie de moi n'est plus sûre de rien, Tess. Du coup, j'ai peur d'avoir fait des choses si terribles que mon esprit les aurait effacées de ma mémoire et remplacées par d'autres pour justifier mes actes. Serait-ce l'explication ? Cela vous est-il déjà arrivé ?

Une ombre de souffrance traversa son visage pendant qu'elle secouait la tête.

— Je me rappelle chaque détail, la fusillade, mes tirs de riposte, et ensuite le hurlement désespéré de la nounou des Phelps derrière la porte de l'appartement. Je ne peux pas oublier une seule seconde de tout ça.

— C'est ce que ressent l'autre partie de moi.

— Alors, il y avait bel et bien des revolvers, qui ont été supprimés des films. Il vous reste à le prouver.

Mon téléphone émit le bip de réception d'un SMS. Je le sortis de ma poche. Le message était de Bree : Où es-tu, Alex ? Je m'inquiète.

Je lui répondis aussitôt : En visite chez une vieille connaissance. Je rentre.

Puis je regardai Tess en disant :

— Il faut que j'y aille. Merci de m'avoir écouté.

— Je n'ai fait que vous rendre la pareille.

Elle me raccompagna à la porte et l'ouvrit. Je me tournai vers elle avant de partir.

— Je ne vous ai pas demandé. À quoi occupez-vous votre temps ?

Elle eut un sourire mélancolique.

— Courir deux fois par jour, lire, et surtout apprendre à me pardonner sans un tas de médocs qui bousillent le cerveau.

62.

À 10 heures le lendemain matin, j'étais installé dans les tribunes du stade couvert de Johns Hopkins en compagnie de Damon, à présent en deuxième année. Nous regardions Jannie finir ses échauffements. Elle avait été taciturne pendant le trajet en voiture, à tel point que je lui avais demandé quel était le problème.

Tout d'abord, elle avait refusé de parler, puis m'avait avoué avec réticence être perturbée à cause des vidéos de la fusillade à l'usine téléchargées sur YouTube. Les réseaux sociaux s'étaient déchaînés. Des commentaires incendiaires étaient adressés à ses frères et à elle personnellement.

De pire en pire. Déjà la veille au soir, quand j'avais annoncé à Bree que, selon Rawlins, les vidéos n'avaient pas été falsifiées, j'avais lu dans ses yeux quelque chose que je jure n'y avoir jamais vu auparavant. Le doute. Non pas des soupçons, ni même une perte de confiance, mais un doute quant à ma description des faits.

— Tu tiens le coup, papa ? s'enquit Damon.

— Concentrons-nous sur ta sœur. Tout le reste me rend malade.

— Alors, comment est notre miss, ce matin ? lança Ted McDonald, me tirant de mes idées noires.

La présence du coach me surprit.

— Je croyais que vous ne pouviez pas venir.

— Mes plans ont changé hier soir.

— Jannie est au courant ? demanda Damon.

— Elle le sera après la course.

— C'est-à-dire après que vous aurez vérifié si elle suit vos consignes à la lettre, précisai-je.

— En effet. Comme les participantes sont dans l'ensemble les mêmes que l'autre fois, Claire Mason comprise, disons qu'on repart à zéro aujourd'hui.

— Vous lui avez recommandé la même stratégie ?

— Avec quelques ajustements basés sur ses derniers temps à l'entraînement, répondit-il, et il sortit un chronomètre de sa poche.

Jannie avait tiré au sort le troisième couloir à la corde. Claire Mason, championne du Maryland et future athlète de l'université de Stanford, était à deux couloirs d'elle, au numéro cinq.

La peine, la frustration que Jannie avait ressenties sur la route de Baltimore étaient enfermées dans une bouteille hermétiquement bouchée lorsque le starter appela les jeunes filles à leurs marques. Notre pouliche se dirigea vers les starting-blocks à pas sautillants, secouant les bras, roulant la tête, le regard fixé au loin.

McDonald abaissa ses jumelles.

— Elle est en forme.

Je le pensais également. L'ancienne Jannie semblait de retour, surtout à en juger par son sourire quand le starter annonça :

— Prêtes.

Au coup de pistolet, ma fille fit un bon départ, à la puissance plus contrôlée qu'explosive. Sa foulée s'allongea, ses jambes relâchées trouvèrent leur rythme, et ses bras l'accompagnaient d'un mouvement fluide à l'entrée du premier virage, qu'elle boucla proprement, avec assurance. Aucun signe de douleur au pied.

En entamant la ligne droite, Jannie était exactement à la même place que dans la compétition précédente, en quatrième position, presque au coude à coude avec la fille en troisième. Claire Mason menait par deux longueurs, mais personne n'attaqua pour prendre la tête. Jannie conserva sa cadence dans le virage suivant puis sur le tronçon en bas des tribunes.

— Joli, dit le coach, appuyant sur son chronomètre au moment où Jannie passait comme un éclair devant nous. Ce chiffre me plaît énormément.

Alors que Claire Mason essayait de faire la différence à la sortie du troisième virage, les trois athlètes, dont Jannie, qui la talonnaient revinrent sur elle au bout de la ligne droite. Elles formaient un peloton serré à l'entrée du dernier virage.

— Bien joué, approuva McDonald, les yeux rivés à ses jumelles. Et maintenant, galope jusqu'à l'écurie, ma belle !

À croire que Jannie entendait dans sa tête les paroles du coach, car à peine les avait-il prononcées qu'elle enclencha la vitesse supérieure. Elle dépassa la coureuse en troisième position, et se trouvait épaule contre épaule avec celle à la deuxième place en débouchant du dernier virage.

Je ne pus me retenir ; je poussai un cri d'encouragement :

— Allez, Jannie !

Damon hurla à son tour :

— Montre-leur qui est la boss, sœurette !

Mon enfant chérie fit alors quelque chose que je n'avais plus revu depuis sa blessure au pied. Transformant sa foulée en bonds élastiques, elle distança la fille en deuxième position, puis regagna du terrain sur la meneuse. Il ne restait que trente mètres avant l'arrivée. Mason jeta un coup d'œil en arrière, vit avec effroi Jannie la rattraper, et accéléra encore. Mais, ce jour-là, la peur de perdre ne fut d'aucun secours pour la championne de l'État.

Quinze mètres plus loin, Jannie était à la hauteur de Mason. Et elle avait une longueur d'avance en franchissant la ligne.

63.

Jannie ralentit l'allure, éclata de rire et lança les bras au ciel. Damon siffla. Je m'époumonai à crier ma joie, heureux comme je ne l'avais pas été depuis des lustres. La pauvre Claire Mason était décomposée ; elle, la senior promise à l'un des meilleurs cursus sportifs, venait d'être battue par une junior tout juste de retour sur la piste après un long arrêt dû à une blessure au pied.

McDonald applaudit quand Jannie nous rejoignit quelques instants plus tard.

— Voilà exactement ce qu'il fallait faire, la félicita-t-il en lui tapant dans la main. Belle victoire. Surtout contre Mason. Mais ce qui me rend le plus fier de toi, c'est que tu sois une athlète disciplinée et intelligente.

Radieuse, Jannie renchérit :

— Ça a payé de rester juste derrière elles. Du coup, j'avais beaucoup de réserves à la fin.

— La preuve que je sais un peu de quoi je parle, lui glissa le coach avec un clin d'œil. Profite du moment. Je t'appellerai lundi.

— Vous partez déjà ? s'étonna Damon.

— J'ai un vol à midi pour Dallas, expliqua McDonald, puis il se tourna vers Jannie. Bain de glace dès que possible.

Elle gémit.

— Je déteste les bains de glace !

— Mais elle va le prendre, assurai-je.

Peu après, nous laissâmes Damon retourner à ses études. Jannie était encore en ébullition en montant en voiture et durant une bonne moitié du trajet. Puis elle consulta son téléphone et retomba dans un silence morose.

— Tes amis virtuels sont durs avec toi ?

Elle ne répondit pas tout de suite.

— Ils sont débiles, papa. Aucun ne te connaît, alors il est temps que je fasse un sérieux ménage dans mes contacts et peut-être que je me coupe une semaine ou deux des réseaux sociaux, même Snapchat et Instagram.

— Deux semaines ? J'ai lu quelque part qu'il est quasiment impossible pour les adolescentes de se passer de leur smartphone.

— Préviens Mark Zuckerberg. Je serai la première à me déconnecter de Facebook.

Cela me fit rire.

— Bravo !

— Je te demande pardon pour mon attitude de ces jours-ci. Je m'inquiétais égoïstement des conséquences du procès sur ma propre vie.

— Et je suis désolé que tu aies à souffrir de mes actes. Ce n'est pas juste ni pour toi ni pour tes frères.

Le silence régna un moment dans la voiture.

— Papa ?

Je la regardai. Ses joues étaient inondées de larmes.

— Qu'est-ce qu'il y a, ma puce ?

— Je t'aime, papa, et j'ai confiance en toi, mais j'ai aussi très peur de ce qui va t'arriver.

Une grosse boule d'émotion m'obstrua la gorge.

— Et moi je t'adore, Jannie. Ne te fais pas de souci, tout ira bien.

Mais plus nous approchions de Washington et de la maison, moins j'y croyais.

64.

Ali Cross entendit Jannie rentrer et perçut l'animation dans sa voix puis dans celle de Nana Mama, mais cela ne suffit pas à le faire sortir du bureau dans les combles, ni même à quitter des yeux l'écran de l'ordinateur où passait une vidéo YouTube de son père en train de tirer sur trois personnes.

Ayant appris sur Facebook la mise en ligne de ces films, Ali les avait déjà regardés presque vingt fois. La première avait été la plus difficile : il avait sursauté d'horreur et tout éteint au moment où son père pressait la détente pour tuer Virginia Winslow. Ça lui rappelait tellement sa prof de débats abattue au cours du kidnapping de Gretchen Lindel, qu'il avait failli vomir.

Décidé à s'arrêter là, il allait fermer le navigateur quand lui était revenu le souvenir de Mme Marley, l'avocate de son papa, citée la veille dans le *Washington Post* comme contestant la validité de ces vidéos car elles étaient truquées. En plus, il avait épluché les commentaires postés sur YouTube ; la plupart des internautes écrivaient qu'Alex Cross était coupable et méritait la prison à perpétuité ou pire.

Ali avait lutté contre son envie de pleurer à la lecture de ces posts haineux, et s'était forcé à regarder les enregistrements jusqu'au bout, encore et encore, mettant sur pause dès qu'une main des victimes était visible.

Pas d'arme, pas d'arme, pas d'arme.

Mais comme son père affirmait avoir vu trois revolvers, Ali avait continué à visionner inlassablement les vidéos. La quinzième ou seizième fois, il avait enfin remarqué une anomalie. La lumière baissait avant l'apparition de chaque victime, puis redevenait assez forte pour montrer leurs mains vides, juste avant le coup de feu.

Ali avait examiné en détail ces séquences-là à trois reprises, et n'arrivait toujours pas à s'expliquer le changement d'éclairage. Il saisit la souris, et s'apprêtait à se les repasser encore une fois lorsqu'il entendit des pas dans l'escalier.

Le cœur battant la chamade, Ali ferma d'un clic le navigateur, et afficha un document Word qu'il faisait mine d'étudier quand son père entra.

— Nana Mama dit que tu es resté ici toute la matinée.

— J'ai une rédac à rendre lundi, marmonna Ali sans lever les yeux.

— Ah oui ? Sur quel sujet ?

— Les magiciens, fit-il en redressant la tête. Genre Harry Houdini.

— C'était le meilleur. Et tu avances ?

Comme il l'avait terminée deux jours plus tôt, cette rédaction, Ali dut mentir :

— Ça va. Je devrais avoir fini à temps si je bosse dur.

— Bon courage, alors, dit son père, qui contemplait les boîtes d'archives encombrant l'espace exigu. Il faut que je fasse du tri. On ne peut presque plus bouger.

— Bree nous interdit d'y toucher parce que ça concerne des enquêtes.

— Il y en a trop, répliqua son père distraitement. Ne reste pas toute la journée ici. Va faire une balade à vélo. Ou on pourrait tirer quelques paniers ?

— Ça serait cool, approuva Ali avec un sourire. Pourquoi Jannie est si contente ?

— Elle a gagné sa course, en battant la fille la plus forte du Maryland.

— Waouh ! Et elle n'a pas mal au pied ?

— Du tout.

Comme son père se détournait pour partir, Ali l'arrêta.

— P'pa ? Tu crois que ça existe, la vraie magie ? Qu'il y a des gens qui savent faire apparaître ou disparaître des objets ?

— Non. Ce ne sont que des illusions, des tours de passe-passe à l'aide de fumée, de miroirs ou de lumière.

Ali opina avec conviction.

— C'est bien ce que je pensais.

— Tu viens déjeuner, fiston ?

— J'arrive bientôt, promis.

Il regarda son père baisser la tête pour franchir la porte, l'écouta descendre au premier étage puis au rez-de-chaussée. Cela ne lui plaisait pas de mentir ou de désobéir, mais il fallait bien que quelqu'un trouve ce qui clochait dans ces vidéos.

Il pressa la touche de lecture, décidé à ne pas sauter de passages, à tout revoir depuis le début. La caméra du milieu, placée sur le mur côté nord, l'intéressa particulièrement.

Son objectif était braqué vers le sol mais les bases des trois projecteurs montés sur les toits des boxes en face étaient visibles. Il mit sur pause et agrandit l'image, dans l'espoir de distinguer une ombre derrière les spots, une silhouette, mais il n'y avait rien. Relançant le film, il remarqua soudain un minuscule point lumineux bleu qui brilla quelques secondes et s'éteignit.

Après trois essais ratés, il réussit enfin à stopper l'enregistrement au bon endroit. Il zooma sur le point bleu. Impossible de voir à quoi il était rattaché. Déçu, il enfonça à nouveau la touche de lecture et se concentra sur la troisième caméra, celle qui montrait la salle dans sa longueur et les faisceaux des spots dirigés sur la fresque.

Il fit un gros plan de chaque projecteur, mais personne ne se tenait derrière.

Qui réglait l'éclairage ? Et d'où venait cette lumière bleue ? Malgré tous ses efforts, il ne parvint pas à en trouver l'origine.

— Ali ! l'appela Nana Mama depuis le pied de l'escalier. Il y a du bacon, de la laitue et des tomates qui t'attendent en bas !

— J'arrive, Nana ! cria-t-il, tout en supprimant l'historique du navigateur pour effacer ses traces avant de fermer la fenêtre Internet.

Il se leva et alla à la porte, sans réellement prêter attention aux boîtes d'archives devant lesquelles il passait, tellement obnubilé par cette mystérieuse lueur bleue que c'est à peine s'il remarqua celle qui était en équilibre sur un classeur et étiquetée : AUTOPSIES.

65.

Nous finissions de déjeuner lorsque quelqu'un frappa à la porte de l'extension.

— Qui est-ce maintenant ? grommela Nana Mama. Encore un vautour de journaliste ?

— Si c'est le cas, j'appelle un vrai flic, plaisantai-je en ébouriffant les cheveux d'Ali qui semblait perdu dans ses pensées.

Je posai mon assiette sur le comptoir avant d'aller ouvrir. Le visiteur était Alden Lindel, manifestement en détresse.

— Monsieur Lindel ? m'étonnai-je, tout en sortant et refermant derrière moi.

— Désolé, docteur Cross, s'excusa le père de l'adolescente kidnappée à l'école d'Ali. Je sais que vous avez vos propres problèmes, mais je n'ai personne d'autre vers qui me tourner.

Je poussai un soupir, mais l'invitai à me suivre au sous-sol.

Dans mon cabinet, Lindel extirpa de sa poche une nouvelle clé USB protégée par un sachet hermétique.

— Cette fois, ils ont pendu Gretchen !

Il se laissa tomber dans un fauteuil, sc cacha le visage dans les mains et éclata en sanglots.

— Ces salauds ont pendu ma fille, ou fait en sorte que ça y ressemble, et ils vendent le spectacle sur Internet !

Songeant à Jannie, je ressentis une profonde empathie pour le pauvre homme. Je m'approchai de lui et posai une main sur son épaule.

— Je ne peux imaginer l'enfer que vous vivez.

Il me regarda de ses yeux injectés de sang.

— On se parle à peine, ma femme et moi. Je n'arrive pas à bosser. Mon patron menace de me virer. Il y a des jours où je ne pense qu'à Gretchen. Mais parfois, elle me sort de l'esprit juste pour un moment. J'ai un peu de répit, et là ce genre d'abomination apparaît dans ma boîte aux lettres. Que veulent-ils, docteur ? Pourquoi font-ils ça ?

— Je ne sais pas. Mais il faut que vous portiez immédiatement cette clé au FBI. Moi, je ne suis plus dans le circuit à cause de mon procès.

Il continuait à me fixer, le visage contracté par l'angoisse.

— Vous ne pouvez donc pas m'aider ?

— J'aimerais bien. (Je m'assis en face de lui, penché en avant, coudes sur les genoux, mains serrées.) Monsieur Lindel, je souhaite de tout mon cœur retrouver votre fille ainsi que les autres disparues. Croyez-moi. Malheureusement, étant donné ma position actuelle, je risque d'être davantage un obstacle qu'une aide pour vous. Comprenez-le. Je ne vous serais guère utile en ce moment.

Il n'était pas vraiment convaincu. L'air trahi, il se leva.

— Nous comptions tellement sur vous, dit-il sur un ton de défaite. Enfin, bonne chance pour votre procès.

Impuissant, je lui tendis la main.

— N'abandonnez pas. Ils gardent Gretchen en vie, ce qui signifie qu'il vous reste un espoir de la revoir saine et sauve. Cependant, les gars du FBI ne pourront pas la retrouver si vous ne leur remettez pas tous les indices, comme cette clé USB.

— Je l'apporte tout de suite à leur bureau, promit-il.

Lorsqu'il fut parti, je m'écroulai sur le divan de mon cabinet. Je me sentais mal d'avoir refusé, mais avais-je le choix ? Il m'était impossible de solliciter Rawlins ou Batra pour une analyse de la clé en urgence. Pour eux, désormais, j'étais un tueur.

Mon téléphone sonna. Anita Marley.

— Alex, j'ai une mauvaise nouvelle. La juge Larch est à l'hôpital. Elle a probablement une congestion cérébrale.

— Quoi ? m'écriai-je, abasourdi. Quand ?

— Elle a été emmenée cette nuit au George Washington. Comme elle a été traitée rapidement, les médecins sont optimistes, et ils lui font passer des examens supplémentaires.

Je secouai la tête, revoyant la petite juge monter sur l'estrade avec une assurance qui la grandissait, une vraie force de la nature. Un AVC, elle ?

— Et si elle n'est pas en état de siéger lundi ? interrogeai-je Anita.

— Le procès sera reporté.

Je fermai les yeux.

— Et donc pas de verdict avant des mois.

— Attendons de connaître le diagnostic.

— Moi aussi j'ai une info, encore pire, enchaînai-je. Rien de suspect dans les vidéos. Enfin, d'après les métadonnées.

Il y eut un silence.

— Et comment le savez-vous ?

— Une source bien placée au FBI me l'a dit hier soir.

— Et vous n'avez pas cru judicieux de me prévenir aussitôt, moi ou Naomi ? s'énerva-t-elle. Nous avons perdu douze, peut-être quinze heures de…

— Pardon, mais ça m'a démoli ! J'avais les idées embrouillées.

Elle soupira.

— Heureusement que les miennes sont claires. Mes experts vont continuer à chercher, en dépit des conclusions du FBI. Et j'ai quand même une nouvelle positive. Les analyses de salive sont terminées. J'ai passé un coup de fil à un ami chimiste à San Francisco pour être sûre d'interpréter correctement les résultats. Disons qu'ils sont intéressants.

— Pourraient-ils me disculper ?

— Non, ça ne suffit pas, tant qu'on n'a pas de quoi récuser les vidéos. Néanmoins, avec un peu de chance, nous allons semer la confusion dans l'acte d'accusation en démontrant qu'il y avait des circonstances atténuantes.

Je me malaxai le front et répétai :

— Des circonstances atténuantes ? Si je comprends bien, je devrais commencer à mettre mes affaires en ordre.

Un autre silence, plus long. Elle finit par répondre :

— Il vaut toujours mieux être préparé.

66.

Les vingt-quatre heures qui suivirent comptent parmi les plus déprimantes de ma vie. Dès qu'elle rentra, j'emmenai Bree faire une balade et lui rapportai ma conversation avec Anita. Nous nous étreignîmes pendant un temps infini.

— Je n'arrive toujours pas à y croire, dit-elle.

— C'est à se demander ce que j'ai fait pour mériter tout ça.

— Pas de lamentations. Qu'est-ce qu'on fait maintenant ?

— Oui, stop aux pleurnicheries. On s'organise pour vous protéger, toi, Nana Mama et les enfants. Je ne veux pas que vous pâtissiez d'une situation dont vous n'êtes pas responsables.

Le lendemain matin, après la messe, je m'enfermai avec Bree dans mon cabinet au sous-sol pour dresser une liste des tâches à accomplir dans l'éventualité de ma condamnation. Transférer l'argent de mon compte personnel sur celui de Bree. Nommer un administrateur qui superviserait à ma place la fondation philanthropique de ma grand-mère. Déléguer à Bree l'autorité parentale : soins médicaux des enfants, financement de leurs études, etc. Demander à Nana Mama si elle voulait encore de moi comme exécuteur testamentaire, et désigner Bree comme le mien au cas où je décéderais en prison.

— On dirait qu'on se prépare à des funérailles, soupira Bree.

Un coup léger retentit à la porte du bureau.

— Papa ? appela Jannie.

— Nous sommes occupés, ma puce, répondis-je.

— Tu as un visiteur.

Je fermai les yeux, exaspéré. Depuis quand les gens ne respectaient-ils plus le repos dominical ?

— Dis-lui de revenir demain.

La voix de Nana Mama s'éleva alors :

— Je pense que tu devrais sortir voir.

Levant les mains en signe de capitulation, je gagnai la porte, l'ouvris, et découvris dans la salle d'attente John Sampson… en compagnie de mon père, Peter Drummond. La soixantaine finissante, robuste, la peau très foncée, il avait un visage presque dénué d'expression à cause de nerfs faciaux endommagés ; en outre, une cicatrice de brûlure ancienne partait de sous son œil droit et lui dévorait la majeure partie de la joue jusqu'à la mâchoire.

— Papa ? m'exclamai-je.

— Je suis venu t'apporter un peu de soutien moral, dit-il, tout en me donnant l'accolade et une claque dans le dos. John m'a récupéré à l'aéroport.

— Nous tenions à te faire la surprise, expliqua Nana Mama.

— C'est réussi ! C'est... super ! Alicia est là aussi ?

— Non, elle est indisposée, mais elle prie pour toi.

— Allez, remontons, dit ma grand-mère. J'ai préparé un brunch.

Après le repas, je fis une longue promenade avec Bree, John et mon père, lequel me posa tout un tas de questions. Il s'y connaissait en matière de crimes mais aussi en coups durs, bien plus que l'on ne peut s'imaginer. Il avait travaillé trente-deux ans pour le shérif du comté de Palm Beach, dans la brigade des homicides. Avant cela, il avait servi pendant la première guerre du Golfe, où l'explosion d'un puits de pétrole lui avait brûlé le visage.

Nous avions parcouru plusieurs kilomètres lorsque j'eus fini de tout lui raconter sur mon procès. Il me réconforta :

— Je sais que ça se présente mal pour toi, fiston, mais tu ne dois pas perdre confiance. J'en suis la preuve vivante. J'avais abandonné tout espoir de vous revoir un jour, toi et Nana Mama, ou de rencontrer tes enfants, et voilà que tu débarques dans mon coin paumé, à la recherche de la révérende Maya. Des miracles se produisent tous les jours.

— Que Dieu vous entende, lança John, et il consulta sa montre. Il faut que je file. J'ai promis à Billie de regarder le match des Redskins[1] avec elle.

1. Washington Redskins : célèbre équipe professionnelle de football américain, qui fait partie de la National Football League.

— Il y a du progrès dans l'affaire des blondes ? lui demandai-je. Et ça donne quoi la dernière vidéo de Gretchen Lindel ? Celle avec sa pendaison ?

Il jeta à Bree un coup d'œil interrogateur, et haussa les épaules.

— Je ne suis pas au courant de celle-là. Mais bon, en ce moment, j'ai l'impression de me taper la tête contre un mur de briques.

— Et ta coéquipière actuelle ?

— C'est elle, le mur de briques.

— John ! protesta Bree, sans réussir à cacher son amusement. Elle n'est pas aussi odieuse que ça.

— Si tu le dis, patronne, soupira-t-il, puis il nous salua de la main et partit.

67.

À 16 h 30, lundi, on frappa à la porte extérieure du cabinet. Refermant mon ordinateur, je me levai, content d'avoir une consultation et surtout d'être obligé de penser à autre chose qu'à mon propre sort.

J'ouvris à une grande et très séduisante femme d'un peu plus de trente ans, aux traits hispaniques. Une luxuriante chevelure de jais, la peau couleur moka, des yeux chocolat immenses aux coins relevés. Elle portait une jupe moulante noire, des escarpins à talons aiguilles et, sous une veste en cuir également noire, un chemisier blanc chic. Un rang de perles au cou. D'autres bijoux partout ailleurs, mais pas d'alliance.

— Madame Cassidy, je présume ?

Annie Cassidy esquissa un sourire, tira les poignets de sa veste.

— C'est très gentil à vous de me recevoir si vite, docteur Cross.

— Les amis du père Fiore sont toujours les bienvenus. Je vous en prie, entrez.

Je m'écartai d'un pas, elle me dévisagea, comme indécise, avant de pénétrer dans la salle d'attente. Elle me décocha un coup d'œil timide au passage, et continua jusqu'à mon bureau, laissant un sillage parfumé.

Je refermai la porte et trouvai ma patiente déjà assise sur le divan, occupée avec son iPhone.

— Je le mets sur silencieux.

— Je préfère, merci, approuvai-je en m'installant dans mon fauteuil.

Mme Cassidy plaça son téléphone, côté écran, sur le guéridon près d'elle, inspira à fond et souffla.

— Désolée, c'est la première fois que je consulte un psy.

— Tout d'abord, sachez qu'on ne porte aucun jugement ici. Jamais. Et rien de ce que vous dites ne sort de cette pièce.

— O.K. Est-ce que je ne devrais pas remplir un formulaire ou autre chose ?

— Vous le ferez en ligne. Je vous enverrai tout cela seulement si nous décidons d'entreprendre une thérapie.

— C'est logique.

— Bien, commençai-je, tout en prenant un calepin et un stylo. Qu'est-ce qui vous amène ?

Hésitante, les yeux plissés, elle éluda :

— Êtes-vous somnambule, docteur ?

— Est-ce là votre problème ? Il vaut mieux que je vous adresse à un confrère spécialiste des troubles du sommeil.

Cassidy croisa les jambes avec une lenteur délibérée.

— Non, je ne suis pas somnambule, mais j'aimerais savoir si vous l'êtes afin de mieux vous connaître avant de me confier.

Cette explication avait beau être étrange et alambiquée, je répondis néanmoins :

— Je ne crois pas avoir eu de crise depuis mon enfance.

— Ou depuis que vous êtes marié, suggéra-t-elle sur un ton déférent.

— J'ai peur de ne pas vous suivre.

— Évidemment, fit-elle avec un sourire énigmatique. Somnambule...

Gêné, je changeai de position dans mon fauteuil tout en pensant que j'avais peut-être sur les bras une patiente déséquilibrée. Elle déplia ses jambes puis les croisa dans l'autre sens.

— Pour être franche, j'ai besoin de votre aide parce que je suis une droguée, docteur Cross.

— Aux opioïdes ? soupirai-je. Dans ce cas, il existe de meilleurs...

— Non, pas à ces trucs-là.

— À quoi, alors ?

— Comment c'est dit dans cette vieille chanson de Robert Palmer ? Ah oui : « *Might as well face it, you are addicted to love*[1]. »

Sa gaieté s'envola subitement.

---

1. Tu ferais mieux de l'admettre, tu es accro à l'amour.

— Voilà, résumé en quelques mots, ce qui cloche chez moi, docteur. Je suis purement et simplement une junkie invétérée de l'amour.

68.

J'avais des notions de cette pathologie, il m'était d'ailleurs arrivé de la rencontrer dans des cas où un désir obsessionnel non partagé constituait le mobile d'un meurtre. Durant l'heure qui suivit, Annie Cassidy me donna un cours magistral sur ce monde peu étudié et rarement sujet à débat des « accros à l'amour ».

Elle m'avoua ne pas être différente de la plupart des femmes qu'elle connaissait atteintes de ce syndrome, en ce sens que, petite fille, on l'avait gavée du mythe de la princesse de conte de fées. Sa mère l'habillait comme telle, tiare comprise, pour la faire participer à des concours de beauté. Et tous les soirs, elle lui lisait des contes où un prince charmant venait toujours délivrer une pauvre cendrillon de sa condition et l'emmenait sur son vaillant destrier blanc pour qu'ils vivent heureux jusqu'à la fin de leurs jours.

Tout en l'écoutant, je me rendis compte que son histoire était en fait une variante de celle que le crack en informatique de la Catholic University m'avait racontée pour définir la mentalité des blondes. Je gardai toutefois la bouche close et l'esprit ouvert.

— J'ai toujours aspiré à ce genre de bonheur, poursuivit Cassidy, qui s'enfonça dans le divan. Lorsque Kevin est entré dans ma vie, pendant ma dernière année à l'université de New York, je l'ai pris pour mon prince charmant. Je n'avais encore jamais éprouvé cela avec qui que ce soit. Cette fébrilité. Ce manque dès qu'il me quittait. Quand nous étions ensemble, je lui tenais la main et je sentais sa passion courir dans mes veines, je lui dévoilais tous les petits secrets honteux de mon cœur. Ce fut pareil pour vous et votre femme, docteur ?

Je songeai à Bree et moi à nos débuts : mon engouement pour elle, ce premier baiser qui m'avait coupé le souffle et rendu muet, nos retrouvailles euphoriques après une séparation.

— Oui, confirmai-je. Nous étions toujours collés l'un à l'autre.

— Personne au monde ne compte à part l'être cher, et cette bulle dure en gros deux ans, n'est-ce pas ?

Ce résumé me fit sourire.

— En effet.

— C'est parce que, lorsqu'on tombe amoureux, un cocktail chimique se fait dans notre cerveau. D'abord la noré-pinéphrine, à laquelle s'ajoute la sérotonine qui donne une énergie folle. Un peu comme si nos neurones baignaient dans la cocaïne.

— Cela me semble assez juste.

— On est prêt à faire quasiment tout pour retrouver cette sensation, une fois qu'on l'a connue. Des trucs dingues qu'aucune personne saine d'esprit n'envisagerait. Comme abdiquer d'un trône. Ou rompre avec sa famille, son ancienne existence, uniquement pour vivre ce nouvel amour.

Cassidy me raconta que Kevin et elle avaient eu ce genre de relation fusionnelle. Ils s'étaient mariés à la fin de leurs études, et deux ans après, leur idylle durait toujours.

La troisième année de leur union, cependant, Kevin commença à rester plus tard au bureau ; à la maison, il était trop fatigué pour faire autre chose que s'asseoir devant la télévision, son ordinateur sur les genoux. Il prit du poids. Il s'intéressait à peine à sa femme, qui en éprouvait une frustration grandissante.

Si les substances chimiques de la passion ont l'effet stimulant des amphétamines, celles de l'amour à long terme sont comparables aux opioïdes légers, aux propriétés calmantes, voire soporifiques.

— Rétrospectivement, je suis sûre qu'il y avait de ça, expliqua Cassidy. J'étais groggy en permanence, une vraie somnambule. Mais même dans le brouillard, je comprenais que j'avais fait une grosse connerie. Je n'avais pas épousé le prince charmant du conte. Mais le crapaud.

Ce constat l'anéantit. Elle se sentait flouée, alors qu'on lui avait promis un amour idéal et une vie merveilleuse. Peu de temps après, elle fit la connaissance de Chet, qui venait d'intégrer l'agence immobilière où elle travaillait. Chet était bel homme, plein d'humour. Ils flirtaient. Il était à son écoute. Les agents chimiques de la passion inondèrent à nouveau le cerveau de Cassidy.

— Je me suis réveillée, c'était une renaissance. Et j'ai fait ce qu'il fallait.

Selon elle, beaucoup de femmes élevées dans ce mythe de la princesse exigent du crapaud une simple séparation, lui laissant ainsi croire que leur union pourrait avoir une chance dans l'avenir. Elles le font marcher des années et le punissent : espoirs de réconciliation brisés, injonctions d'éloignement sans fondement, accusations fausses de mauvais traitements ou de négligence.

— Tout ça par dépit. Elles s'estiment dupées, précisa Cassidy. Leur conte de fées n'existe pas, alors elles se vengent sur le mari tout en s'offrant des aventures à côté.

» Je n'ai absolument pas agi comme ça. Je n'allais pas m'amuser à torturer Kevin le crapaud simplement parce qu'il n'était pas le prince charmant. Il y avait aussi le risque qu'il se transforme en ogre, pas vrai ? Bref, dès que Chet s'est déclaré, j'ai dit en face à Kevin que je voulais divorcer pour être libre d'en aimer un autre.

Cassidy avait vécu avec Chet jusqu'à l'attiédissement de leur attirance mutuelle, au bout de deux ans de vie commune. La place de Chet dans son cœur fut bientôt prise par Steven. Vingt-six mois plus tard, elle rencontrait Carlos, profondément endormi dans un mariage de dix années.

— J'ai réveillé Carlos, gloussa Cassidy. Carrément, même.

Je jetai un coup d'œil à la pendule.

— L'heure est presque écoulée, mais j'ai une question.

— Oui ?

— Qu'attendez-vous de cette thérapie ? Si l'on continue, bien sûr.

Elle soupira, contempla le plafond.

— Ça fait un an et demi que je suis avec Carlos. C'est un type droit dans ses bottes, il a divorcé pour moi. Non seulement je l'adore mais je l'estime énormément. C'est mon meilleur ami. Mais je sais ce qui va nous arriver dans six mois, un an maximum, et je… je voudrais apprendre à être une somnambule comme les autres et rester avec quelqu'un pour toujours.

— Voilà déjà un but, approuvai-je avec un sourire encourageant.

— Pourrait-on en discuter la prochaine fois ?

— C'est noté.

Cassidy récupéra son iPhone sur le guéridon et se leva.

— Merci, docteur.

— Je vous en prie. J'ai besoin de votre adresse e-mail pour vous envoyer mon formulaire.

— Oh ! fit-elle, le front plissé. Il y a eu un virus dans mon ordinateur ce week-end, alors j'ai supprimé tous mes comptes de messagerie. Je vais me créer une adresse Gmail ce soir. Je vous la donnerai par texto ?

— Ça marche.

— Merci pour votre compréhension.

— C'est mon travail.

— Et vous le faites très bien.

Après un vague sourire, elle partit. Je demeurai immobile à la porte, à me demander si Bree et moi étions des somnambules dans notre mariage. Ma foi, si c'était le cas, j'étais plus qu'heureux dans cet état semi-conscient de félicité conjugale.

Me rappelant soudain qu'il fallait sortir pour les éboueurs les sacs de feuilles mortes que j'avais ratissées, j'allai dans le jardin. La lumière baissait. Il y avait de la bruine. J'attrapai les sacs, contournai la maison et les déposai sur le trottoir.

Mon regard balaya machinalement la rue. Non loin, Mme Cassidy était en train de monter dans un Nissan Pathfinder noir qui l'attendait. Avec Carlos au volant ? Curieux, j'avançai dans cette direction et me trouvais dans l'ombre épaisse d'un mur de soutènement quand le SUV approcha, phares éteints.

Si je distinguais bien Cassidy tournée vers le conducteur, celui-ci n'était en revanche qu'une silhouette sombre, jusqu'au passage du Pathfinder sous un réverbère. L'espace d'une seconde, son visage fut parfaitement visible à travers le pare-brise.

Le reconnaissant, je stoppai net, totalement déboussolé. *Que faisait donc Annie Cassidy avec Alden Lindel ?*

69.

Le père de Gretchen Lindel lui avait expliqué que l'esprit pouvait être la partie la plus solide d'un être comme la plus fragile.

— Cela ne dépend que de toi, Gretch, lui avait-il dit peu avant qu'elle soit enlevée et gardée captive dans le monde tordu de ces tarés.

Allongée sur son matelas crasseux dans sa cellule en contreplaqué, la jambe gauche tendue afin de limiter le frottement douloureux du bracelet en fer autour de sa cheville, la jeune fille de dix-sept ans essayait de ne pas perdre espoir.

Je vais m'échapper d'ici, se répétait-elle. *Il faut seulement que je survive assez longtemps pour saisir ma chance. Je serai comme papa. Rien de ce qu'ils me font ne me détruit. Ça me rend plus forte. Encore plus forte au contraire.*

Mais il y avait plusieurs jours qu'ils n'étaient pas venus la chercher. Heure après heure, le silence donnait naissance à toutes sortes de voix négatives dans sa tête.

Le doute s'insinuait en elle et chuchotait qu'elle allait mourir dans cette geôle. L'appréhension rampait dans son ventre, sifflant que ces hommes la tortureraient jusqu'à la fin. L'apitoiement s'enroulait autour de son cœur et de son âme, lui soufflait qu'elle était vaincue.

De temps à autre, pourtant, Gretchen se rebellait contre les voix du désespoir qui prenaient le contrôle de ses pensées ; elle songeait alors à son père, à tout ce qu'il endurait, et y puisait du courage.

Je survivrai. Ils ne peuvent plus me faire de mal. Cela me rendra encore...

Soudain, les verrous furent tirés. Elle ferma les yeux. Un repas ou un nouveau jeu pervers ? Dans ce dernier cas, plus question de pleurer. Ni d'avoir peur. Puisqu'ils se nourrissaient de sa terreur, elle fit le serment, pendant que la porte tournait sur ses gonds, de ne leur en offrir aucune.

Le géant tout en noir entra, un fusil semi-automatique AR à la main. Le père de Gretchen en possédait un, presque identique.

— L'heure est venue, blondinette, déclara-t-il sous sa visière de paintball. On en a terminé ici. C'est le moment de faire le ménage.

Elle se tint coite, regardant à travers lui comme s'il n'existait pas, comme si désormais rien n'avait plus d'importance.

Sois aussi forte que papa, s'intima-t-elle, tandis qu'il détachait le bracelet de sa cheville.

Pour l'amour de Dieu, prends exemple sur papa !

70.

Était-ce vraiment le père de Gretchen Lindel au volant du Pathfinder ?

J'avais beau me répéter que j'avais dû me tromper, c'était son visage qui s'imprimait à nouveau sur mes rétines quand je fermais les yeux. Alors, pourquoi ? Comment ?

Lorsque Annie Cassidy avait pris rendez-vous par téléphone, elle s'était bien recommandée du père Fiore ? En y repensant, elle n'avait en fait pas prononcé son nom. Elle avait juste dit qu'« un ami commun, un prêtre dans une situation difficile » lui avait donné mon numéro.

Quant à Lindel, il m'avait contacté directement. Sans référence dont je me souvienne.

Était-il concevable que deux personnes se connaissant me consultent et ne mentionnent jamais leur relation devant moi ?

Je songeai ensuite à la mère de Gretchen, Eliza, que j'avais vue à la télévision en proie à une telle détresse après le kidnapping de sa fille. Annie Cassidy était-elle la cause de la séparation des Lindel ? Avait-elle usé de faux noms en me parlant de ses amants ? Alden Lindel serait-il Carlos ?

Je rentrai dans la maison pour prendre mes clés de voiture et avertir ma grand-mère que je sortais.

Le temps d'arriver à la petite ville résidentielle de Cabin John, dans le Maryland, il faisait nuit noire et la pluie fine avait cessé. Je vérifiai l'adresse avant de me garer dans la rue, en face d'une demeure en briques, de style colonial. Un large massif de fleurs à l'abandon, une allée gravillonnée, un break Volvo couleur bronze. De la lumière brillait aux étroits panneaux vitrés qui flanquaient la porte d'entrée.

Je descendis de voiture, humai le parfum des feuilles mouillées, et me dirigeai vers la maison, inquiet de l'accueil qui serait fait à cette heure tardive à un homme seul n'ayant pas prévenu de sa visite. Mon téléphone vibra. Sans m'en préoccuper, je grimpai sur la véranda et actionnai le carillon.

Des aboiements retentirent à l'intérieur. Un petit terrier Jack Russell apparut derrière la vitre de droite, bondissant et grognant, alarmé.

— Tinker ! cria une voix féminine. Recule, ma fille !

La chienne aboya de plus belle puis glapit de protestation quand sa maîtresse la saisit par le cou et la coinça entre ses bras. La femme m'observa à travers la vitre, le regard trouble. Malgré l'épuisement et le désespoir qui la transformaient en loque humaine, je la reconnus.

— Madame Lindel ? Eliza ?

Blottie contre sa poitrine, la chienne montrait les dents.

— Si vous êtes un reporter, partez d'ici, vous ne nous aidez en rien. Personne ne le fait, d'ailleurs.

— Je ne suis pas journaliste. Je m'appelle Alex Cross. Je... mon fils, Ali, est dans la même école que Gretchen.

Elle me scruta un long moment avant d'aller ouvrir la porte. Tinker grondait comme un petit démon.

— Tais-toi maintenant ! la rabroua Mme Lindel, et la chienne se tint tranquille tout en gardant sur moi un œil vigilant.

La mère de la jeune fille disparue n'avait même pas quarante ans, mais son apparence la vieillissait. Pantalon de jogging informe, sandales Birkenstock et tee-shirt au logo de George Mason University ; cheveux en bataille, gris aux racines ; yeux rougis et chassieux.

— Alex Cross. Vous êtes le flic du procès pour meurtre.

— Et innocent de tout ce dont on m'accuse.

— J'ai lu dans la presse que vous avez tué onze personnes.

— En service commandé, oui, c'est vrai.

— L'article racontait aussi que vous avez sauvé des femmes kidnappées.

— Exact, et notamment ma nièce, qui fait partie des avocats de ma défense. La vie peut continuer après un rapt, madame Lindel.

— C'est pour me dire ça que vous êtes venu ?

— Pas seulement. Me permettez-vous d'entrer ?

Elle hésita, puis colla son nez au museau de sa chienne.

— Tu restes sage, Tinker, compris ?

Celle-ci lécha la joue de sa maîtresse, qui la posa par terre. Le Jack Russell me surveilla pendant qu'Eliza s'écartait de la porte. Je sentis des effluves de gin et de tabac en passant devant elle pour pénétrer dans le hall ; les murs nus étaient percés de crochets auxquels avaient dû être suspendues des photographies sous cadre.

— Où pourrions-nous nous asseoir pour discuter ? demandai-je.

— Dans la cuisine. Allez tout droit.

Elle me suivit dans le couloir jusqu'à une cuisine blanche d'aspect douteux : de la vaisselle sale s'empilait dans l'évier, des journaux et du courrier non ouvert recouvraient la table, et des flacons de médicaments occupaient entièrement deux étagères d'un rayonnage. Il flottait dans la pièce un relent d'antiseptique, et je crus entendre non loin des voix étouffées.

— Vous tenez le coup ? m'enquis-je avec sollicitude.

— Est-ce que j'en ai l'air ? rétorqua-t-elle en repoussant en arrière une mèche de cheveux.

— Pardonnez ma curiosité, mais... les photos dans le hall ?

Elle me regarda fixement. Sa lèvre inférieure se mit à trembler.

— Je ne supportais plus de voir ma Gretchen. Son visage me déchirait chaque fois que je passais devant.

— Vous devez subir un stress terrible.

— Vous n'imaginez même pas.

— Et votre mari ?

La question la fit se raidir.

— Alden, c'est Alden. Un battant. Il ne perd jamais espoir. N'abandonne jamais la lutte.

— Je suis également psychologue de formation. Je ne sais pas si vous êtes au courant, mais il suit une thérapie avec moi.

Croisant les bras, elle me considéra avec scepticisme.

— Non, il ne m'en a pas parlé.

— Nous avons eu deux séances.

— Vraiment ? Bizarre qu'il ne m'ait rien dit. Et si nous allions lui demander pourquoi ?

Mon pouls accéléra brusquement.

— Il est ici ? Je l'ai vu tout à l'heure aller en direction de Capitol Hill. Il semblait bien parti pour passer la soirée à Washington. En compagnie d'une femme.

— Sans blague ? (Son rire dégoulinait de sarcasme.) Je parie qu'il empestait le parfum vulgaire, pas vrai ?

— Je ne me suis pas approché de lui suffisamment pour le sentir.

— Eh bien, maintenant, vous le pouvez, répliqua-t-elle en m'indiquant une porte au fond de la cuisine. Alden est là-bas, en train de regarder *Game of Thrones*. Allons donc tirer tout cela au clair avec lui.

— Excellente idée.

Je traversai la pièce et ouvris la porte.

71.

Une vague d'odeurs pharmaceutiques me submergea au moment où je pénétrais dans ce lieu aménagé en chambre d'hôpital.

À ma droite, des étagères bourrées d'équipement médical, de fournitures et de linge propre. Immédiatement à ma gauche, un réservoir vert à oxygène, dont un tuyau partait vers un lit à la tête relevée.

Derrière le réservoir, plusieurs moniteurs émettaient des bips et des sifflements, leurs sons noyés par les haut-parleurs reliés à un immense téléviseur sur le mur en face. Une vignette incrustée dans le coin droit en bas de l'écran indiquait que l'épisode en cours était le numéro quatre de la troisième saison de la série *Game of Thrones*.

Je m'avançai de quelques pas et découvris l'homme dans le lit. Il me rappela le physicien Stephen Hawking, émacié, tordu, le corps déformé par la maladie. Respirant à travers une canule nasale à oxygène, étendu sur le flanc gauche, des lunettes sur le nez, il était tellement absorbé par le film qu'il ne se rendit pas compte de notre présence.

— Ce n'est pas l'Alden Lindel qui est venu à mon cabinet !

— C'est bien ce que je pensais, confirma Eliza.

— Je m'en veux de ne pas avoir vérifié.

— Pourquoi l'auriez-vous fait ? Nous sommes très discrets sur les difficultés d'Al, c'est sa volonté. Vous ne pouviez pas savoir qu'il en était au dernier stade de la sclérose latérale amyotrophique.

— Sans doute… murmurai-je, déconcerté.

Je me demandais à quoi rimait cette imposture, quand je me souvins que c'était l'homme se faisant passer pour Alden Lindel qui m'avait apporté les deux clés USB où l'on voyait les simulacres d'exécution de Gretchen. Personne ne les lui avait envoyées, bien sûr. Il faisait partie de la bande de Killingblondechicks4fun. De même que la soi-disant junkie de l'amour.

Tinker déboula soudain et sauta sur le lit en agitant la queue.

— E-liza, fit une voix désincarnée.

Mme Lindel me sourit avant de rejoindre son mari.

— Je suis là, Al.

— Sui-vant ?

— Tu n'as même pas terminé cet épisode, mais le prochain est déjà prêt. (Elle se tourna vers moi.) Il adore cette série.

— Le nain ma-lin et ses na-nas.

— Ah oui, Tyrion l'obsédé, dit-elle sur un ton neutre. J'aimerais te présenter quelqu'un, Al. Il essaye de retrouver Gretchen pour nous.

J'allai au chevet du malade. Respirant avec effort, le véritable père de la jeune fille blonde kidnappée roula les yeux vers moi.

— Je m'appelle Alex Cross, monsieur.

Une tablette numérique était placée tout près de lui sur le matelas. Il braqua son regard dessus, puis battit des paupières onze ou douze fois, peut-être plus.

— Je sais qui vous êtes, dit enfin la voix de synthèse.

— Waouh ! m'exclamai-je. Comment ça marche ?

Ce fut Eliza qui m'expliqua :

— La tablette est équipée de trois objectifs de caméras qui effectuent une triangulation de son regard sur le clavier affiché à l'écran. Il choisit une lettre et cligne des yeux.

Lorsque le mot est complet, il cligne deux fois de suite. Et trois pour que la voix s'enclenche.

— C'est incroyable !

— Je suis bien d'accord.

La tablette se mit à parler :

— Épous-touflant, je trouve.

Lindel m'observait, et je hochai la tête avec compassion. Il baissa les yeux. Au bout de quelques secondes, la voix électronique demanda :

— Où est ma Gretchen ?

Avec à l'esprit le faux Alden Lindel et Annie Cassidy venus à mon cabinet, je répondis :

— Elle pourrait être plus près que nous le pensons. À un endroit accessible d'ici en voiture.

Le père accablé par la disparition de sa fille se concentra sur sa tablette. Sa voix synthétisée déclara :

— Peux même pas pleurer pour elle.

— C'est vrai, balbutia Eliza, une main tremblante sur les lèvres. Son canal lacrymal se bouche. Nous devons lui administrer des gouttes toutes les deux heures.

Lindel reporta son attention sur le clavier durant un temps interminable, puis la voix artificielle articula :

— Mon heure est proche, Cross. Je n'ai plus qu'un souhait : revoir ma Gretchen. Une dernière fois.

Il me scrutait intensément. Dans ce visage figé, les yeux brillaient d'un fol espoir.

— Je vais faire de mon mieux, Al. En attendant, accrochez-vous.

Je donnai à Eliza mon numéro de téléphone portable, saluai le couple, et quittai cette demeure avec un sentiment d'humilité.

La veille, écrasé par le poids des preuves à charge dans mon procès, je me lamentais sur ma vie foutue, injustement détruite. Alors que celle du vrai Alden Lindel lui était peu à peu retirée par une maladie qui le tuait en paralysant un muscle après l'autre. Et il y avait son épouse si courageuse, aux petits soins pour lui, malade d'inquiétude au sujet de leur fille.

Tout bien considéré, je n'avais pas à me plaindre.

Je montai en voiture, remerciant Dieu et l'univers pour les bienfaits de mon existence : ma femme, ma famille, ma maison, ma santé, mes amis, mon…

Mon téléphone sonna. Anita Marley.

— Larch n'a eu qu'un AVC léger. Un accident ischémique transitoire.

— Hé, en voilà une bonne nouvelle !

— En effet. J'apprécie vraiment beaucoup cette juge. Sa greffière m'a informée que le procès reprendra après-demain.

— Encore mieux.

— Vous maintenez votre histoire à propos des armes ?

— Absolument. Je vous jure que je les ai vues.

— Mes analystes sont d'accord avec ceux du FBI. Il n'y a aucun indice de falsification des vidéos. Toutefois, nous tenterons de soulever un doute raisonnable du fait que les smartphones avec les caméras sont restés dans l'usine pendant des mois.

Cet argument me sembla faible. Un peu plus tard, comme je tournais dans la 5e, je reçus un autre appel.

— Tu es occupé demain ? m'interrogea John Sampson sans préambule.

— Pas d'audience avant mercredi.

— Préviens Bree que je t'emmène à la pêche en Pennsylvanie pour te changer les idées. Je passerai te prendre à 5 heures.

72.

Dans la lumière grise et froide de cette aube automnale, je regardais la brume s'enrouler autour des troncs, se faufiler entre les branches nues des chênes ; des grappes de glands y étaient encore suspendues, mais un bon nombre jonchaient déjà le sol de la forêt. Hormis le chant lointain d'un ruisseau et le crépitement sporadique de la chute des fruits, le silence régnait.

— Alex ? appela John dans mon dos. Ça fonctionne, j'ai enfin réussi.

Je me retournai. Il étudiait un iPad posé sur le capot de sa jeep. Mon second grand gobelet de café de fast-food à la main, je le rejoignis et observai la tablette équipée d'une connexion satellite.

John avait démarré l'application Google Earth. Elle nous montrait une vue aérienne d'une zone rurale située à soixante kilomètres au nord-ouest de Williamsport en Pennsylvanie. À cinq kilomètres environ de l'endroit où nous étions, plusieurs ruisseaux avaient fusionné pour former une rivière à truites qui courait en bordure d'un domaine boisé de cinquante hectares, desservi par une route vicinale. Un chemin privé serpentait à travers une prairie jusqu'à une rangée de pins dissimulant un creux de terrain entre deux coteaux. Là, au fond d'une clairière, trônait une modeste maison de ferme. Il y avait également une étable, plus vaste que l'habitation, et cinq autres dépendances plus petites. Près du grand jardin derrière l'étable se dressait une énorme antenne satellite.

Je tapotai l'écran.

— C'est par cette antenne qu'ils ont une connexion internet ?

John acquiesça.

— La bande passante est puissante. Il y a une forte consommation d'électricité dans cette propriété. Et de nombreux téléchargements vers Killingblondechicks4fun sont partis de là. Nous avons localisé l'adresse IP.

— C'est bizarre, remarquai-je. Lorsque Batra a épluché ce site internet, elle n'a pas pu découvrir d'où provenaient les films avec des blondes parce qu'ils avaient transité par Tor. Et nos informaticiens auraient maintenant réussi à remonter leurs traces ?

— Peut-être que les gens qui les envoient sont devenus paresseux. Ça arrive.

— La forêt aux alentours ressemble à celle qu'on voit dans les vidéos de Gretchen Lindel et de Delilah Franks. Tu sais, quand les filles courent entre les arbres ?

— Je m'en souviens, confirma John. Et les deux lesbiennes ont disparu à moins de cent bornes à l'est. Si ça se trouve, elles sont toutes dans la baraque ou dans les dépendances.

— Dommage que tu n'aies pas de mandat de perquisition.

— On n'a pas assez de preuves pour l'instant, dixit le juge. C'est pour ça que tu es là au lieu de Fox. Comme j'ai dit, on va à la pêche.

Nous reprîmes la voiture. C'était bon de rouler à côté de mon ami. Ma vie me paraissait encore plus belle que la veille au soir, lorsque j'avais quitté les Lindel.

J'affichai Google Maps sur l'iPad afin de guider John dans le dédale des chemins autour du domaine. Quelque part là-bas, il y avait un ordinateur appartenant à un certain Carter Flint, âgé de vingt-sept ans. L'image satellite montrait six ou sept véhicules dans sa cour.

Pourtant, après avoir dépassé la rangée de pins, nous n'en vîmes que deux : un pick-up Ford Ranger d'un rouge décoloré et une vieille Toyota Corolla qui avait besoin d'une nouvelle suspension, les deux avec le nez pointé vers un talus.

John se gara perpendiculairement derrière eux pour barrer le passage à quiconque voudrait décamper en vitesse. Nous descendîmes de la jeep. La brume se levait sur les coteaux enserrant la clairière. Un chien aboya. Puis s'élevèrent le bêlement d'un mouton et les grognements d'un ou deux cochons. Cela semblait provenir de l'étable.

Je suivis John sur une allée de briques effritées. Il frappa à la porte de la maison. Pas de réponse. Aucun bruit à l'intérieur. Il toqua à nouveau, et je crus apercevoir un mouvement fugace à la fenêtre de droite. Mais personne ne se manifesta.

— Faisons le tour de la propriété, proposai-je. Flint est peut-être dans une des dépendances.

Comme nous traversions la cour et approchions de l'étable, les cris des animaux se firent plus forts, plus frénétiques. Je m'annonçai par un coup sec à une porte latérale puis tournai la poignée. Elle céda. Je poussai le battant. Des clochettes suspendues à la poignée intérieure s'entrechoquèrent.

Le cochon se mit à couiner sur une note aiguë. Le mouton bêlait de toutes ses forces, aussi terrifié que le chien qui aboyait et glapissait désespérément.

J'entrai avec John et nous balayâmes le vaste espace d'un même regard horrifié.

— Bon sang ! souffla-t-il. C'est pas Dieu permis !

73.

Un goret d'une vingtaine de kilos croupissait dans un enclos en barbelé. Sur toute la longueur de son échine manquait une bande de peau de cinq centimètres de large ; il souffrait terriblement.

Dans l'enclos voisin se trouvait un agneau. Il s'agitait pitoyablement, trois de ses pattes cassées.

Quant au chien, un beagle, il avait été battu avec un objet contondant. Chacune de ses tentatives pour se lever se soldait par une chute suivie de glapissements pathétiques.

Trois caméras GoPro sur des trépieds étaient braquées vers les cages. Sur un établi appuyé contre le mur de droite s'alignaient des dizaines d'œuvres de taxidermie monstrueuses : des animaux éternellement figés dans leur torture.

La porte coulissante au fond de l'étable était grande ouverte sur le jardin. Trente, peut-être quarante autres pauvres créatures – de petits chiens, des chats, des bêtes sauvages comme des putois ou des opossums, et même un hibou – empaillées elles aussi dans une posture d'agonie, étaient exposées en rangs sur la pelouse. Quelques-unes avaient été habillées avec des vêtements de poupée, ce qui rendait leur aspect encore plus perturbant.

— On doit alerter les flics du coin, dit John.

Avant que je n'aie pu répondre, un homme en pantalon de peintre et débardeur vert, des écouteurs sur les oreilles, arriva par le jardin. Squelettique, la peau blanche comme de la craie, des yeux rosâtres, et des cheveux fins couleur neige.

Il avait fait deux pas à l'intérieur et souriait aux animaux blessés dans leurs enclos, lorsqu'il nous remarqua. Il arracha ses écouteurs.

— Putain, vous êtes qui, vous ? s'écria-t-il.

— Police, fit John en lui montrant son insigne. Êtes-vous Carter Flint ?

La stupeur cloua l'homme sur place une seconde, tandis que son regard passait de l'insigne de John aux bêtes souffrantes. Puis il fit volte-face et fila dehors.

Je me lançai à sa poursuite. Je n'avais aucune autorité ici. Théoriquement je n'étais même plus flic, mais après avoir vu ces atrocités, je n'allais pas laisser un tel sadique s'en tirer.

John non plus ; il était à ma gauche quand j'émergeai de l'étable. Flint faisait preuve d'une rapidité et d'une agilité étonnantes. Il avait déjà franchi les limites du jardin et cavalait derrière deux remises, se dirigeant vers les arbres au pied du coteau à cent cinquante mètres de là.

— S'il atteint le bois, on va le perdre, grommela John.

Serrant les dents, je me faufilai entre les animaux empaillés sur la pelouse, puis je m'obligeai à imiter Jannie : *relâche-toi et cours*. Pendant trente mètres, je fus sûr de rattraper l'albinos, sauf qu'il était jeune et, à en juger par l'avance qu'il continuait à prendre, bien plus en forme que moi.

Mais pas plus que John, qui me dépassa comme une flèche.

Quarante mètres avant les arbres, l'herbe devenait haute et drue ; elle ralentit Flint, contrairement à John qui sautait facilement par-dessus grâce à ses longues jambes. Le fuyard jeta un coup d'œil paniqué derrière lui et força l'allure.

John grimpa sur un monticule de terre et plongea.

74.

Une épaule et cent kilos percutèrent les jambes de Flint, le faisant s'étaler de tout son long dans l'herbe humide. Hors d'haleine, je rejoignis John qui, à califourchon sur le dos du sadique, le maintenait plaqué au sol.

— Mon genou ! gémissait celui-ci. Y a un truc qui a claqué. Et j'ai des côtes cassées.

John sortit des menottes en plastique et tordit les bras de Flint en arrière, ce qui déclencha de nouvelles jérémiades.

— Mes côtes !

— Rien à foutre de tes côtes. Ni de ton genou, gronda mon ami. Tu as du bol que je ne te fasse pas sauter les dents.

Après avoir aidé John à se relever, je mis Flint debout. Sa jambe gauche se déroba, et il commença à pleurnicher.

— C'est pas ma faute, les mecs. J'ai une maladie mentale. J'ai bien essayé d'arrêter mais…

— Garde ça pour le juge, le coupa John.

— Où sont les filles ? lui demandai-je. Dans quel bâtiment ?

Tout d'abord, il ne réagit pas. Puis il sembla perplexe.

— Quelles filles ?

— Ces blondes que tu filmes, répondit John. Leurs fausses exécutions. Téléchargées vers le site Killingblondechicks4fun.

— Non ! J'ai regardé des vidéos gratos sur ce site, mais c'est tout.

— Les derniers téléchargements provenaient de ton adresse IP.

L'albinos secoua la tête.

— J'ai rien envoyé à ce site. Jamais. Moi, c'est les animaux, pour les sites spécialisés. Pas les filles. Je toucherais jamais à des humains.

— Racontez donc ça aux jurés une fois qu'ils auront vu votre étable, intervins-je.

— C'est la vérité ! On peut me condamner pour ce que j'ai fait, pour ce que je suis, mais pas pour ça. Si ces vidéos de blondes viennent vraiment de mon IP, alors on a hacké mon ordinateur, les mecs ! On m'a piégé, putain !

QUATRIÈME PARTIE

PREUVES À DÉCHARGE

75.

Au crépuscule, John me déposa dans la ruelle à l'arrière de ma maison ; comme mon procès reprenait le lendemain, il y avait certainement de nouveau des journalistes à l'affût devant ma porte.

Des reporters campaient aussi au bout du chemin menant chez Flint quand nous en étions partis. Après l'appel de John au shérif local pour l'informer qu'il avait procédé à une arrestation citoyenne, nous avions attendu la cavalerie. Une fois Flint sous bonne garde et les trois malheureux animaux euthanasiés, nous avions participé à la fouille des lieux, et découvert assez de preuves de son trafic immonde pour le mettre pendant des années derrière les barreaux d'une prison ou d'un asile psychiatrique ; par contre, aucune trace de Gretchen Lindel, Delilah Franks ou des autres disparues.

Profitant de l'obscurité, je franchis le portail du jardin et entrai dans l'extension. Mon père et Jannie regardaient un enregistrement de la course à Hopkins. Bree était dans la cuisine avec Nana Mama.

— C'était comment cette partie de pêche ? m'interrogea mon père.

Sans me laisser répondre, Bree lança sur un ton acide :
— Vous avez fait une bonne prise, non ?
Je jetai à mon père un regard d'excuse et rejoignis ma femme.
— Tu es au courant ?
— Je sais tout, confirma-t-elle en croisant les bras. Qu'est-ce qui vous a pris d'intervenir comme ça hors de notre juridiction ?
— C'est John qui l'a fait, et pendant son temps libre. Je l'ai juste accompagné.
Elle était vraiment furax.
— Tu m'avais promis d'être honnête avec moi.
— Honnête ? répliquai-je à voix basse. Alors, écoute : c'était abominable. Jamais je n'ai vu pareille cruauté envers des animaux. Je me sens sale d'avoir été plongé dans sa perversité, mais au moins cette ordure ne martyrisera plus de bêtes.
Tiraillée, Bree scruta mes yeux, puis abdiqua.
— Va donc prendre une douche.
Se détournant de ses fourneaux, Nana Mama me prévint :
— Dîner dans une demi-heure.
— Ça sent bon. Qu'est-ce qui mijote ?
— C'est un secret.
— Je reviens dans une minute.
Je me penchai par-dessus l'épaule boudeuse de Bree pour l'embrasser sur la joue.
— Il y a quelque chose pour toi sur la console du vestibule, Alex, cria ma grand-mère alors que j'étais déjà sorti de la pièce.
Dans l'entrée m'attendait effectivement un petit paquet postal adressé au Dr Cross. Pas de nom d'expéditeur. Je l'ouvris. Il contenait une clé USB semblable à celles que

l'imposteur m'avait apportées. Elle était protégée par une pochette en plastique.

J'appelai Bree.

— Ça devrait t'intéresser, lui dis-je en agitant la pochette.

Nous descendîmes dans mon bureau au sous-sol. Bree enfila des gants en latex et connecta la clé à l'ordinateur. Au bout de quelques instants, l'application QuickTime démarra une vidéo où l'on voyait sous un faible éclairage une femme menottée, pieds nus, dans une chemise de nuit blanche en lambeaux. Aveuglée par une capuche blanche, elle était entraînée par deux individus tout en noir, des chaussures à la cagoule.

Ils atteignirent un mur en pierres moussues. Là, l'un des types la fit pivoter, tandis que l'autre lui arrachait sa capuche, dévoilant le visage d'une adolescente blonde, bâillonnée.

— Gretchen Lindel ! m'exclamai-je, le ventre noué par l'angoisse.

Ils lui libérèrent la bouche. La caméra recula pour montrer trois hommes debout à quinze mètres de la jeune fille. Tous également cagoulés et en tenue noire. Et armés de semi-automatiques AR.

« Prêts », lança le cameraman.

Les trois tireurs épaulèrent leur fusil.

Je m'attendais à ce que Gretchen se mette à genoux pour implorer leur pitié.

Tout au contraire, elle resta bien droite contre le mur en pierres et pointa son menton vers le peloton d'exécution.

« Allez-y ! les défia-t-elle. Je n'ai pas peur. Vous pouvez faire ce que vous voulez, je ne crains aucun de vous !

— En joue, continua celui qui filmait.

— Vous n'oserez pas ! cria Gretchen. Si vous me tuez, c'est la fin de votre petit jeu. Si je meurs…

— Feu ! »

Des détonations retentirent. Dans la lumière diffuse, des flammèches orange jaillirent de la gueule des canons. D'après les étincelles produites par les ricochets, les balles touchèrent la pierre à quelques centimètres à peine de la tête de Gretchen.

La fusillade brisa sa révolte, et elle s'agenouilla, tremblante de frayeur.

« Non ! sanglota-t-elle. Je vous en supplie ! »

Arrêt sur image, et la voix du faux Alden Lindel s'éleva :

« La prochaine fois, ils ne la rateront pas, Cross. Toutes les salopes blondes, Gretchen Lindel comprise, mourront bientôt. Et n'espérez pas me retrouver avant. Je n'existe que dans le néant numérique, je suis invisible, et j'ai dix coups d'avance sur vous et le FBI. »

La vidéo disparut de l'écran dans le même flash qui était apparu lorsque j'avais connecté la première clé USB.

— Il fait donc bien partie de Killingblondechicks4fun, cette association de criminels, dis-je, tout en repensant aux allégations de Flint selon lesquelles quelqu'un avait piraté son ordinateur.

Puis je réfléchis au fait que l'imposteur m'avait transmis cette clé USB par courrier plutôt que de me l'apporter en personne.

— Il sait que je l'ai démasqué.

Mais comment ? Le flash récurrent continua à me titiller les méninges, jusqu'à faire naître en moi un sérieux soupçon.

— Je crains fort que ce fumier ait placé un mouchard dans mon ordinateur, expliquai-je à Bree. Et peut-être aussi dans celui de Rawlins au FBI. Voilà ce qui lui permettrait de garder dix coups d'avance sur nous, tu ne crois pas ?

76.

Lorsque j'entrai enfin dans la douche, mon soupçon s'était mué en certitude. Le faux Alden Lindel espionnait mon ordinateur. J'avais téléphoné à Batra et à Rawlins, sans qu'aucun d'eux décroche. Je leur avais donc laissé un message pour les avertir d'un possible piratage de leur système informatique interne, et les prier de me rappeler au plus vite.

Sous l'eau brûlante, l'écœurement me submergea de nouveau au souvenir de ce que Flint avait infligé à ces animaux. Il affirmait que les sites auxquels il vendait ses films avaient des dizaines de milliers d'adhérents. Était-ce vrai ? Quel plaisir pouvait-on retirer du spectacle de bêtes innocentes en train de souffrir ?

Cela me dépassait mais surtout me mettait en fureur. Une colère qui ne fit qu'augmenter comme je méditais sur mon inaptitude à progresser dans la recherche des blondes disparues, en particulier Gretchen Lindel. Quel courage elle avait montré en bravant des hommes de cet acabit, en les narguant !

Quand mes pensées se tournèrent vers le procès, ma rage décupla avant de laisser place à la dépression.

Deux témoins oculaires attestaient que j'avais abattu trois personnes sans motif légitime. En plus, la scène avait été filmée. Et l'on n'avait découvert nul indice d'un montage d'images ou de quoi que ce soit suggérant qu'on m'avait piégé.

Le poids de ces faits irréfutables s'alourdit à mesure que je me douchais, l'humeur de plus en plus sombre. Une machination avait été ourdie contre moi. Cela fonctionnait. L'engrenage de la justice s'apprêtait à me broyer, et je ne voyais aucun moyen d'y échapper.

Je me rhabillai et descendis, la tête dans des nuages très noirs.

— Le secret de Nana Mama sent délicieusement bon, hein Alex ? lança Bree au moment où j'arrivais dans la cuisine.

J'opinai distraitement. Sur le canapé, mon père émit un gloussement de gourmandise.

— Je crois bien que je raffole de ce secret, dit-il.

— Ça, c'est sûr, confirma Nana Mama. Où est Ali ?

— Au même endroit que les quatre derniers jours, répondit Jannie en roulant des yeux. Dans l'ancien bureau de papa sous les combles, porte fermée.

— Il n'a toujours pas fini sa rédaction sur Houdini ? m'étonnai-je. Je vais le chercher.

— Laisse, dit mon père qui se levait déjà. Ça me donne l'occasion de créer des liens avec mon petit-fils.

Il quitta la pièce. J'aidai Bree à dresser le couvert, me demandant combien de fois encore nous accomplirions cette simple tâche ensemble. J'ouvris une bouteille de vin blanc et m'en remplis généreusement un verre. Ma femme m'observait.

— Juste un à ma santé, me défendis-je.

— Tu as même droit à deux.

— Le dîner est servi ! annonça Nana Mama, chargée d'une grosse cocotte en fonte qu'elle déposa sur un plateau tournant. Le riz arrive. Mais où est ce chenapan d'Ali ?

Je n'eus pas le temps de répondre qu'elle sortait de la cuisine pour se planter au pied de l'escalier.

— Ali, à table ! Si tu ne veux pas manger froid, tu ferais mieux de descendre !

— Dans deux minutes, cria mon père. Il est en train de me montrer quelque chose.

Ma grand-mère revint en marmonnant entre ses dents. Elle a toujours été à cheval sur ce principe : tout le monde doit être attablé lorsqu'elle est prête à servir. Aussi affichait-elle sa contrariété quand elle apporta un énorme saladier de riz thaï fumant et s'assit.

— Tant pis pour eux, décréta-t-elle. Récitons le bénédicité.

Une fois que nous eûmes remercié Dieu pour ce repas, elle souleva le couvercle de la cocotte. Les arômes qui s'en échappèrent me firent sourire, les yeux clos.

Ma grand-mère annonça :

— Crevettes géantes tigrées mijotées avec des tomates fraîches, des oignons, de l'ail et… le secret.

— Mmm, Nana ! s'exclama Jannie après la première bouchée. C'est quoi ?

— Un secret, répliqua-t-elle, radieuse. Ça te plaît, Alex ?

— Énormément, répondis-je, l'esprit ailleurs.

— Tu n'as pas l'air très enthousiaste, s'inquiéta-t-elle.

Je posai ma fourchette.

— C'est délicieux, Nana, vraiment, mais j'estime nécessaire que nous parlions tous ensemble de l'avenir, au cas où je serais envoyé en prison.

Le visage de ma grand-mère s'allongea. Bree se raidit. Les yeux de Jannie s'emplirent de larmes.

— Je ne veux pas y penser, papa. Je…

Ali pénétra en trombe dans la cuisine.

— P'pa, tu vas pas le croire !

— Ce n'est pas le moment, Ali, le rabroua Nana Mama.

Mon benjamin stoppa net.

— Mais, je…

— Pas maintenant, on te dit ! cria Jannie, avant d'éclater en sanglots.

Mon père arriva à son tour et insista :

— Je te conseille d'écouter ton fils, mon grand.

77.

Affaiblie mais déterminée, la juge Larch abattit son maillet et déclara l'audience ouverte à 9 heures le lendemain matin. Bree et mon père étaient assis derrière moi. Couché à 3 heures seulement, j'avais mal dormi, et me sentais à la fois dans le coaltar et sur les nerfs après deux tasses de café brésilien corsé.

Larch nous regarda à travers ses lunettes épaisses et demanda sur un ton mesuré :

— Maître Marley, vos analystes ont-ils examiné les vidéos ?

Anita fit une moue de dépit.

— Ils confirment qu'elles n'ont pas été altérées numériquement. La défense ne récuse donc plus ces pièces à conviction.

La juge parut désappointée. Le substitut du procureur fédéral resta de marbre mais il agitait le genou, dodelinait de la tête, sans doute déjà en train de rédiger mentalement son réquisitoire.

— Monsieur Wills ?

— Un instant, votre Honneur.

Il se pencha vers Athena Carlisle pour lui murmurer quelques mots. Elle eut un haut-le-corps de surprise, et secoua la tête avec énergie. Leur échange devint houleux. Enfin, Wills se leva. Après un dernier coup d'œil à son adjointe, il rejeta les épaules en arrière, ce qui fit ressortir son ventre engoncé dans sa chemise amidonnée blanche.

— Ce sera tout pour le ministère public, Madame la Juge.

Cela ne me surprit qu'à moitié. Selon la liste fournie par les procureurs, six ou sept témoins supplémentaires auraient dû déposer, pour la plupart des experts dans le domaine de la balistique et autres éléments de scène de crime. Mais pourquoi prendre cette peine alors que les vidéos étaient validées ?

— Maître, dit Larch. Vous avez la parole.

Anita s'était manifestement attendue à cette décision de l'accusation, puisqu'elle déclara aussitôt :

— La défense appelle Kimiko Binx à la barre pour un contre-interrogatoire.

Celle-ci était tout de noir vêtue : pantalon, escarpins, chemisier à haut col. L'ensemble agrémenté par un collier de perles fantaisie. J'eus la nette impression qu'elle se souciait davantage de son apparence que de ma redoutable avocate.

— Vous êtes toujours sous serment, madame Binx, lui rappela la juge.

La conceptrice de sites internet acquiesça et s'assit avec une tranquille assurance.

Anita attaqua :

— Madame Binx, le jour de la fusillade, avez-vous prévenu Claude Watkins que vous étiez en route pour l'usine avec mon client ? Par un appel téléphonique, par exemple ?

— Non. Je ne crois pas.

Naomi tendit une pochette de pièces à conviction à Anita, qui alla la montrer à Binx.

— Reconnaissez-vous ceci ?

Le témoin prit la pochette et plissa le front en voyant ce qu'elle contenait.

— C'est mon SPOT.

Anita expliqua au jury :

— Un SPOT est une balise, un traceur GPS qui suit les déplacements de la personne qui le porte. Les coureurs l'utilisent pour faire le relevé de leurs séances d'entraînement. Est-ce exact, madame Binx ?

— Oui, et en cas de problème, on peut déclencher un signal de SOS.

— Cet appareil comporte également une touche qui permet d'envoyer un message déjà prêt à des contacts enregistrés sur le site de SPOT, n'est-ce pas ?

— Hum, sans doute.

— Il se trouve que nous avons consulté l'historique de votre compte SPOT, madame Binx, poursuivit Anita. Le jour qui nous intéresse, depuis votre appartement, soit vingt minutes avant votre arrivée à l'usine, vous avez pressé cette touche et fait partir à l'attention de Claude Watkins un SMS qui disait : « Le jeu commence. »

— Je ne m'en souviens pas, nia Binx en repoussant ses cheveux en arrière. Et même, quelle importance ?

Avec un sourire narquois, mon avocate répondit :

— Cela démontre de la préméditation, chère madame.

78.

Le menton de Binx s'affaissa, mais elle se ressaisit vite.

— La préméditation de quoi ? D'une performance artistique ?

Anita changea de sujet :

— J'ai cru comprendre que vous aviez été mise en garde à vue après la fusillade. Est-ce exact ?

— Les flics m'ont relâchée dès qu'ils ont découvert la vérité.

— Vous avez quand même été fichée ? Prise d'empreintes, prélèvement salivaire, photographie d'identité judiciaire.

— C'était humiliant, rétorqua le témoin avec froideur. Je n'avais rien fait de mal.

Anita revint à notre table, où Naomi lui tendit un sac en plastique scellé, ainsi que plusieurs dossiers peu épais. Mon avocate en posa un devant Wills, puis s'approcha de l'estrade.

— La défense souhaiterait présenter les pièces à conviction A, B, C et D, annonça-t-elle tout en remettant un dossier à la juge. La pièce A décrit le protocole réglementaire du frottis buccal fait par la police à Mme Binx, quelques heures après les évènements à l'usine. La pièce B est la consignation du prélèvement pris deux jours plus tard dans la bouche de mon client, au moment de son arrestation. Les pièces C et D sont les résultats des examens de ces deux échantillons effectués à notre requête par le laboratoire du FBI.

— Des recherches génétiques ? s'enquit Larch.

— Madame la Juge ! s'insurgea Wills en se dressant. Nous n'avons pas eu connaissance de ces éléments.

— Faux, dit Anita. Mon assistante a trouvé des références à ces prélèvements dans les documents que vous nous avez fait parvenir durant l'enquête, monsieur le substitut. Et non, votre Honneur, il ne s'agit pas de recherche génétique. Ces analyses salivaires ne portent pas sur les cellules servant à la détermination de l'ADN.

— Je déclare donc admissibles ces pièces à conviction, décida Larch.

— Madame la Juge ! protesta encore Wills.

Comme elle le fixait avec une froideur polaire, je me rendis compte que l'heure de sa pause-cigarette habituelle était largement dépassée. Wills avait intérêt à changer de cap.

— Ces rapports sont recevables, monsieur Wills, articula Larch. Maître Marley ?

Anita apporta au témoin un exemplaire du dossier.

— Allez à la page quatre des examens concernant l'inspecteur Cross, troisième ligne de la synthèse.

Carlisle et Wills tournaient fébrilement les pages du compte rendu, tandis que la juge étudiait déjà le passage en question. Dans un sursaut, Binx leva les yeux de la feuille pour les poser sur mon avocate.

— Voulez-vous lire la phrase à voix haute ? l'invita celle-ci.

Binx se tortilla sur son siège, comme si elle était prise dans un lasso bien serré autour de sa cage thoracique. Elle finit par s'exécuter, sur un ton monocorde :

— Les analyses salivaires ont détecté la présence de méthylènedioxyméthamphétamine, MDMA, un stupéfiant hallucinogène également connu sous le nom de « molly » ou « ecstasy ».

79.

MDMA. Ecstasy.

Aussitôt me revinrent en mémoire cette griserie bizarre ressentie à mon arrivée à l'usine, puis ma rage incontrôlable quand j'avais hurlé que je tirerais à vue sur tous les Soneji. Pas étonnant que mes émotions aient joué aux montagnes russes ce jour-là ! Rien d'étonnant non plus à l'état lamentable dans lequel j'étais resté ensuite un bout de temps.

Anita pivota vers le jury.

— La MDMA. Une drogue euphorisante, qui altère le jugement et les perceptions. À partir du taux résiduel, il est possible d'estimer son dosage initial et la vitesse à laquelle le corps l'évacue. Madame Binx, que lisez-vous à la ligne quatre du résumé ?

De plus en plus mal à l'aise, Binx ânonna :

— Des examens complémentaires indiquent une dose minimum de cent quarante milligrammes de MDMA ingérée par le sujet entre quarante-deux et quarante-huit heures avant la collecte des échantillons.

— Cent quarante milligrammes d'ecstasy pris entre quarante-deux et quarante-huit heures avant le prélèvement salivaire, répéta Anita. Cette fourchette horaire inclut, si je ne me trompe, les deux heures précédant la fusillade durant lesquelles vous vous trouviez avec l'inspecteur Cross, madame Binx.

Je m'attendais à une objection de la part de Wills. Son adjointe également, à la façon dont elle le regardait. Comme il ne réagissait pas, Athena Carlisle le fit à sa place et se leva.

— Madame la Juge, Me Marley est-elle sérieusement en train de poser les jalons pour plaider la folie passagère ? En prétendant que son client avait perdu l'esprit sous l'effet de l'ecstasy au moment où il a tiré ?

— Absolument pas, votre Honneur, riposta avec virulence mon avocate. M. Cross est l'une des personnes les plus mentalement solides que je connaisse. Je me borne à préciser le contexte concernant ce qu'il a vu ou non ce jour-là.

— Objection ! lança Wills, soudain debout à côté de son adjointe. Qui témoigne ici, Me Marley ou Mme Binx ?

— Madame Binx, dit Anita en se rapprochant d'elle. Veuillez maintenant vous reporter à la page cinq du compte-rendu d'analyse des échantillons salivaires prélevés sur *vous* quelques heures après la fusillade. Lignes trois et quatre.

Après avoir lu, Binx secoua la tête.

— C'est pas vrai.

— Ce sont pourtant les conclusions du FBI. (Anita sortit la page de son propre dossier.) À la ligne quatre, il est écrit que des examens complémentaires indiquent une dose de cent dix-neuf milligrammes introduite dans le système sanguin entre quatre et six heures avant la collecte de l'échantillon.

Binx ne souffla mot.

— Avez-vous ingéré de l'ecstasy le jour de la fusillade à l'usine ? lui demanda Anita.

Le témoin promena à la ronde un regard méfiant.

— Ça aurait été illégal, non ?

— Répondez à la question.

Binx réfléchit quelques secondes avant de se redresser sur son siège et de déclarer :

— Je refuse de parler de faits qui pourraient m'incriminer.

Cela provoqua un tohu-bohu dans la salle. Larch ramena le calme d'un coup de maillet.

Amusée, mon avocate insista :

— Vous invoquez le Cinquième amendement de la Constitution parce que vous avez pris de l'ecstasy ?

— Je n'ai pas dit ça.

— C'était implicite.

— Objection ! s'écria Carlisle.

— Retenue, accorda Larch. Le jury ne tiendra pas compte de ce commentaire.

Anita demeura imperturbable.

— Madame Binx, ce fameux jour, en rentrant d'un jogging, vous avez failli tomber dans votre appartement et cette chute a été évitée grâce à l'inspecteur Cross. Vous en souvenez-vous ?

Elle hésita, fronça les sourcils.

— Non.

— Mais si, vous avez trébuché sur un fil électrique. Et quand M. Cross vous a rattrapée de justesse, vous avez collé un adhésif transparent à l'intérieur de son avant-bras.

— Objection ! fit Wills sur un ton excédé. Quel est le fondement d'une telle allégation ?

— Votre Honneur, mon client et son épouse, Bree Stone, chef de la section criminelle au MPD, attesteront avoir découvert dans les heures qui ont suivi la fusillade un adhésif sur le bras de M. Cross. Nous pensons que de l'ecstasy, sous forme de gel ou de poudre, a été diffusée dans son organisme par voie transdermique.

— Un patch de drogue ? Où est-il donc ? demanda le substitut. Amenez-nous le coupable, maître !

Ignorant le sarcasme, Anita s'adressa à la juge :

— Ni M. Cross ni Bree Stone ne s'en sont préoccupés à l'époque et ils l'ont jeté dans une poubelle du George Washington Medical Center.

Le substitut fit un geste outré de lassitude.

— Nous requérons la suppression du procès-verbal de tout ce qui concerne ce patch fantôme, Madame la Juge.

— Accordé.

— Votre Honneur… commença à protester Anita.

— Sans pièce à conviction, pas de débat sur le sujet, maître, la rembarra sèchement Larch.

Anita soupira et reprit :

— Madame Binx, avez-vous administré de l'ecstasy à M. Cross à son insu ?

Le témoin se mordit les lèvres, consulta Wills du regard et répéta :

— Je refuse de parler de faits qui pourraient m'incriminer.

80.

Lorsque la juge annonça une pause-déjeuner et quitta la salle d'audience d'un pas lent, les substituts n'affichaient plus la même confiance qu'en début de session.

Anita avait interrogé Binx plus avant, notamment sur la façon dont elle s'était procuré des doses de MDMA calculées exactement en fonction de son poids et du mien.

À chaque question, Binx avait opposé le Cinquième amendement.

— Ce n'est pas un trip sous ecstasy qui va tirer d'affaire votre client, dit Wills à Anita pendant qu'elle rangeait des documents.

— Ah non ? Par bonheur, c'est au jury d'en décider.

— Pas de patch, pas de causalité. C'est évident, même pour vous.

— Gardez donc ça pour votre réquisitoire, lui rétorqua mon avocate, le visage impassible.

Athena Carlisle intervint :

— Étant donné la validité des vidéos, êtes-vous ouverte à une négociation de peine ? M. Cross pourrait être libéré à temps pour la naissance de ses petits-enfants.

Anita me consulta du regard. Je fis non de la tête. Carlisle gonfla les joues, relâcha bruyamment son souffle.

— Nous vous aurons donné votre chance.

— À votre guise, dit Wills, qui ricana en s'éloignant. Mais il paraît que c'est l'enfer en prison pour un ancien flic !

Naomi, Bree, mon père et moi mangeâmes des sandwichs de porc émincé dans une pièce vide du tribunal. Bien qu'Anita ait marqué le matin des points importants, notre petit groupe gambergeait anxieusement.

Pour la première fois en une semaine de débats, je sentais les jurés cinq et onze pencher légèrement de mon côté, ou du moins considérer avec plus de circonspection les arguments de l'accusation. Cependant, le substitut avait raison. L'ecstasy pouvait constituer une circonstance atténuante, mais ne suffirait pas à me faire acquitter des trois crimes.

Nous fûmes de retour dans la salle d'audience avec deux minutes d'avance. Mon avocate était déjà là.

— Tout est prêt ? lui demandai-je.

Elle s'inclina vers moi pour me chuchoter :

— Priez pour un K.-O.

— David a bien terrassé Goliath, répondis-je.

L'huissier ordonna :

— Veuillez vous lever.

La juge Larch semblait beaucoup moins nerveuse lorsqu'elle remonta sur l'estrade et rouvrit la séance.

— Maître Marley, commença-t-elle, souhaitez-vous procéder au contre-interrogatoire de M. Watkins, ou avez-vous des témoins à faire comparaître ?

— Nous en avons, votre Honneur. La défense appelle Ali Cross à la barre.

Je me tournai sur mon siège pour le voir pénétrer dans la salle en tenant mon père par la main, Jannie et Nana Mama sur leurs talons. Mon garçon s'était mis sur son trente-et-un : pantalon gris à pinces, chemise blanche sans un pli, nœud papillon à motif cachemire. La jurée numéro onze l'observait d'un air attendri.

À la barrière du prétoire, Nana Mama murmura quelques mots à l'oreille de son arrière-petit-fils. Sans regarder dans ma direction, il poussa le portillon et marcha avec assurance jusqu'au box des témoins. Wills fit remarquer :

— Madame la Juge, la défense ne nous a pas prévenus de cette audition.

— Ali Cross est le fils de mon client, votre Honneur, précisa Anita.

— Et il est cité devant cette cour ? fit Larch, qui paraissait sceptique.

— En effet, car il a des informations à révéler.

La juge considéra Ali, qui se tenait poliment debout.

— Quel âge as-tu, Ali ?
— Neuf ans, mais je suis déjà en CM2.
— À quelle école vas-tu ?
— Washington Latin.
Larch sourit.
— Tu en as de la chance ! Bien, qu'on lui fasse prêter serment.
Après le protocole, l'huissier empila des coussins sur le siège des témoins pour rehausser Ali ; ainsi les jurés le verraient mieux. Dès qu'il fut assis, Anita commença :
— Ali, fais-tu habituellement ce que te demande ton père ? Je veux dire par là, obéis-tu à ses ordres ?
— Oui, madame. J'essaye.
— Malgré tout, tu as récemment enfreint l'un de ses ordres explicites, n'est-ce pas ?
— Oui madame, c'est vrai.
— Objection, fit le substitut. Madame la Juge, quelle est la pertinence de tout ceci ?
Mon avocate le dévisagea froidement avant de répondre :
— La cour va bientôt le savoir.
— Allez droit au but, maître Marley, la pressa Larch.
— Qu'as-tu fait que ton père t'avait interdit ? reprit Anita.
— Papa m'avait dit de ne pas regarder les vidéos de la fusillade à l'usine, mais je l'ai fait en cachette, sur YouTube.
— Une seule fois ?
— Oh non, genre, cent soixante-dix !
Quelques gloussements nerveux se firent entendre dans l'assistance, mais je remarquai que le juré numéro cinq, l'ingénieur à la retraite bossu, n'aimait pas du tout l'idée qu'un gamin de neuf ans ait vu ces vidéos ne serait-ce qu'une fois, sans parler de cent soixante-dix.
— Pourquoi autant de fois, Ali ? lui demanda Anita.

— Parce que je voulais trouver où étaient les armes, comme ça papa n'ira pas en prison.

Anita décocha un coup d'œil à Wills puis au jury.

— Et as-tu réussi ?

— Je pense.

— Objection ! lança Athena Carlisle. Madame la Juge, nous n'allons quand même pas revenir là-dessus ! De véritables experts ont certifié que ces films ne présentaient aucune anomalie. Sommes-nous censés croire qu'un enfant de neuf ans a découvert quelque chose qui leur aurait échappé ?

— Maître Marley ?

— Laissez ce garçon s'exprimer jusqu'au bout, votre Honneur, répondit Anita sur un ton appelant à la raison. Vous avez bien autorisé la présentation des vidéos avant leur analyse. S'il s'avère qu'Ali se trompe, l'accusation sera libre de le récuser.

Larch remonta ses lunettes sur son nez, puis se tourna vers Ali.

— Tu es sûr de toi ?

— Oui, madame.

— Alors, écoutons ta théorie.

Naomi afficha les vidéos sur l'écran géant et remit à mon fils une télécommande. Stoppant les trois enregistrements à des endroits stratégiques, à la manière dont l'avait fait Wills pour étayer les charges contre moi, Ali signala au jury les différences d'éclairage de la scène : celui-ci diminuait à l'apparition de chaque victime, puis augmentait considérablement quelques secondes avant mon tir.

— À ton avis, pourquoi la lumière change-t-elle comme ça ? s'enquit mon avocate.

— La personne qui règle les projecteurs les baisse au moment où Mme Winslow, M. Watkins et M. Diggs se montrent. On les voit mal parce qu'il y a pas beaucoup de lumière mais ils sont là, et après les spots sont montés à fond et braqués sur leurs mains vides juste avant que mon père tire.

— D'accord. Et donc ? l'encouragea Anita.

— J'arrêtais pas de me demander pourquoi.

— Jusqu'à… ?

— Ben, jusqu'à ce que je lise les rapports d'autopsie.

81.

La juge Larch fit pivoter son fauteuil pour me fusiller du regard à travers ses verres épais comme des culs-de-bouteille.

— Monsieur Cross, vous laissez cet enfant consulter ce genre de documents ?

— J'avais pas le droit, madame, s'empressa de préciser Ali en tendant le cou vers la magistrate. Mais je l'ai fait quand même.

Larch détourna les yeux de moi pour toiser sévèrement mon fils.

— Tu es déjà sur le chemin de la délinquance, jeune homme ?

Dans ses petits souliers, Ali tenta un sourire.

— Non, madame. Euh, votre Honneur.

— Je le sais bien, dit la juge, adoucie, son visage n'exprimant plus qu'une résignation amusée. Vas-y, continue.

Ali raconta donc qu'il avait exhumé sans autorisation les rapports d'autopsie sur Virginia Winslow et Leonard Diggs, à la recherche d'un élément insolite concernant leurs mains, d'une preuve qu'elles avaient tenu une arme.

— Et as-tu trouvé quelque chose ? lui demanda Anita.

— Oui.

— Des résidus de poudre ?

Il secoua négativement la tête.

— Ils avaient tous les deux un truc collant dans la paume.

— Une substance adhésive ?

— Oui, comme du scotch. Et il y avait aussi de la silicone.

— Le rapport fournit-il une explication pour la présence de colle ou de silicone ?

— Non.

— Et toi, en as-tu une ?

Mon fils se redressa.

— Je crois que je peux donner une raison mais pas une explication. C'est, genre, de la physique, et je n'ai pas encore étudié ça à l'école. Peut-être l'année prochaine.

Les membres du jury s'esclaffèrent. Indulgente, Anita laissa durer un peu l'interruption, puis reprit :

— Pourquoi y avait-il de la colle et de la silicone sur les mains des victimes ?

— Ben, en fait, à cause de ça, répondit Ali en ramenant les films en arrière avant de les stopper. Vous voyez dans la vidéo du milieu les trois projecteurs ? Et près de la base de celui à droite, ce point bleu lumineux ? C'est là que j'ai presque tout compris. Mais comme je disais, le reste c'est de la physique que je pige pas trop.

Anita lui sourit gentiment.

— Merci, Ali. Votre Honneur, si la cour le permet, je souhaiterais citer maintenant un expert qui saura nous donner plus clairement qu'Ali la signification de la lueur bleue, de la colle, de la silicone et des changements d'éclairage. M. Wills pourra ensuite procéder au contre-interrogatoire des deux témoins.

— Pas d'objection, monsieur le substitut ? s'enquit la juge.

Celui-ci conféra avec Carlisle à voix basse. L'irritation se lisait sur ses traits lorsqu'il s'écarta de son adjointe.

— Je vous en prie, maître. Faites-nous donc entendre cette théorie fantaisiste, concéda-t-il.

— La défense appelle Keith Karl Rawlins.

Krazy Kat avait soigné son apparence. Élégant costume italien bleu, mocassins noirs luisants de cirage, chemise corail au col ouvert. À présent couleur de jais, sa crête était rabattue sur le côté gauche, lisse et coincée derrière l'oreille.

Comme il croisait Ali en train de quitter le box, Rawlins le salua d'un clin d'œil. Wills et Carlisle avaient beau ricaner comme si l'on avait introduit un bouffon dans la salle, ils restaient dans une expectative prudente.

Une fois que Krazy Kat eut prêté serment, Anita démarra :

— Monsieur Rawlins, pourriez-vous résumer votre curriculum ?

— J'ai fait simultanément deux doctorats à Stanford, l'un en physique, l'autre en génie électrique, et je termine une thèse en informatique au MIT. Je suis actuellement employé comme consultant par la section de lutte contre la cybercriminalité du FBI.

Le substitut et son adjointe se levèrent d'un seul bond.

— Objection ! rugit Wills. Personne au FBI n'a informé l'accusation de l'audition de ce témoin.

— Madame la Juge, renchérit Carlisle, les agents du FBI ont l'obligation de notifier au bureau du procureur fédéral…

— Je ne suis ni agent spécial ni même fonctionnaire, mais un simple prestataire de services, la coupa Rawlins. Mon statut ne me soumet donc pas à une telle obligation. Je suis ici à la demande d'un jeune homme d'une intelligence rare qui est venu chez moi hier soir me présenter sa brillante hypothèse à propos des vidéos relatives à ce procès. Je ne parle pas au nom du FBI mais au mien, en tant que citoyen soucieux de vérité.

— Madame la Juge, nous persistons à…

— Objection sans fondement, monsieur Wills, décréta Larch.

L'air persuadés qu'on leur faisait avaler des couleuvres, les deux représentants du ministère public se rassirent. Anita enchaîna :

— Quel genre de travail faites-vous pour le FBI, monsieur Rawlins ?

— Comme c'est classé secret, je n'ai pas le droit de le révéler. Disons seulement que je donne un coup de main dans le domaine technologique.

— Dans celui de la physique également ?

— Parfois.

— Et ici… enfin, dans les vidéos, est-il question de physique ?

— Oui, de l'un de ses principes fondamentaux, confirma Rawlins. La théorie des ondes.

82.

Anita se tourna vers les jurés. Quelques-uns, dont le numéro cinq, restaient attentifs ; les autres en revanche, comme la numéro onze, la chargée de relations publiques, étaient déroutés par ce tournant inattendu du procès. De la physique ? La théorie des ondes ?

Mon avocate avait anticipé leur perplexité. Elle fit un signe à Naomi. Tandis que ma nièce se levait et quittait la salle d'audience, Anita continua :

— Monsieur Rawlins, veillez à simplifier au maximum, s'il vous plaît.

Avec un haussement d'épaules, Rawlins s'adressa au jury :

— Tout ce que vous avez besoin de savoir, c'est que la lumière se déplace par ondes, comme les vagues dans l'océan. Lorsque les ondes de différentes sources de lumière se télescopent, elles se transforment, exactement comme les vagues qui arrivent de plusieurs directions et entrent en collision.

Naomi revint dans le prétoire en poussant un chariot chargé de boîtes en carton et d'un petit projecteur.

— Gardez cette image à l'esprit, les vagues qui se percutent dans l'océan, poursuivit le consultant du FBI. Ai-je la permission de la cour pour faire une démonstration ?

— Accordée, dit Larch. J'ai toujours aimé les travaux pratiques à l'école.

— Moi aussi, j'adorais.

Il quitta le box des témoins, prit le projecteur apporté par Naomi et l'installa sur un trépied.

— Madame la Juge, puis-je avoir un assistant ?

Elle y consentit d'un geste, et Rawlins appela Ali auprès de lui. Il récupéra ensuite une enveloppe kraft sur le chariot, en sortit quelque chose qu'il cacha et plaça dans la paume de mon fils. Celui-ci ouvrit largement sa main, la montrant à tous. Il fallait regarder de près pour voir l'objet, qui ressemblait à ces films de protection que l'on colle sur les écrans de téléphone. Fin, transparent et rectangulaire, il recouvrait la paume jusqu'aux premières phalanges.

— Qu'est-ce que c'est, exactement ? s'enquit la juge, tendant le cou depuis son fauteuil.

— Un support de transmission, composé de polymère et de silicone, répondit Rawlins. Il contient l'encodage d'un champ lumineux en forme de lignes et de courbes qui se rencontrent, un schéma d'interférences ondulatoires. Vous vous rappelez ma comparaison avec l'océan ? Alors imaginez une vue aérienne de vagues qui s'écrasent autour de rochers, et cette scène figée sur une photo en trois dimensions.

— D'accord… dit la juge.

Rawlins plaça Ali debout face à la tribune du jury, l'épaule gauche vers l'estrade, puis il positionna le projecteur à angle droit avec Ali. Anita demanda :

— Pourrions-nous diminuer l'éclairage ?

Larch acquiesça, et l'huissier baissa progressivement les lumières jusqu'à ce que Rawlins, consultant un luxmètre, lui dise :

— Stop !

On distinguait encore Rawlins, Ali et l'assistance dans la salle dépourvue de fenêtres, mais comme sur une photographie au grain épais. Naomi actionna un interrupteur et le faisceau du petit spot enveloppa Ali, qui chaussa des lunettes de soleil.

Totalement captivés, tous les jurés sans exception s'étaient avancés au bord de leur siège. Le numéro cinq appuyait son menton sur ses mains, elles-mêmes croisées sur le pommeau de sa canne.

Rawlins enchaîna :

— Le codage sur le support est effectué avec des lasers, de minuscules rayons de lumière à ondes de fréquence spécifique.

Il se planta devant le jury, rejeta en arrière sa mèche noire.

— La particularité de ce codage c'est qu'il montre une image en trois dimensions, comme la photo des vagues qui s'écrasent autour des rochers, uniquement lorsque le support reçoit des rayons laser réglés à la même fréquence que ceux qui ont servi à l'encoder.

— Franchement, tout cela me dépasse, avoua la juge.

— De toute façon, on comprend mieux en le voyant, lui assura Anita.

Elle se mit au pied de l'estrade, à la gauche d'Ali. Rawlins alla se tenir près du pupitre de l'huissier, également à la gauche d'Ali mais à un angle de quarante-cinq degrés.

Naomi éteignit le projecteur. Dans la lumière tamisée, la salle d'audience retrouva cet aspect flou et granuleux. Trois faisceaux laser bleuâtres, fins comme des cheveux, s'allumèrent à la suite, maniés par Anita, Rawlins et enfin Naomi. Les rayons étaient parfaitement visibles à leur source, mais plus ils s'en éloignaient, s'enfonçant dans la pénombre, moins on les discernait.

Il ne resta bientôt qu'un minuscule point bleu au bout de chaque faisceau laser. Les trois points se promenèrent sur le flanc et le bras gauche d'Ali avant d'arriver à sa main grande ouverte.

— Et, maintenant, droit dans le mille, ordonna Rawlins. C'est parti !

Les points bleus tremblotèrent et tressautèrent jusqu'à se rencontrer exactement au centre du support encodé, fixé à la paume vide d'Ali. Des exclamations de stupeur retentirent un peu partout.

— Bordel de merde ! jura Wills en se dressant, incrédule.

Même moi, j'avais du mal à y croire. Mais c'était bien là : serré entre les doigts de mon fils de neuf ans, l'hologramme bleuâtre d'un revolver nickelé, un Colt Python .357.

83.

Naomi ralluma le projecteur. Plus d'arme. Ali arborait un sourire triomphant.

Rawlins expliqua :

— Le revolver a disparu parce que les ondes lumineuses du spot ont noyé celles des faisceaux laser, de sorte que celles-ci ne pouvaient plus atteindre le code dans la paume de mon assistant.

Ma nièce éteignit le projecteur. L'hologramme réapparut dans la main d'Ali, déclenchant une salve de murmures tandis que les jurés, pour la plupart, hochaient la tête d'étonnement. Même le numéro cinq était impressionné.

Rawlins montra ensuite à la cour de quoi avait l'air sur l'écran l'hologramme filmé en noir et blanc par une caméra réglée à une intensité précise de lumière. Dans la salle sombre on distinguait clairement le revolver, mais à travers l'objectif de la caméra il n'y avait qu'une vague tache grise dans la paume d'Ali. Puis le projecteur fut braqué sur l'écran et même cette trace grise s'effaça.

— Votre Honneur... commença Anita.

— Une seconde, maître, fit la juge. (Elle se leva sur l'estrade et plongea son regard sur Ali.) Comment as-tu découvert ça, jeune homme ?

Il ôta ses lunettes de soleil.

— Euh, comme je voyais rien dans les vidéos, je me suis dit qu'il fallait prendre le problème autrement.

Ali raconta qu'il avait cessé de regarder les films, pour se mettre à réfléchir. Comment une arme pouvait-elle être présente et absente à la fois ? Il avait médité là-dessus presque toute une journée, avant de se souvenir des hologrammes qu'il avait vus dans des attractions à Disney World. Il avait alors cherché des renseignements sur cette technique dans des sites internet spécialisés.

— J'ai lu que le truc le plus important, c'est la fréquence des ondes, mais aussi que le support holographique est transparent et fait avec de la silicone. Du coup, j'ai repensé aux rapports d'autopsie. La colle qui restait dans les mains des morts avait peut-être servi à tenir en place le film en silicone. Mais c'est M. Rawlins qui a vraiment tout compris.

— Seulement les détails, rien de plus, protesta le consultant du FBI en s'inclinant devant Ali. Ce petit malin avait deviné le stratagème avant de sonner à ma porte.

— Mais où sont passés les supports holographiques ? demanda Larch.

Ce fut Ali qui suggéra :

— Je crois que, après la fusillade, quand mon père est sorti pour appeler les renforts, quelqu'un les a décollés des mains des victimes et il s'est enfui avec.

— Objection, dit Wills. Cet exercice, au demeurant très astucieux et créatif, n'est qu'un artifice qui ne repose sur rien de concret. Puisque aucun élément probant n'a été présenté, aucun témoignage sur des supposés hologrammes ne devrait être cité. Je réclame donc la suppression de toute cette audition du procès-verbal.

— Si, il y a des preuves ! contesta Ali avec virulence. Le point bleu que j'ai montré. Quelqu'un a allumé le laser par erreur pendant quatre secondes sept. Et la silicone ? Et la glu ? Vous avez rien écouté ou quoi ?

Wills décocha un regard méprisant à mon fils, sans daigner lui répondre. Anita prit la parole :

— Votre Honneur, la défense a fourni une explication plausible pour l'absence d'armes dans les vidéos ainsi que pour les résidus de colle et de silicone sur les paumes des victimes. Laissons le jury se faire son opinion.

Durant quelques instants interminables, la juge ne réagit pas. Elle contempla sa table si longtemps que je la crus frappée d'une nouvelle congestion cérébrale. Enfin, elle déclara :

— Rejetée, monsieur Wills.

— Madame la Juge...

— J'ai dit rejetée. Ces dames et messieurs du jury décideront de la crédibilité de cette explication. Maître Marley ?

— Requête de non-lieu.

— Refusée.

— Récusation des témoignages de Kimiko Binx et de Claude Watkins.

— Refusée.

Anita appela donc Watkins à la barre pour un contre-interrogatoire. Il nia obstinément : jamais de sa vie il n'avait touché à un support holographique.

— Et pourtant, on a trouvé de la colle et de la silicone sur votre main ce soir-là, à l'hôpital.

Watkins renifla avec dédain.

— Je suis sculpteur. Et qui sait ce qui traînait dans cette usine.

— Mais vous teniez à enregistrer votre rencontre avec l'inspecteur Cross. Ces hologrammes de revolvers devaient-ils l'inciter à tirer sur vous tous ?

— Je répète, il n'y avait pas d'hologrammes, assura-t-il d'une voix ferme. Et, oui, bien sûr que je voulais le filmer. Pour dénoncer son comportement de flic s'il devenait brutal. Mais aucun d'entre nous ne s'attendait à se faire descendre. Moi le premier.

— Le haïssez-vous ?

— Je hais la violence qu'il incarne.

— Au point de monter une machination contre lui ?

— En tout cas pas assez pour prendre une balle dans la colonne vertébrale. C'est évident. Personne ne serait prêt à payer ce prix pour assouvir sa haine.

— Je n'ai plus de questions, dit Anita.

Dès que Watkins eut roulé son fauteuil hors du prétoire, Larch demanda :

— Ce sera tout, maître Marley ?

Celle-ci m'interrogea du regard. Je hochai la tête.

— La défense a terminé, votre Honneur.

84.

N'importe quel habitué des cours pénales vous dira qu'un verdict rapide est toujours en faveur de l'accusation. Après avoir entendu le réquisitoire et la plaidoirie, puis reçu les instructions de la juge, les jurés avaient été isolés pour les délibérations, et je vivais chaque minute supplémentaire de silence de leur part comme un petit miracle. Des heures s'écoulèrent. Puis une journée.

En dépit de mes efforts pour ne pas penser au verdict, cela m'était impossible car le procès avait dépassé les actualités locales et était débattu sur les chaînes nationales d'information. Les chroniqueurs dissertaient sans fin sur la démonstration holographique, sur la présence d'ecstasy dans mon sang le jour de la fusillade, et sur les chances de la défense de semer un doute raisonnable dans l'esprit des jurés grâce à ces éléments.

Quelques-uns des commentateurs étaient certains de mon acquittement. Mais la majorité se rangeait dans le camp de l'accusation en faisant remarquer, tout comme le substitut du procureur lors de son réquisitoire, que la théorie des hologrammes ne tenait que si les trois victimes s'étaient sciemment mises en danger afin de me piéger. Wills avait argué qu'une telle attitude allait à l'encontre de l'instinct de conservation puis, le doigt pointé vers Watkins dans son fauteuil roulant, avait demandé comment l'on pouvait croire que cet homme aurait risqué la paralysie dans le seul but de me voir en prison. Les plus forcenés se focalisaient sur les neuf autres incidents fatals dans lesquels j'avais été impliqué, et défendaient le principe d'une condamnation pour l'exemple car il fallait mettre un terme à la violence policière dans toute la nation.

À midi, le vendredi, j'en avais eu plus que ma dose. Je quittai discrètement la maison, mon ordinateur portable sous le bras. John Sampson me récupéra en voiture sur Pennsylvania Avenue pour me conduire à Quantico. L'agent spécial Batra nous accueillit au portail et nous emmena dans le laboratoire souterrain de Rawlins.

— Je ne sais pas encore si nous sommes piratés ou non, me dit Rawlins en prenant mon ordinateur. Comme nous avons tous les deux téléchargé le contenu de la clé USB fournie par le faux Alden Lindel, je suis en train d'ausculter notre système informatique, mais c'est un vaste univers.

— Le mien est beaucoup plus petit.

Rawlins me fit un clin d'œil.

— On va voir ça.

Sa crête était toujours aplatie et noire, il avait fardé ses paupières de la même couleur, et le tout lui donnait un air quelque peu démoniaque quand il connecta mon ordinateur à un réseau en circuit fermé. Il procéda à une série de vérifications, sans résultat. Puis il s'attaqua à tous les téléchargements récents effectués via mon wifi ou Bluetooth.

— Te voilà, salopard ! s'exclama Rawlins en sélectionnant un fichier au nom et à l'extension inconnus.

Il avait été envoyé de mon ordinateur à un serveur lundi et l'opération avait duré de 16 h 33 à 17 h 29.

Après réflexion, je me rappelai que c'était précisément l'heure que j'avais passée avec Annie Cassidy. Laquelle avait tripoté son smartphone au début et à la fin du rendez-vous.

— Ce fichier a probablement été transféré à son téléphone, dis-je. Tout le temps de la consultation.

— Qu'est-ce qu'il y a dedans ? s'enquit Batra.

Rawlins cliqua dessus pour l'ouvrir. Apparemment, il contenait une copie de tout ce qui avait été fait sur mon ordinateur les quinze derniers jours.

— Ces sales cafards vous espionnent, Alex !

En l'analysant, l'informaticien découvrit que cette copie avait été générée sur l'ordre d'un malware « élégant et ingénieux », qu'il finit par dénicher au fin fond de mon système d'exploitation ; le logiciel malveillant ressemblait à un programme inoffensif.

Rawlins chercha ensuite son jumeau dans le système du FBI et fut choqué de le trouver sur le serveur, mais inactif pour l'instant.

— Je suis impressionné, admit-il en se frottant le menton. Je guette en permanence les intrusions, et pourtant je n'ai pas repéré celle-ci. Ce cheval de Troie a été conçu par un virtuose.

— Pouvez-vous identifier cette personne ? lui demandai-je.

— Peut-être bien. Donnez-moi la clé USB que vous avez reçue par courrier. Nous allons la télécharger pour voir ce qui se passe.

Avant toute chose, Rawlins rédigea un code de traçage qui s'intégrerait automatiquement dans chaque fichier créé par le malware. Puis il connecta la clé au serveur et lança l'application.

Le simulacre d'exécution de Gretchen Lindel se déroula sous nos yeux, achevé par l'annonce à mon intention de la mort prochaine de toutes les blondes disparues. Il y eut un flash sur l'écran à la fin de la vidéo, exactement comme lorsque je l'avais regardée la première fois.

Debout, Rawlins pianotait sur le clavier du terminal, tout en tournant continuellement la tête pour étudier les moniteurs en demi-cercle devant lui.

— Allez ! marmonna-t-il entre ses dents. Il s'est passé un truc, là. Où es-tu parti ?

Mon téléphone ronronna. Je le sortis de ma poche. Voyant que l'appel venait de Naomi, je décrochai.

— Des nouvelles ?

Ma nièce répondit d'une voix tendue :

— Le jury a contacté Larch.

Je fermai les yeux. *Jury bloqué*, anticipai-je, tout en me demandant si ma famille supporterait l'épreuve d'un nouveau procès.

C'est alors que Naomi m'annonça :

— Il va rendre son verdict, oncle Alex. On t'attend au palais de justice.

85.

Je resserrais mon nœud de cravate dans la voiture quand John tourna au coin de la rue du tribunal. Même à cent mètres de distance, on apercevait les reporters en masse qui faisaient le pied de grue avec impatience parce qu'il était presque 16 heures et que sur la côte Est les journaux télévisés du soir allaient bientôt commencer.

— La proposition de passer par la porte de transfert des prisonniers tient toujours, dit John. Le chef est d'accord.

— Non, je veux qu'ils me voient.

Je remarquai qu'il massait la cicatrice sur son front.

— Ça va aller ?

— Dès que j'aurai pris mes médocs. (Il se gara le long du trottoir et posa une main encourageante sur mon avant-bras.) Nous serons tous derrière toi, quoi qu'il arrive.

Mais au lieu de me sentir soutenu, je descendis de voiture en proie au vertige, me remémorant la contre-attaque du ministère public pendant son réquisitoire, en particulier sa réfutation de notre théorie sur les armes holographiques.

La colle devait provenir des postiches, avait affirmé Wills. La silicone, d'objets que les victimes avaient toutes touchés, probablement les masques ou, comme le suggérait M. Watkins, des déchets qui traînaient encore dans l'usine. Puis le substitut avait enfoncé le clou en disant qu'il était absurde de croire que deux personnes se laisseraient délibérément tuer et une troisième blesser au point de demeurer infirme, à seule fin de me piéger.

— Alex !

Anita et Naomi sortaient d'un taxi derrière moi.

— Maîtrisez-vous plus que jamais, me recommanda mon avocate. Pas un mot en chemin.

De même que le premier jour du procès, j'avançai avec elle vers les caméras et les projecteurs qui s'allumèrent et se braquèrent sur nous. Les cris des reporters noyaient ceux des manifestants, aussi n'entendis-je en réalité qu'un rugissement confus d'excitation et de haine tandis que nous nous frayions un passage à travers la foule.

Soulagé d'avoir enfin atteint la porte du tribunal, je franchis le sas de sécurité dans un brouillard. Je m'efforçais de répondre aux agents qui me souhaitaient bonne chance, tout en songeant que ma vie actuelle pourrait bien s'achever dans quelques minutes si j'étais condamné à croupir dans une cellule, cible rêvée pour les détenus ayant une dent contre les flics.

La vibration de mon téléphone m'informa de la réception d'un SMS. Il venait de Bree : Là dans 5 mn ! Je t'aime ! Je crois en toi !

Pourtant, dans l'ascenseur puis à l'entrée de la salle d'audience, je me sentis vide, détaché, seul.

Nana Mama était déjà là, dans la rangée de devant, avec Ali, Jannie et mon père. Sans un regard pour l'assistance, je les rejoignis. Ma grand-mère me prit la main et la serra tendrement.

Il y avait tant d'anxiété et de peur dans l'expression de mes enfants que je m'obligeai à leur sourire et leur dis :

— Soyez forts maintenant !

— Toi aussi, fit mon père. Nous avons tous prié.

Je m'installai à la table de la défense, plus nerveux que je ne l'avais été de toute mon existence. Je jetai un coup d'œil à droite et vis Nathan Wills absorbé par son smartphone. Son adjointe avait les yeux baissés sur un document.

Derrière eux était assis le fils de Soneji, Dylan Winslow, une moue narquoise aux lèvres. Kimiko Binx se tenait à côté de lui, toujours en noir, comme les regards qu'elle me décochait. Claude Watkins arrivait dans son fauteuil roulant.

Avant de s'arrêter près de Binx, il me dévisagea avec répugnance puis, d'une voix de stentor destinée à être entendue par les journalistes et le public, déclara :

— Tu ne t'en tireras pas, Cross. S'il y a encore une justice en ce bas monde, tu vas plonger, et pour longtemps.

Mon avocate posa une main apaisante sur la mienne. C'était inutile. Je n'allais pas donner à Watkins la satisfaction d'une réponse ou de quelque réaction.

— Veuillez vous lever ! lança l'huissier. La cour est en session, présidée par la juge Priscilla Larch.

La magistrate avait meilleure mine, le teint beaucoup moins blafard que durant la dernière audience. Elle arborait des lunettes neuves, qui lui donnaient moins l'air… hum, d'une chouette. D'un coup de maillet, elle imposa le silence, puis pria l'huissier d'introduire le jury.

Au cours de ma carrière, j'ai plus de cinquante fois été assis sur une chaise inconfortable à regarder les jurés revenir après leurs délibérations. Dans chaque cas, j'étudiais leur expression pour deviner le verdict, mais mes prédictions se sont révélées aussi souvent fausses que justes.

Le numéro cinq entra, appuyé sur sa canne. Il avait le visage tiré et sombre, de même que plusieurs jurés qui prirent place à sa suite. Les autres semblaient contrariés mais résignés.

La jurée numéro onze (la chargée de relations publiques) avait été désignée par vote comme présidente. Elle arriva en dernier, vêtue d'un tailleur strict bleu marine sur un chemisier rose, me glissa un regard furtif en s'installant dans la tribune, déglutit, puis fixa le vide avec un air contraint qui me fit trembler intérieurement.

— Madame la présidente du jury, êtes-vous parvenus à un verdict ? lui demanda Larch.

L'intéressée se dressa :

— Oui, votre Honneur.

La juge prit la feuille que lui tendait l'huissier, la déplia et la lut, impassible.

— Monsieur Cross, veuillez vous lever.

Alors que je m'exécutais, imité par Anita et Naomi, la porte de la salle d'audience s'ouvrit derrière nous. Je tournai la tête ; Bree et Damon se hâtaient vers les sièges libres aux côtés de John Sampson et de sa femme, Billie.

Dans une atmosphère surréaliste, j'entendis les mots de la juge :

— Au premier chef d'accusation, meurtre au premier degré sur la personne de Virginia Winslow, que répondez-vous ?

86.

La jurée numéro onze évitait soigneusement de regarder dans ma direction. Idem pour ses pairs dans la tribune.

— Nous déclarons le prévenu, Alex Cross... commença-t-elle, avant de porter enfin les yeux sur moi. Non coupable.

Il y eut des exclamations, des acclamations et un hululement de sioux dans mon dos. Mes genoux étaient en guimauve. Je faillis fondre en larmes quand Nana Mama s'écria :

— Je le savais !

Naomi me saisit le bras gauche, Anita le droit.

— Hein ? hurla Dylan Winslow en bondissant de son siège. Il a tué ma mère de sang-froid !

— Non coupable ! lui renvoya Ali, debout à son tour. Non coupable !

La juge Larch abattit son maillet sur la table puis l'agita vers Ali et le fils de Soneji.

— Un autre esclandre et je vous fais expulser tous les deux de la salle. Est-ce clair ?

Le visage empourpré, Dylan avait beau bouillir, il se laissa tomber lourdement sur sa chaise à côté de Binx, tandis qu'Ali se rasseyait tranquillement avec un sourire satisfait. Larch reporta son attention sur la présidente du jury.

— Au deuxième chef d'accusation, meurtre au premier degré sur la personne de Leonard Diggs, que répondez-vous ?

— Nous déclarons le prévenu non coupable, votre Honneur.

— C'est n'importe quoi ! brailla Binx. Je l'ai vu de mes propres yeux !

— Un mot de plus, et vous serez inculpée pour outrage à magistrat, madame Binx, l'avertit la juge avec un regard incendiaire en se dressant sur l'estrade.

Binx secoua la tête de rage mais se tint coite.

— Au troisième chef d'accusation, tentative de meurtre sur la personne de Claude Watkins, que répondez-vous ?

— En raison d'un doute raisonnable, non coupable, votre Honneur.

L'assistance se déchaîna. Je relâchai lentement tout l'air de mes poumons. La tête inclinée, je remerciai Dieu avec une immense gratitude pour ma délivrance, avant de m'approcher de la barrière du prétoire pour embrasser Bree.

— Le cauchemar est fini, mon cœur, dit-elle à travers ses larmes de joie.

— Tout ça n'est qu'un simulacre de justice ! vociféra Watkins. Ce n'est pas sa faute si je pisse avec une sonde ? Ce salaud a descendu mes amis, et il ne serait pas responsable ?

Larch tambourina du maillet.

— Cela suffit, monsieur Watkins.

— Je vais faire appel ! rugit l'infirme en roulant son fauteuil vers la sortie. Je dénoncerai l'incompétence de cette cour et de ce jury !

— Moi aussi, renchérit Binx qui se rua derrière lui.

La juge héla le marshal en faction à la porte.

— Fuller, arrêtez ces deux-là. Je les veux en garde à vue pour suspicion de conspiration, incitation au meurtre et parjure.

Binx fit volte-face et hurla :

— Vous n'êtes pas sérieuse ! C'est complètement dingue !

— De la persécution étatique, voilà ce que c'est. Ils ont inventé ce ramassis de mensonges pour qu'on la boucle. C'est ça que fait la police ! Ils vous tirent dessus, et ensuite ils fabriquent une putain d'excuse pour se justifier !

Pendant que Binx menottée se débattait, entraînée par l'agent Fuller, et qu'un deuxième marshal poussait le fauteuil de Watkins, j'observais le fils de Soneji. Debout, l'adolescent perturbé les regarda sortir sous escorte. Ses doigts tremblaient lorsqu'il agrippa de la main gauche le dossier de sa chaise.

Il a participé à la machination, pensai-je. *Il a quelque chose à cacher.*

Le substitut était furieux également.

— Madame la Juge, certes un verdict a été rendu, mais je me fais l'écho de Mme Binx et de M. Watkins. Il s'agit bel et bien d'un simulacre de justice, que vous pouvez refuser en annulant ce verdict et en ordonnant un nouveau procès.

— En violation de l'autorité de la chose jugée ? s'insurgea mon avocate. Quelle loi constitutionnelle l'autorise, monsieur le substitut ?

Larch leva la main pour stopper la discussion. Puis elle fit glisser ses lunettes au bout de son nez et toisa avec mépris le représentant du ministère public.

— Monsieur Wills, de l'avis de la cour, c'est ce procès qui a été une parodie de justice. Mus par votre ambition éhontée, ainsi que par le besoin du gouvernement de trouver un bouc émissaire pour la flambée de violences policières dans ce pays, Mme Carlisle et vous, sous les ordres du procureur fédéral, avez fermé les yeux sur une machination ourdie contre le défendeur, et ce afin d'obtenir un jugement expéditif. Je ne serais pas surprise que vous soyez mis tous deux en examen très prochainement.

Pour une fois, le substitut et son adjointe eurent le bec cloué.

— Monsieur Cross ? dit la juge.

— Oui, votre Honneur ?

— Je regrette que vous ayez eu à subir tout cela.

— Merci, madame la Juge. Moi aussi.

— Allez profiter de votre liberté. Et prenez bien soin de votre remarquable fiston. (Elle abattit son maillet.) Le jury peut disposer. Le procès est clos.

Je levai les mains au ciel, tandis que Bree, Jannie, Damon, Nana Mama et mon père applaudissaient à tout rompre.

La vue brouillée par les larmes, j'embrassai mon avocate et ma nièce. Enfin, je soulevai Ali du sol et l'étreignis de toutes mes forces, comme s'il incarnait la vie elle-même.

87.

En toute franchise, malgré ce dénouement heureux, j'éprouvais des émotions contradictoires le lundi suivant, dans l'antichambre du chef de la police.

Mon inculpation, le procès et même le verdict en ma faveur m'avaient forcé à une sérieuse réévaluation de mes priorités et aspirations.

J'avais toujours considéré mon métier d'enquêteur comme un moyen de représenter les victimes et de permettre à leurs proches de tourner la page en obtenant justice. À mon sens, c'est une profession honorable qui, jusqu'à ma suspension, me donnait un sentiment de plénitude.

Toutefois, le fait de renouer avec mes premiers amours, la psychologie clinique et la thérapie, m'avait rappelé à quel point ce travail-là me passionnait. En gros, il consiste à aider les gens à se comprendre et à s'améliorer pour progresser dans la vie. La vocation de thérapeute est aussi noble que celle de policier et tout aussi gratifiante, bien que différemment. Or voilà que je m'apprêtais à y renoncer à nouveau.

— Inspecteur Cross ? m'appela la secrétaire. Il va vous recevoir maintenant.

Je pénétrai dans le bureau de Michaels et m'avançai vers la table tout en observant attentivement le patron du MPD pour déchiffrer son langage corporel. Il l'avait jouée politique durant les mois où j'étais suspendu dans l'attente du procès. En privé, il exprimait son soutien. En public, il couvrait ses arrières.

Ce qui explique mes sentiments mitigés lorsque Michaels arbora son sourire de politicien et me tendit la main en me saluant chaleureusement :

— J'ai toujours su que vous reviendriez, Alex. Que ferait le MPD sans vous ?

Je ravalai mon amertume et le remerciai de m'avoir réintégré dans la brigade des affaires prioritaires. Pendant le briefing, Bree mit un terme aux souffrances de John en affectant Ainsley Fox à un autre coéquipier et en nous remettant ensemble. Je m'en réjouis, peut-être même plus que du verdict. Et cette fois, sans la moindre amertume.

Le reste de la journée fut passé à remplir de la paperasserie administrative, notamment pour recevoir rétroactivement mon salaire qui avait été gelé jusqu'au jugement. Dès le mardi, en revanche, John et moi étions sur le terrain, avec l'affaire des blondes disparues en premier sur notre liste. Nous partîmes de Washington bien avant l'aube pour aller dans le nord.

Quatre heures plus tard, nous quittions l'Interstate 180 pour la Route 220 en direction de Muncy Valley, Sonestown et enfin Laporte en Pennsylvanie. La deux voies était étroite, sinueuse, flanquée d'immenses étendues de forêt aux arbres nus renfermant des réserves de chasse protégée.

À Laporte, nous fîmes une pause-café avant de nous rendre au bureau du shérif du comté de Sullivan, où nous attendait l'adjoint Everett Morse. Celui-ci collaborait avec la police d'État de Pennsylvanie sur le meurtre de Timmy Walker junior, douze ans, ainsi que sur la disparition de Ginny Krauss et Alison Dane.

N'ayant pas l'esprit de chapelle, Morse nous montra de bonne grâce les pièces des dossiers, mais des mois s'étaient écoulés depuis les événements. La piste était froide. Selon lui, cela ne nous servirait à rien d'interroger les parents des filles puisqu'ils avaient déjà rechigné à l'époque à répondre aux enquêteurs.

Notre prochaine étape était l'antenne de la police de Pennsylvanie, située dans le secteur nord de Laporte. Là, l'inspectrice Nina Ford nous confirma dans l'ensemble le point de vue de Morse sur les deux affaires. Elle nous laissa également consulter ses rapports puis, comme l'adjoint du shérif, nous déconseilla une visite aux familles des disparues.

— Et les parents de Timmy? demanda John.

— Le père n'est plus dans le tableau. Lenore ne bouge pas de chez elle. En chemin, vous pourriez vous arrêter à Worlds End State Park, où on a découvert ce pauvre Timmy. Le temps que vous y fassiez un tour et arriviez à Hillsgrove, Lenore devrait être levée et plus ou moins sobre.

Grâce aux coordonnées GPS fournies par Ford, il nous fut aisé de localiser sur l'iPad l'emplacement exact du cadavre du gamin, soit environ deux kilomètres à l'est du parking du parc, et à une dizaine de la voiture abandonnée des filles.

À part un pick-up Chevrolet blanc d'un ancien modèle avec une boîte à outils sur son plateau et des autocollants d'une fédération de chasse sur la lunette arrière, le parking était désert quand John s'y gara vingt minutes plus tard.

Un vent froid et piquant soufflait pendant que, guidés par le navigateur GPS, nous remontions un sentier jusqu'à l'endroit où un randonneur était tombé par hasard sur le bras de Timmy qui dépassait d'un tas de branchages et de feuilles.

— Sacré exercice d'amener un corps ici, fit remarquer John, hors d'haleine. La pente est vachement raide.

J'acquiesçai, le cœur battant encore à tout rompre.

— Timmy pesait quarante-deux kilos, donc l'individu est très costaud.

— Et il savait comment arriver dans ce coin perdu, ajouta John, deux secondes avant qu'éclatent des tirs.

88.

Pan ! Chlic-chlac. Pan !

Par réflexe, je plongeai derrière un tronc abattu.

Pan !

— Putain, ça vient d'où ? chuchota John, à l'abri près de moi.

Entendant des bruits de branches cassées, de froissements d'ailes et des gloussements, je jetai un regard prudent par-dessus le tronc et aperçus une volée de dindons sauvages dans la canopée. Il y eut un mouvement sur la colline. J'attrapai mes jumelles, les réglai : une adolescente en tenue de camouflage dévalait le versant escarpé, suivie par un homme portant deux fusils.

— J'en ai eu un, p'pa ! s'écria-t-elle en lançant les poings en l'air. Et toi aussi !

Nous nous relevâmes en agitant les bras vers les chasseurs occupés à ramasser les volatiles morts. Nous les avions presque rejoints lorsqu'ils remarquèrent enfin notre présence.

Le père se redressa, regarda du coin de l'œil les fusils appuyés contre un arbre. Sans doute ne rencontrait-il pas souvent dans ces bois des hommes en manteau et cravate. La vue des insignes que nous avions sortis le fit se raidir.

— C'est une chasse autorisée.

— Nous vous croyons sur parole, l'apaisai-je. Nous sommes ici au sujet de Timmy Walker.

Il se relaxa.

— Quelle tragédie épouvantable ! Mon Ellie que voilà allait à l'école avec lui. Au fait, je m'appelle Howard Young.

— Enchanté, monsieur Young, dis-je en lui serrant la main, avant de me tourner vers sa fille. Parle-nous un peu de Timmy.

Soudain maussade, elle tripota le bandana kaki noué autour de son cou.

— TW-Two était sympa jusqu'à ce qu'il devienne voyeur sur les bords.

— C'était carrément un petit pervers, oui ! renchérit son père.

— Comment ça ? demanda John.

— Je sais pas si c'est vrai, répondit Ellie avec un regard fuyant, mais il paraît qu'il avait fait un trou dans le mur du vestiaire des filles au gymnase. Les élèves racontent qu'il faisait des photos et les montrait à ses copains.

John fit la grimace. Je pris le relais :

— A-t-on ouvert une enquête ?

— La principale a appelé les flics. Ils ont même vérifié le téléphone de Timmy, mais il n'y avait rien de louche.

— Il en avait peut-être un autre, ou un appareil photo, intervint son père. Je voulais qu'il soit viré de l'école, mais rien n'a été fait. Et maintenant, on ne connaîtra jamais le fin mot de l'histoire.

— Nous espérons découvrir pourquoi il est mort, dit John.

Young hocha la tête, sceptique.

— Bon, nous avons des dindons à nettoyer, et Ellie a cours cet après-midi.

Après les avoir remerciés pour ces renseignements, nous redescendîmes jusqu'au parking. Timmy avait-il été tué à cause de photos compromettantes ? Avait-on amené son corps ici la nuit ? Probablement, puisque Mme Walker avait signalé la disparition de son fils dans la soirée. Le meurtrier devait donc avoir une lampe frontale ou bien un complice. À quel point cela était-il important ?

Je mis ces réflexions de côté et repris l'iPad pour étudier la vue aérienne du secteur. Des points rouges indiquaient divers emplacements : la fosse peu profonde dissimulant Timmy, sa maison, et enfin la voiture des jeunes filles. Si ces deux dernières n'étaient distantes que de deux kilomètres, le cadavre avait été enterré bien plus loin.

Pourquoi ? Pour dissocier les deux affaires dans l'esprit de la police ?

C'était une raison logique, sauf que n'importe quel enquêteur digne de ce nom ferait tout de suite le rapprochement. Même jour. Même tranche horaire. La proximité du domicile de Timmy et du véhicule abandonné.

Alors que s'était-il passé exactement ? Le garçon avait-il été témoin du kidnapping, ce qui lui avait coûté la vie ?

C'était en tout cas notre hypothèse de travail à notre arrivée à Hillsgrove. Les Walker y vivaient dans une villa coloniale restaurée, récemment repeinte, à la toiture en zinc flambant neuve. C'était de loin la plus belle des habitations de ce hameau, simples refuges de chasse pour la plupart. Des feuilles brunes recouvraient la cour de taille modeste. Un tricycle gisait près d'une vasque à oiseaux.

John toqua à la porte. Pas de réponse.

Il frappa plus fort et quelqu'un ouvrit. Une fillette de six ou sept ans, en pyjama maculé de taches de nourriture. Une couverture Winnie l'ourson sur les épaules, elle nous dévisageait de ses yeux rougis.

— Bonjour, jeune fille, la saluai-je. Nous sommes policiers et nous aimerions parler avec ta maman.

— Elle dort.

— Veux-tu la réveiller, s'il te…

— Je suis là ! cria une femme qui descendait lourdement l'escalier.

Pieds nus, elle ne portait qu'un peignoir bleu en éponge. Sa chevelure était en bataille. Ses yeux gonflés, larmoyants, brillaient d'un éclat sauvage lorsqu'elle demanda :

— Vous l'avez eu ? L'assassin de Timmy ?

— Madame Walker ? dis-je.

Elle se tint derrière la fillette, la serrant contre elle.

— Oui, je suis Lenore. Et elle, c'est Kate, sa sœur.

Je me présentai, ainsi que John, et sollicitai un entretien avec elle. Son désarroi était manifeste.

— Vous ne l'avez donc pas arrêté ?

— Pas encore, madame.

La mère du garçon mort déglutit, puis contempla le vide avec désespoir.

— Personne ne me tient au courant. Ça fait des mois que Deuce nous a quittés et je n'ai pas eu de nouvelles depuis des semaines, ni du shérif, ni de la police, ni du FBI… pas même de mon ex-mari, cette espèce de lâche.

Elle éclata en sanglots. Kate nous lança un regard de reproche avant de nous tourner le dos et d'enlacer sa mère.

— Pleure pas, maman. Ça va aller, tu verras.

89.

Une fois assez calme pour parler, Lenore Walker nous invita dans le salon. Ses premiers mots furent qu'elle avait mené une vie « relativement agréable » jusqu'à la disparition de Timmy. Elle avait grandi dans la banlieue de Philadelphie et rencontré Tim Walker dès leur première année à la Pennsylvania State University.

Son diplôme d'ingénieur en poche, Walker obtint immédiatement un bon poste dans l'industrie pétrochimique, et gagna bientôt de quoi acheter cette maison, la restaurer, et fonder une famille. L'aîné des deux enfants, Timmy, ou « Deuce », était son préféré et ils passaient beaucoup de temps ensemble.

Puis Walker commença à gravir les échelons dans sa société, à voyager pour affaires. Il découvrit les « poupées » (pour citer encore Lenore), et s'absenta de plus en plus souvent. Après la mort de Deuce, le cœur brisé mais amoureux d'une poupée de vingt-quatre ans, il quitta le foyer conjugal pour de bon.

À nos questions sur les rumeurs au sujet de Timmy, comme le trou dans le mur du vestiaire, sa mère répondit catégoriquement :

— C'est n'importe quoi.

— Votre fils avait-il un ordinateur ? s'enquit John.

— Deux, ou un et demi, à la fin. Il n'arrêtait pas de les acheter et de les vendre en pièces détachées sur eBay.

— Vraiment ? dis-je. À douze ans ?

— Oh, bien sûr. Ordinateurs, téléphones, iPods, tous les trucs électroniques tant qu'ils étaient d'occasion et bon marché. C'était une sorte de hobby. Il se faisait pas mal d'argent avec ça.

— La police a-t-elle fouillé les ordinateurs ?

— Ils les ont emportés, donc oui, j'imagine.

— Et son téléphone ?

— Ils en ont trouvé un ici.

— Parce qu'il en possédait plus d'un ? s'étonna John.

— Trois, parfois, mais seulement deux à ce moment-là, à ma connaissance. Le Samsung qu'ils ont pris, et un iPhone qui s'est volatilisé.

— Rien d'autre ?

— Non. Il n'y a plus grand-chose de lui à part des photos, des vidéos et mes souvenirs.

Elle se remit à pleurer. Sa fille s'approcha et la consola jusqu'à ce qu'elle soit capable de nous faire le récit de la journée où son fils avait disparu.

— Je voulais qu'il aille me faire une course au supermarché, raconta-t-elle en reniflant. Il venait de finir son goûter et s'amusait dans le jardin. Mais quand je l'ai appelé, il n'a jamais répondu.

Je lui demandai quel chemin Timmy avait pu emprunter pour rejoindre la clairière où avait été découverte la Toyota des deux filles. Pendant qu'elle nous montrait par la fenêtre un sentier qui s'enfonçait dans la forêt, Lenore critiqua avec rancœur le déroulement de l'enquête, affirmant que la police locale s'était intéressée davantage aux lesbiennes qu'à son fils.

— Mais bon, elles sont sans doute encore vivantes tandis que mon fils est enterré et oublié de tous, conclut-elle sur un ton morose en nous raccompagnant à la porte. Alors merci de vous souvenir de lui.

— C'est bien normal, lui assurai-je. Nous vous tiendrons informée s'il y a du nouveau.

— Je vous crois. Même si personne d'autre ne semble motivé pour chercher son assassin.

En m'éloignant de la villa, comme je sentais le regard hanté de Lenore Walker dans mon dos, j'eus encore une fois une bouffée de gratitude pour mes bonheurs multiples, conscient que les cadeaux de la vie peuvent disparaître en un clin d'œil.

— Quand on pense aux malheurs qui peuvent arriver, déclara John d'une voix triste.

— C'est exactement ce que je me disais, mon frère.

Nous nous engageâmes sur le sentier indiqué par Lenore. Il suivait d'abord la crête de la colline puis dévalait abruptement le versant jusqu'à une route d'exploitation forestière. Nous étions sur le remblai lorsqu'un tourbillon noir jaillit d'en bas comme une explosion.

Je chancelai en arrière, m'accroupis et me protégeai la tête avec les bras.

90.

À notre arrivée, des dizaines de dindons sauvages étaient en train de picorer sur la route forestière. Ils s'étaient envolés d'un seul coup et enfuis à tire-d'aile en rase-mottes, nous forçant à nous mettre à l'abri.

— Si tu avais vu ta tête quand ils sont sortis de nulle part ! dis-je avec un sourire goguenard dès que les oiseaux furent passés.

— J'ai failli avoir une crise cardiaque ! admit John en rigolant. Mais toi aussi !

— Moi, je suis un citadin qui n'a pas l'habitude d'être attaqué par des bêtes féroces !

— Des bêtes féroces, carrément ?

— Moque-toi, cowboy à la manque.

— Yeee-hah ! hennit John, puis il descendit sur la route. Ben mon vieux, ces satanées volailles sont voraces !

Je compris sa remarque en le suivant. Dans un rayon de cinquante mètres, les feuilles mortes étaient déchiquetées et entassées là où les dindons avaient gratté et creusé la terre à la recherche de nourriture.

— Il y en avait bien quarante, dis-je.

— Au minimum.

La route longeait un ruisseau sur un kilomètre et demi jusqu'à une bifurcation ; nous prîmes à gauche pour traverser au gué que nous avait décrit Lenore Walker et gravîmes une petite colline.

Depuis le sommet, à travers les arbres dénudés du plateau, l'on voyait à une centaine de mètres la clairière où avait été trouvée vide la Toyota Camry d'Alison Dane. Les dindons nous avaient précédés : de part et d'autre du sentier le sol était entièrement retourné.

J'affichai sur mon téléphone un cliché de la Toyota pris *in situ* par la police, qui nous permit de localiser approximativement l'endroit où on l'avait découverte. Une fois sur place, je regardai vers l'autre extrémité de la clairière.

— Donc, Timmy arrive comme nous du bois là-bas, et il voit quoi ?

— La bagnole, les filles, suggéra John. Et peut-être la personne qui les a enlevées.

— Sûrement, car il n'est pas très loin. À cinquante, soixante mètres ?

— Grosso modo. Mais ensuite ? Le kidnappeur repère Timmy ?

— Il le pourchasse, et lui écrase le larynx.

John lâcha un long soupir.

— Pauvre môme.

— C'est vrai… dis-je en jetant un coup d'œil circulaire, un peu déçu.

J'avais eu l'espoir que ces quatre heures et demie de trajet seraient fructueuses ; mais si cette visite sur les lieux du crime nous permettait de mieux situer les filles et Timmy le jour fatidique, aucune nouvelle lumière ne nous guidait vers le bout du tunnel.

— Il est bientôt midi, Alex. On devrait partir et manger un morceau dans le coin avant de reprendre la route pour Washington.

— Bonne idée.

Nous retraversâmes la clairière, tête baissée, le col du manteau remonté contre les rafales du vent âpre. Cela soufflait moins fort dans le bois, mais je me hâtais quand même, impatient de retrouver la voiture et son chauffage.

John, qui marchait aussi vite que moi, ralentit soudain, l'œil attiré par quelque chose.

— Attends une seconde. J'ai aperçu un truc derrière.

Il rebroussa chemin sur quelques mètres, puis en fit quatre ou cinq à l'écart du sentier, foulant les débris végétaux laissés par les dindons en quête de nourriture.

Il s'arrêta, regarda autour de lui. Avança d'un pas, puis d'un autre, avant de s'accroupir dans les feuilles humides tout en sortant un mouchoir de sa poche.

Lorsqu'il se releva, John brandissait un iPhone blanc et sale.

91.

Le lendemain soir à 19 heures, Ali déboula dans la cuisine, que le reste d'entre nous était en train de nettoyer après le dîner.

— Jannie ! Un taxi se gare devant la maison ! Il est arrivé !

— Oh, là là ! souffla-t-elle en se tenant le ventre. Je n'aurais pas dû manger autant. J'ai envie de vomir.

Nana Mama lui serra gentiment le bras.

— Tout va bien se passer. Si tu ne l'intéressais pas, il ne serait pas ici, alors reste toi-même.

— Excellent conseil, approuvai-je au moment où retentissait la sonnette de la porte.

— J'y vais ! s'écria Ali.

— Non, refusai-je. C'est à Jannie et moi de lui ouvrir.

— Viens, Ali, dit mon père. Assieds-toi, prends une part de la tarte à la mélasse de Nana.

— Avec de la glace ?

— Tout ce qu'il veut, il l'a bien mérité, lançai-je en suivant Jannie.

— C'est ce que tu dis tous les soirs depuis la fin du procès, protesta ma grand-mère.

— Et je vais continuer un certain temps.

Avant de sortir de la pièce, je soufflai un baiser à Bree qui l'attrapa en souriant. En dépit de nos agendas surchargés, nous avions réussi à nous ménager des moments à nous ces derniers jours ; dans l'ensemble, ma vie personnelle commençait à retrouver son équilibre, tellement compromis depuis un an.

Sur le plan professionnel, en revanche, il y avait du progrès à faire. Lenore Walker pensait que l'iPhone découvert par John était celui de son fils, mais sans certitude absolue, et quand nous l'avions apporté à Keith Rawlins à Quantico dans la matinée, il nous avait prévenus que les dégâts causés par les intempéries allaient lui rendre la tâche extrêmement difficile, voire impossible, pour accéder aux données de l'appareil.

Malgré sa promesse d'user de tous ses trucs de cybermagicien, nous avions quitté son laboratoire avec un sentiment de frustration. L'iPhone appartenait très probablement à Timmy Walker, mais tant qu'on ne savait pas ce qu'il contenait, l'enquête restait dans une impasse quant au mobile de son meurtre. Et même si nous n'avions toujours pas de lien concret entre la mort du garçon et les blondes disparues, nous pressentions que seul ce téléphone nous permettrait de retrouver Gretchen Lindel, Ginny Krauss, Alison Dane, Delilah Franks, Patsy Mansfield et Cathy Dupris.

Heureusement, de bonnes choses arrivaient aussi. Nana avait pris un appel téléphonique destiné à Jannie et relayé le message à toute la famille ; à la suite de quoi, chacun d'entre nous avait chamboulé ses plans de sorte à être à la maison pour la visite importante de ce soir.

Dans le vestibule, Jannie me regarda anxieusement, et je l'encourageai :

— Vas-y !

Elle ouvrit la porte à un grand et mince Afro-Américain de quarante ans, vêtu d'un costume bleu avec une cravate vert et or. Son visage s'illumina à la vue de ma fille.

— Jannie Cross ! s'exclama-t-il, tout sourire, en lui serrant la main. Je suis ravi que nous ayons pu organiser cette rencontre.

D'abord muette d'émotion, ma fille finit par bredouiller :

— Moi aussi, monsieur, euh, coach.

Je vins à son aide :

— Elle est enchantée de faire votre connaissance. Comme nous tous, d'ailleurs.

— Docteur Cross ? dit-il, la main tendue, en me gratifiant à mon tour de son sourire de cent mille volts. Je suis Robert Johnson.

— Mais entrez, je vous en prie. Ma grand-mère a fait une tarte délicieuse, si ça vous tente.

— Je suis toujours tenté par les desserts. Une tarte à quoi ?

— À la mélasse, mais ce n'est pas une bombe calorique, répondit Jannie. Elle a trouvé la recette dans un livre de cuisine amish et a remplacé le sucre par du sirop d'érable.

— J'en prendrais volontiers un peu.

J'ouvris la marche jusqu'à la cuisine, où Johnson se présenta à tout le monde, puis obéit avec bonhomie à Nana Mama qui lui ordonnait de s'asseoir tout en lui servant une part de tarte et une tasse de thé vert.

— Jannie, déclara Johnson après avoir vidé son assiette, je ne vais pas te mentir. On ne mange pas aussi bien qu'ici à la cantine de ma fac.

Ma grand-mère rougit de plaisir.

— Sauf si tu convaincs Nana de s'installer à Eugene avec toi, ajouta-t-il. Comme ça, toute l'équipe d'athlétisme des Ducks pourrait en profiter.

Il avait l'art de séduire Nana Mama.

— Vous avez droit à une autre part de ma tarte, cher monsieur, dit-elle.

— C'est bien ce que j'espérais, lui répliqua-t-il avec un clin d'œil. Bon, et si je vous parlais de notre programme ?

— S'il vous plaît, fit Bree.

— Depuis que j'ai pris, il y a trois ans, mes fonctions de directeur technique de la section d'athlétisme à l'université d'État de l'Oregon, nous avons gagné huit championnats nationaux : masculins et féminins en plein air et en salle, féminins en cross-country. Plus le titre de meilleure équipe universitaire, deux ans de suite pour les hommes, trois pour les femmes.

Durant son speech bien rodé de recruteur, Johnson s'adressa presque exclusivement à Jannie, qui l'écoutait, subjuguée.

— Sous ma supervision, vingt-huit athlètes des Ducks ont remporté individuellement des championnats de la NCAA[1], poursuivit-il. Entre autres, Phyllis Francis.

Ma fille se redressa brusquement sur sa chaise.

— C'est elle qui a établi le record américain au 400 mètres en salle !

— En effet, confirma Johnson, et il marqua une pause pour nous regarder tous. Et je crois que tu peux battre ce record, Jannie.

1. La National Collegiate Athletic Association organise des compétitions interuniversitaires aux États-Unis dans vingt-cinq disciplines sportives.

92.

Jannie paraissait aussi abasourdie que moi. Le record des États-Unis ?

— Je le pense sincèrement, m'assura Johnson. J'ai visionné les courses de Jannie. J'ai étudié ses temps en entraînement, son programme actuel, et les progrès accomplis avec le coach McDonald. Lui et moi avons le sentiment que ce record est envisageable à condition qu'elle le décide et surtout qu'elle suive strictement le programme approprié.

— C'est-à-dire le vôtre, dit mon père.

— Il n'y a pas mieux, rétorqua Johnson. L'athlétisme sous toutes ses formes est une tradition de longue date dans cette université. Hayward Field, le complexe sportif, dispose des installations les plus modernes du pays. Le climat permet de s'entraîner toute l'année à l'extérieur quasiment sans interruption. Et nos entraîneurs et techniciens sont les meilleurs. Point final.

— Et sur le plan des études ? s'enquit Bree.

— Amen, fit Nana Mama.

— Deux cent soixante-dix matières sont proposées, dans des disciplines qui vont des sciences aux arts en passant par la technologie et l'enseignement. Notre cursus de marketing du sport est numéro un au classement national. Parmi nos différents établissements supérieurs, le très sélectif Clark Honors College attire de nombreux étudiants ambitieux comme toi, Jannie.

» Par ailleurs, le campus est absolument magnifique. Et je connais peu de villes aussi vibrantes d'énergie qu'Eugene.

Enfin, tous nos athlètes sont accompagnés par des tuteurs, qui les aident à se maintenir au niveau requis pour rester dans les équipes sportives mais aussi, le plus important, pour obtenir leur diplôme.

— Vous allez donner une bourse à ma sœur ? intervint Ali.

— Tu vas droit au but, hein ? remarqua Johnson, amusé.

Ali opina gaiement du chef.

— Jeune homme, tu as ce qu'il faut pour réussir en marketing du sport. Tu pourrais même être un jour l'agent de ta sœur.

— Mais vous n'avez pas répondu à ma question.

Hilare, l'entraîneur me regarda.

— C'est un vrai petit tigre !

— Tout le temps, lui confirmai-je.

— Sais-tu où j'ai entendu parler de toi pour la première fois ? demanda alors Johnson en se tournant vers Jannie.

Elle fit signe que non.

— À la télé, quand tu es passée sur ESPN.

Singeant le présentateur de la chaîne sportive, Ali s'écria aussitôt :

— « Cette fille a couru si dur qu'elle s'est cassé le pied ! »

— C'était bien cette compétition, dit Johnson. À propos, comment va-t-il, ce pied ?

— Super bien, lui assura Jannie.

— Aucune douleur ?

— Pas depuis longtemps.

— Tu as beaucoup, beaucoup de chance, mademoiselle. Cette blessure aurait pu faire avorter ta carrière. Mais ce n'est pas le cas, donc, Jannie Cross, je suis ici pour t'offrir une bourse : enseignement, hébergement et pension. En contrepartie de ton engagement officiel à concourir pour les Ducks.

Je ne pense pas que Jannie s'y attendait. Moi, pas du tout. Elle n'avait participé à aucune compétition à la saison de printemps en tant que junior. Logiquement, les recruteurs ne commenceraient à lui faire de telles propositions qu'à l'automne de son année senior, et seulement si elle performait jusque-là.

— C'est génial ! Mais est-ce que je dois répondre tout de suite, coach ? lui demanda-t-elle, réjouie, en se mordillant la lèvre.

— Bien sûr que non. Cela me faciliterait les choses, mais ce n'est pas ma vie qui est en jeu. C'est la tienne. Que tu acceptes ou non de courir pour moi, je vais te donner un conseil parce que tu as un talent rare, Jannie, et je suis sûr que tu auras de nombreuses autres offres de bourse. Tu devrais visiter chaque fac qui t'intéresse pour connaître le campus, les profs et les programmes sportifs avant de faire ton choix. Je sais qu'Eugene est loin de Washington, mais pourquoi ne viendrais-tu pas te rendre compte par toi-même ?

Manifestement soulagée de ne pas avoir à se décider sur-le-champ, elle hocha vigoureusement la tête.

— Ça me plairait bien, coach.

— Parfait ! Quand pourriez-vous l'amener, monsieur Cross ?

Comme je la consultais du regard, Bree suggéra :

— Aux prochaines vacances scolaires ?

— D'accord, approuva Johnson. Oh, les billets d'avion seront à notre charge.

— Je peux venir aussi ? tenta Ali.

— Dans tes rêves ! fit sa sœur.

L'entraîneur resta quelques minutes de plus, répondant à nos questions et faisant du charme à Nana Mama.

— Je reviendrai goûter à vos tartes, lui assura-t-il avant de partir.

— Vous serez toujours le bienvenu, cher monsieur.

Lorsque la porte se referma derrière lui, nous étions tous en train de sourire niaisement. Bree embrassa Jannie, qui s'exclama :

— C'est vraiment à moi que ça arrive ?

— Le meilleur programme d'athlétisme de toute l'Amérique ! confirmai-je, les yeux embués.

— À l'autre bout du pays, soupira Nana Mama, consciente qu'elle n'aurait plus l'occasion de voir en personne sa petite-fille courir si celle-ci s'installait en Oregon.

— C'est vrai que c'est loin de chez nous, dit Jannie. Ça me fait réfléchir.

— Inutile de réfléchir maintenant, la rassurai-je. Nous écouterons toutes les propositions, et tu te décideras uniquement quand tu seras prête. O.K. ?

Elle m'étreignit avec force.

— Merci, papa. Je suis tellement contente que tu sois ici. Ça n'aurait pas été pareil sans toi. Tu comprends ?

Je fermai les yeux tout en posant un baiser sur ses cheveux.

— Oh oui, mon bébé. Je comprends parfaitement.

93.

Lorsque l'ascenseur s'ouvrit au deuxième sous-sol de la section de cybercriminalité à Quantico, la musique était à fond dans le laboratoire de Keith Rawlins. Les basses entraînantes de *My House* de Flo Rida traversaient les vitres et vibraient jusque dans ma poitrine.

Il était un peu plus de 7 heures, et Rawlins avait à l'évidence passé la nuit là. On ne l'aurait pourtant pas deviné à le voir. Vêtu seulement d'un short en jean, le magicien du numérique, couvert de sueur, rebondissait sur un mini-trampoline tout en boxant dans le vide au rythme de la chanson.

— Je n'arrive toujours pas à croire que ce zigoto travaille pour nous, maugréa l'agent spécial Mahoney, mon ancien coéquipier au FBI, chef de l'unité qui avait repris l'affaire des blondes disparues.

— Moi, je supporte ses outrages tous les jours, répliqua l'agent spécial Batra.

John Sampson se mit à bâiller en ronchonnant :

— Ça aurait pu attendre quelques heures.

— Il était tellement excité par sa découverte qu'il m'a téléphoné à l'aube ! lui rappelai-je.

— Y a intérêt à ce que ça en vaille la peine. C'est tout ce que je dis, fit-il.

Batra leva les yeux au ciel et poussa de l'épaule la porte du laboratoire. La musique était assourdissante. Le clip de Flo Rida était diffusé sur tous les écrans. Rawlins nous aperçut et sauta vers nous, balançant sa mèche noire et chantant les paroles, appropriées en l'occurrence :

— *Welcome to my house !*

Vu leur mine, Mahoney et Batra semblaient avoir dormi sur du papier de verre. Je souris et glissai un doigt en travers de ma gorge.

Krazy Kat cessa de gigoter, fit une moue boudeuse et attrapa la télécommande pour stopper la vidéo. Le silence retomba dans la salle.

— Le meilleur était juste après, protesta-t-il. Clay Pritchard et ses riffs de saxo, les plus sublimes depuis…

— Tu nous as réveillés et fait venir ici, grommela Batra. Ce n'était pas pour danser, j'imagine ? Parce que si c'est le cas, je vais me foutre en rogne.

— Et moi ce sera pire, renchérit Mahoney.

Rawlins soupira.

— Je me demande parfois si c'est la formation suivie à Quantico qui extirpe l'âme et la joie de vivre de chaque agent diplômé.

— Montrez-nous donc ce que vous avez, Krazy Kat, dis-je.

Il noua ses cheveux en chignon style samouraï, coiffure qui parut donner une indigestion à Mahoney et à Batra. Puis il agita le doigt vers moi et attrapa une serviette de l'autre main.

— Il m'a fallu presque trois jours d'affilée, mais j'ai réussi à ressusciter le mort.

— Tu te prends pour Jésus maintenant ? railla Batra.

— Seulement pour un faiseur de miracles, rétorqua-t-il tout en s'épongeant le torse.

Après avoir enfilé un sweat-shirt siglé FBI et une paire de baskets à damier noir et blanc, il gagna nonchalamment le terminal relié aux moniteurs.

— Beaucoup de données étaient corrompues, expliqua-t-il en pianotant sur le clavier. Mais j'ai pu en sauver qui datent du jour où Timmy Walker a été tué.

Rawlins enfonça une touche et Flo Rida disparut des écrans, remplacé par une vidéo tremblotante. La scène se déroulait dans un bois, et le cameraman se faufilait à travers un feuillage épais.

Je n'avais aucune idée de l'endroit où c'était tourné, jusqu'à ce qu'une main de garçon écarte les branchages et dévoile le haut d'un talus. La caméra filma en plongée une Toyota Camry bleue garée à six mètres environ dans une clairière que je reconnaissais. Les vitres de la berline étaient descendues.

— Le sale petit voyeur ! fit Batra.

— Exact, dit Rawlins. Mais je crois que vous allez l'apprécier avant la fin de la vidéo, ce petit voyeur, qu'il repose en paix.

L'objectif se stabilisa et zooma. Alison Dane promenait ses doigts sur les seins de son amante puis le long de son ventre, lorsqu'elle s'immobilisa ; elle avait apparemment entendu quelque chose. Le cameraman aussi.

L'image tressauta un instant puis redevint nette, montrant les filles qui cherchaient leurs vêtements avec fébrilité. Soudain, par la vitre ouverte, Ginny Krauss regarda en direction du talus, droit dans la caméra. « Y a un gamin en planque là-bas ! brailla-t-elle. Ce pervers est en train de nous filmer ! »

Timmy tourna aussitôt les talons et détala entre les arbres. Les vingt-sept secondes suivantes furent saccadées, des flashes de vert dans la pénombre du sous-bois.

Puis, par-dessus le coassement des rainettes et la stridulation des criquets, retentit le bruit d'un véhicule qui arrivait vite et stoppa dans un crissement de pneus. L'une des filles poussa un cri.

La caméra fit demi-tour et sautilla à nouveau, s'approchant de la clairière. Un utilitaire Ford blanc, moteur au ralenti, était stationné le long de la Toyota.

« Non ! entendit-on alors. Pitié ! Ne faites pas ça ! Au secours ! Hé petit ! Aide-nous ! »

L'écran devint noir. Rawlins déclara :

— Malheureusement, c'est tout ce que j'ai récupéré comme film.

— Et merde ! jura John. Pouvez-vous agrandir le Ford ?

— Inutile, Timmy s'en est chargé.

L'informaticien tapa quelques commandes sur son clavier et le moniteur le plus large afficha un gros plan granuleux du fourgon. Les vitres teintées en dissimulaient l'intérieur mais l'enseigne sur le flanc était dans le champ.

— Dish Network ? lut Mahoney.

— C'est une plaque d'immatriculation du Maryland, dis-je. Cinq, sept, E, un... le dernier chiffre n'est pas net...

— C'est un six, compléta Rawlins. On le voit mieux sur les autres clichés.

— Il y en a combien en tout ? s'enquit John.

— Cinq. Timmy aurait pu déguerpir après avoir été repéré par les filles. Mais quand il les a entendues crier à l'aide, il a rebroussé chemin et fait ces photos. Il comptait prévenir la police à mon avis. Sinon, pourquoi courir un tel risque ? N'importe quel voyeur de douze ans pris sur le fait s'enfuirait à toutes jambes, alors pourquoi pas lui ?

À en juger par son attitude, Batra n'était pas convaincue par l'argument, contrairement à Mahoney qui acquiesça :

— Je pense que vous avez raison.

— Moi aussi, dis-je. Et je parierais que ces photos sont le mobile du meurtre de Timmy.

— Oh, c'est sûr ! affirma l'informaticien. Le téléphone est mort quelques minutes après que la dernière a été prise.

94.

À la nuit tombante, ce même jour, John Sampson, Ned Mahoney et moi regardions les techniciens du FBI se préparer à désosser un utilitaire Ford blanc portant de chaque côté une enseigne de Dish Network. De la rubalise bloquait l'accès au parking du distributeur de la marque à Rockville, dans le Maryland.

Le gérant du magasin, un petit homme au cou de héron dénommé Lester Potter, pressait nerveusement ses mains l'une contre l'autre en surveillant l'opération.

— Vous êtes bien sûr au courant que ce fourgon nous a été volé ? dit-il.

— Quand cela ? s'enquit John.

— Il y a cinq ou six mois. Une de mes antennistes faisait une intervention dans un quartier résidentiel à Gaithersburg. Elle est restée à peine dix minutes dans la maison, et en ressortant, plus de fourgon ! Piqué en plein jour ! Les voleurs ont désactivé son traceur. Six semaines après, la boîte le fait passer par pertes et profits, pensant qu'il a été revendu en pièces détachées. Et là, je reçois un appel de la police d'État de Pennsylvanie. Le Ford a été retrouvé avec tout son matos dans le parking longue durée de l'aéroport d'Harrisburg. Aussi propre et dans le même état qu'avant. Quelqu'un l'avait seulement pris pour une virée.

— Non. Il a servi au kidnapping de deux jeunes filles qui sont encore captives et qu'on terrorise pour assouvir les fantasmes tordus de vicieux sur Internet.

— Oh ! fit Potter, tout pâle. Je ne savais pas.

— Qui l'utilisait le jour du vol ? lui demandai-je.

— Lourdes Rodriguez. Une de mes meilleures employées.

— Pouvons-nous la voir ?

— Elle ne travaille plus ici. Cette veinarde a hérité un paquet de fric d'un grand-oncle et elle a démissionné il y a quelques mois.

John fit remarquer :

— Le métier d'antenniste n'était apparemment pas assez glamour pour qu'elle ait envie de faire carrière chez Dish Network.

Le gérant le regarda de travers et rétorqua :

— Qui pourrait le lui reprocher ?

— Personne, dis-je. Avez-vous les coordonnées de Mme Rodriguez ?

— Oui, quelque part.

— Voulez-vous nous rendre service en allant les chercher ?

Potter tordit le nez, comme si cette tâche était indigne de lui, mais il partit dans son bureau.

— Pourquoi abandonner le matériel ? m'interrogeai-je à voix haute.

— Combien de gens sans formation spécifique sont capables d'installer des paraboles ? répondit John. En plus, elles ne sont pas faciles à vendre au marché noir. La marque est inscrite sur...

— Agent Mahoney ? le héla Karen Getty, une technicienne de scène de crime du FBI.

En tenue de rigueur – combinaison blanche, gants en latex, surchaussures bleues –, elle se tenait près du fourgon, dont les deux portières arrière ouvertes laissaient voir des étagères, des boîtes de fournitures, six antennes satellites et des rouleaux de câble.

— Il y a quelque chose qui va vous intéresser là-dedans, dit-elle.

Nous la rejoignîmes tous les trois. L'utilitaire était immaculé.

— Éteins les lumières ! ordonna-t-elle à un collègue.

L'éclairage intérieur fut coupé. De même que les projecteurs puissants apportés en renfort. Getty prit une bouteille étiquetée LUMINOL et pulvérisa le liquide un peu partout.

Le luminol est un composé chimique qui émet une luminescence au contact de certains oxydants, comme le fer contenu dans l'hémoglobine. Même après un nettoyage approfondi de taches de sang, il en reste toujours quelques particules, que le luminol mettra brièvement en évidence par une lueur bleue.

Quelques gouttes de sang furent immédiatement visibles sur le plancher du fourgon à proximité des portières. Plus Getty vaporisait, plus il en apparaissait, jusqu'à ce que parois, plafond et sol ressemblent à une nuit étoilée.

— C'est quoi, ça ? s'étonna Potter qui venait d'arriver derrière nous.

Sampson se retourna pour le regarder.

— La preuve d'un massacre.

95.

Le lendemain matin, je me rendis avec John Sampson au domicile de Lourdes Rodriguez, la personne qui utilisait le fourgon le jour où il avait été volé. Elle demeurait à Silver Spring dans le Maryland, au huitième étage d'un immeuble en briques de moyen standing.

L'entrée du bâtiment était verrouillée. Je sonnai à l'interphone de l'appartement 805. Pas de réponse. John suggéra d'essayer le gardien, qui vivait peut-être sur place vu le nombre de logements. Par chance, il était là. La porte se débloqua dans un bourdonnement.

Nous pénétrâmes dans un hall datant des années 70, dont l'usure et la dégradation témoignaient de décennies de négligence.

— Ce n'est pas ici que j'habiterais si j'avais fait un bel héritage, observa Sampson.

J'étais d'accord. On aurait pensé qu'une femme de trente ans, nouvellement riche, choisirait plutôt l'une des résidences plus récentes et plus luxueuses du centre de Silver Spring ou…

Une porte s'ouvrit à notre droite. Un téléviseur beuglait le boniment de l'animateur d'*American Ninja Warrior*, une émission de télé-réalité. Un sexagénaire coiffé d'une kippa blanc et bleu sortit de l'appartement d'un pas lourd, en chaussons, une robe de chambre marron passée sur ses vêtements.

Il plissa les yeux derrière des lunettes rondes.

— C'est vous les flics ?

— C'est vous le gardien ? répondit John pendant que nous lui montrions nos insignes.

— Le seigneur de ce château. Arnie Feiffer en personne. En quoi puis-je vous être utile, messieurs les inspecteurs ?

— Nous venons voir Lourdes Rodriguez, expliquai-je.

— Pourquoi ? Qu'est-ce qu'elle a fait ?

— Nous avons seulement quelques questions à lui poser au sujet de son dernier emploi.

Après un moment d'hésitation, Feiffer céda.

— Je vous accompagne, si vous le permettez.

— Avec plaisir, dis-je.

— Suivez-moi, alors.

Il se dirigea de sa démarche traînante vers les ascenseurs. Sur l'un des deux était scotché un écriteau rédigé à la main : HORS SERVICE.

L'autre cabine nous emmena au huitième étage avec force tremblements et craquements. Les portes s'ouvrirent en grinçant sur un couloir malodorant à la moquette râpée.

Le gardien nous précéda jusqu'à la porte 805 et pressa la sonnette. Personne ne répondit. Il frappa. Toujours rien. J'étais sur le point de proposer de laisser nos cartes de visite avec un message pour Mme Rodriguez, lorsque s'élevèrent à l'intérieur le miaulement strident et les plaintes d'une bête manifestement en détresse.

— Un chat ? vitupéra Feiffer. Les animaux sont interdits ! C'est stipulé dans le contrat de location.

Après avoir échangé un regard entendu avec moi, John intervint :

— Vous avez parfaitement le droit de retirer ce chat de la propriété. Nous vous assisterons. C'est le moins que nous puissions faire.

Le gardien nous toisa avec méfiance.

— Vous ne chercheriez pas une raison pour entrer sans mandat, par hasard ?

— Il nous suffirait de prétendre avoir senti une odeur de gaz, répliqua John.

— Tout est à l'électricité, ici, objecta Feiffer, tandis que le chat miaulait de plus en plus frénétiquement.

— On dirait qu'il est affamé, le pauvre, remarquai-je. Nous devrions signaler ce cas de maltraitance à une agence de protection animale, qui enverra quelqu'un pour vous faire ouvrir.

La menace convainquit le gardien. À contrecœur, il sortit de sous sa robe de chambre un trousseau de clés, sélectionna le passe et s'en servit pour débloquer le verrou et la serrure.

Feiffer poussa la porte. Un chat tigré au pelage crème et cannelle bondit et se faufila entre nos jambes, si vite qu'aucun de nous n'eut le temps de l'attraper. Il détala dans le couloir, tourna au coin à droite et disparut.

— Je suis trop vieux pour ces emmerdements, geignit Feiffer, une main sur le front.

Je compris qu'il ne parlait pas du chat mais de l'appartement : il était totalement vide et nettoyé à fond.

96.

Feiffer entra lentement dans le modeste deux-pièces et nous le suivîmes. Il s'arrêta au milieu du séjour pour regarder autour de lui avec stupéfaction.

— Elle ne m'a pas prévenu de son départ !

— Il paraît qu'elle a fait un gros héritage, l'informai-je.

— Ah bon ? s'étonna le gardien, haussant un sourcil gris et broussailleux. Elle ne m'en a jamais rien dit, mais elle n'y était pas obligée. C'était quand ?

— Il y a quelques mois.

— Et avec tout cet argent, elle est quand même restée ici ?

Feiffer n'en revenait pas. Il connaissait la valeur de l'immeuble sur le marché.

— Pourrions-nous voir son contrat de location ? demanda John.

— Pourquoi ? fit l'autre, à nouveau méfiant.

— Eh bien, vous n'avez pas sa nouvelle adresse puisqu'elle a déménagé en douce, mais ce document comporte forcément des coordonnées bancaires et autres renseignements qui nous aideront à la trouver.

Feiffer y réfléchit puis acquiesça.

Après avoir vérifié que Rodriguez avait bien emporté toutes ses affaires, nous étions en train de sortir quand je remarquai derrière la porte un sac en kraft rempli de journaux. Je le ramassai. Les dates nous indiqueraient depuis combien de temps elle était partie.

Il y avait à l'intérieur une liasse de pages détachées, que je feuilletai rapidement.

Elles provenaient toutes du *Washington Post*, certaines remontant à un mois ou plus, des premières pages pour la plupart mais aussi quelques-unes de la section des actualités locales. Je continuai à les parcourir dans l'ascenseur et notai peu à peu un lien troublant entre elles.

Je gardai cela pour moi. Une fois seul avec John dans le hall pendant que Feiffer allait chercher le contrat, je remis la liasse dans le sac en kraft.

— On les emporte, dis-je.

— Pourquoi ça ?

— Tous ces journaux ont publié un article sur Gretchen Lindel ou sur l'une des autres disparues.

— Donc Lourdes Rodriguez aurait eu une bonne raison de prendre la tangente au milieu de la nuit.

— Peut-être bien.

Feiffer émergea de chez lui avec une chemise étiquetée : APPARTEMENT 805 — L. RODRIGUEZ. Je l'ouvris, compulsai rapidement les formulaires standard, puis mon regard tomba sur la photographie de la locataire agrafée au contrat.

— Hmm, fis-je en découvrant la fameuse Rodriguez sous un tout nouveau jour.

Je photographiai avec mon smartphone tout le dossier avant de le rendre à Feiffer.

— Ce sera tout ? Il faut que je retrouve ce chat !

Je le remerciai de nous avoir consacré du temps et quittai l'immeuble avec John. Dès que la porte se referma derrière nous, celui-ci me demanda :

— Qu'est-ce que tu as vu dans les papiers ?

— Mais je suis resté aussi impassible qu'un joueur de poker !

— Je te connais depuis qu'on a dix ans, Alex !

Je lui montrai la photo de la locataire.

— Lourdes Rodriguez ? J'ai rencontré cette dame sous un autre nom.

97.

Le complexe ultra-luxueux Union Wharf situé au bord de l'eau dans le quartier de Fell's Point était l'endroit le plus cher où se loger à Baltimore, avec des loyers cinq fois plus élevés que chez Feiffer. Le compte bancaire de Rodriguez ainsi que divers renseignements figurant sur son ancien contrat de location nous avaient servi à remonter à cette adresse.

Une camionnette de déménagement mal stationnée gênait la circulation sur South Wolfe Street. La porte d'une des résidences était bloquée pour laisser le passage à des hommes qui transportaient des meubles enveloppés dans des couvertures. Nous les suivîmes jusqu'à l'appartement 2E.

Il était grand ouvert. Du reggae s'en échappait. Les déménageurs entrèrent. Nous aussi.

Tandis que je me faufilais derrière John entre les piles de cartons encombrant le vestibule, j'entendis une voix connue :

— Faites attention à ça ! C'était à ma mère !

Le salon était doté d'une baie panoramique qui offrait une vue spectaculaire sur la marina. Vêtue d'un jean et d'un chandail rose un peu lâche, Lourdes Rodriguez faisait les cent pas devant les vitres en surveillant les manutentionnaires qui installaient une table.

Son visage afficha une moue perplexe lorsqu'elle aperçut John, son insigne à la main. Puis elle remarqua ma présence. Je m'avançai dans la pièce.

— Vous ne m'avez jamais envoyé votre nouvelle adresse e-mail, Annie.

L'espace d'une seconde, la junkie de l'amour parut sur le point de s'évanouir sous le choc. Elle balbutia faiblement :

— Docteur Cross ? Que faites-vous ici ?

— Je pourrais vous retourner la question, Annie. Ou Lourdes ?

Elle déglutit, le regard fuyant.

— Lourdes.

— Pourquoi avoir menti sur votre nom quand vous êtes venue à mon cabinet ?

Rodriguez battit des paupières, gonfla les joues, et jeta un coup d'œil aux déménageurs, qui sortaient.

— Et le secret médical, alors ?

— Levé lorsqu'il s'agit de meurtre, kidnapping et torture, intervint John.

— Mais de quoi parlez-vous ? s'écria-t-elle, déstabilisée, avant de se tourner vers moi. Docteur Cross, je suis venue vous consulter sous un nom d'emprunt uniquement à cause de mon addiction. Je ne suis pas une criminelle !

— Ce fourgon qui vous a été volé pendant que vous travailliez pour Dish Network, reprit John. Nous l'avons inspecté. Il est plein de traces de sang.

— Du sang ? (Elle baissa les yeux.) Je ne... Quelqu'un a pris le fourgon. Ça n'a rien à voir avec moi.

— Vraiment ? dis-je. Ce même véhicule a été filmé quand il a servi à l'enlèvement de deux adolescentes blondes en Pennsylvanie.

Sa mâchoire s'affaissa, et elle fit un pas en arrière.

— Drôle de coïncidence, enchaîna John. Étant donné tous les articles sur des filles disparues que vous avez laissés dans votre ancien appartement à Silver Spring.

— Sans compter que vous êtes partie de mon cabinet dans une voiture conduite par un homme se faisant passer pour Alden Lindel, le père d'une des jeunes filles en question.

Elle secoua la tête comme pour remettre ses idées en place.

— Une minute. Quel père ? Alden qui ?

— Non, son imposteur. Après votre seule et unique consultation avec moi, vous êtes montée dans son Nissan

Pathfinder. Je vous ai vue. Que trafiquez-vous, Annie, Lourdes, ou quel que soit votre vrai nom ?

— Le jour où j'ai quitté votre cabinet, j'ai appelé la société de transports Uber, expliqua-t-elle avec exaspération en écartant les bras. Ils m'ont envoyé quelqu'un. Vous pouvez vérifier. Je suis sûre que la course est dans leurs registres.

Uber ? Était-ce possible ? Le faux Lindel, un chauffeur… Quand on demande une voiture à cette société, c'est généralement la plus proche qui vient. Que fallait-il en déduire ? Que l'imposteur était déjà dans le coin, en train de surveiller ma maison ?

— Nous vérifierons, dit John. Et les articles de journaux ?

Rodriguez se massa la nuque, sans nous regarder ni répondre.

— Tout finira par sortir à un moment ou à un autre, la pressai-je. Les juges sont plus cléments avec le premier qui dénonce ses complices dans une association de malfaiteurs.

— Malfaiteurs ? protesta-t-elle. Non, ce n'est pas du tout ça. Pas vraiment.

— Bon sang, soyez plus claire !

À présent en pleine panique, elle se tordit les mains, puis les leva en signe de reddition.

— Bon, d'accord, j'ai été mêlée à une histoire dans le passé, docteur Cross, et… je vous raconterai tout ce que je sais. Absolument toute la vérité. Parole d'honneur.

98.

Deux heures et quarante-cinq minutes plus tard, John quittait la I-95 à Philadelphie pour prendre Front Street, une rue parallèle à cette autoroute et au fleuve Delaware. Le temps changeait. Des nuages noirs s'accumulaient à l'horizon du côté ouest.

— Ce Chalabi est un tordu de première classe, fit observer John.

— Il ne sera pas le premier à réussir dans le cinéma de cette façon.

Pour la quatrième ou cinquième fois, nous récapitulâmes les points principaux de la confession de Rodriguez. L'un de ses amis d'enfance, Casey Chalabi, avait toujours voulu être réalisateur.

— Il s'est retrouvé à faire des films pornos sous le pseudo de Dirk Wallace, nous avait-elle raconté. SM, bondage, le sexe le plus hard.

Il avait économisé une partie des recettes pour financer la production d'un film d'horreur dont il avait écrit le scénario.

— Dans ce genre-là, le tournage ne coûte pas cher. Casey affirmait qu'on peut s'en sortir à moins d'un million de dollars. James Wan a bien fait *Saw* pour à peine cinq cent mille et ça lui a rapporté dans les cinquante-cinq millions. Casey prenait Wan comme modèle.

Mais même avec l'argent du porno, son budget était trop serré pour son film d'horreur. En apprenant qu'elle allait hériter la fortune d'un grand-oncle, il avait immédiatement harcelé Rodriguez pour qu'elle investisse des fonds dans sa production.

— La succession n'était même pas clôturée ! J'ai puisé dans mon compte d'épargne et je lui ai donné cinq mille dollars. Et encore cinq mille. Ensuite, Casey m'a demandé le fourgon dont je me servais chez Dish. Il prétendait ne pas avoir de quoi en acheter ou en louer un, malgré le fric que je lui avais déjà passé, et celui-là était parfait. Il voulait que je le lui prête pour une seule nuit.

— Qu'avez-vous répondu ?

— J'ai refusé, évidemment. Mais Casey est un fumier qui ne lâche jamais le morceau.

John avait haussé les sourcils.

— Vous dites que c'est Chalabi qui a piqué le fourgon ?

— J'en mettrais ma main à couper. Au fait, le sang à l'intérieur, il est humain ?

— On ne sait pas encore, avais-je répondu.

— C'est sûrement du sang de cochon. Il en utilise beaucoup dans les scènes les plus gores de *Blade*.

J'avais réfléchi à cela un moment.

— Donc, il vole votre fourgon et s'en sert pour une scène de meurtre dans son film. Je ne vois toujours pas bien le rapport entre ça et les articles de presse que nous avons trouvés chez vous.

Rodriguez avait avalé sa salive avant de s'expliquer :

— Je n'ai pas eu de nouvelles de Casey depuis que je l'ai envoyé bouler, mais j'ai lu son script il y a longtemps. C'est l'histoire de quatre sœurs qui héritent d'une usine désaffectée et d'une vieille maison victorienne. La suite, c'est comme tous les navets de ce genre. Sauf pour les sœurs. Elles sont blondes et éthérées. Toutes les quatre. Et elles se font tuer, une par une.

Une motivation suffisante pour rouler jusqu'à Philadelphie dans le but de discuter face à face avec M. Chalabi.

Rodriguez nous avait fourni la dernière adresse qu'elle lui connaissait. Elle pensait que c'était là qu'il avait tourné ses pornos. L'endroit fut facile à trouver, une ancienne école rebaptisée Emerson et reconvertie en lofts et espaces de création, dans la même rue que le Theatre of Living Arts.

Nous n'avions pas le nom exact de la société de Chalabi car Rodriguez ne s'en souvenait pas, mais sur le tableau du hall d'Emerson était listé C.C. PRODUCTIONS. Premier étage, unité 2, comme elle avait dit.

Après être montés par l'escalier, nous suivîmes un long couloir qui desservait des studios et des ateliers d'artistes évoluant dans le monde du spectacle. Certains étaient ouverts. Une odeur agréable flottait dans l'air et l'on entendait de la musique.

Dans l'ensemble, les lieux émettaient de bonnes vibrations, ce qui me dérouta alors que nous atteignions la porte close de C.C. PRODUCTIONS. J'imaginais mal les gérants d'Emerson autoriser le tournage de films pornographiques ou d'horreur.

John frappa un coup sec, tourna la poignée et poussa la porte. Après un seul regard, je jurai intérieurement.

C.C. PRODUCTIONS était une société de films d'animation. Des affiches de dessins animés décoraient le mur derrière un poste informatique où travaillait une Amérindienne d'une vingtaine d'années. Elle leva les yeux et sourit.

— Vous désirez ?

— Nous cherchons Casey Chalabi, répondit John.

— Je suis Cassandra Chalabi.

— Il y a eu erreur, m'excusai-je, furieux. Pardon pour le dérangement.

John referma derrière nous.

— Rodriguez nous a bien eus ! bougonna-t-il.

— Une vraie pro. Quelle mythomane !

— Combien tu paries qu'elle est en train de concocter une troisième histoire depuis qu'on l'a quittée ?

— Pas un penny. Lourdes Rodriguez, Annie Cassidy, peu importe son nom, a déjà mis les voiles.

99.

Nous redescendîmes dans le hall de l'immeuble. Dehors l'obscurité s'était installée, un déluge glacial s'abattait sur les passants, qui se hâtaient, le dos courbé sous l'orage.

— On va se faire doucher ! dit John.

— Allez, on court !

J'ouvris la porte et bondis dans la rue. La pluie charriée par un vent violent du nord me mitraillait le visage, me forçant à baisser la tête, mon avant-bras sur le front pour me protéger les yeux pendant que je fonçais à l'aveuglette vers la voiture.

Au passage piéton de Seventh Street, je marchai dans un nid-de-poule ; mon pied droit fut immergé tandis que ma cheville et mon tibia heurtaient le bord du trou, ce qui me fit trébucher et m'étaler devant une Chrysler Sebring arrêtée au feu rouge.

Mais cette chute me sauva probablement la vie, car au moment où je tombais un bruit sec retentit et le phare droit de la Sebring explosa.

— Tireur ! hurla John.

Il m'attrapa par le dos de ma veste, me traîna derrière la berline et m'aplatit sur le sol juste avant qu'une deuxième balle percute la calandre et perfore le radiateur, qui lâcha aussitôt de la vapeur. Le conducteur se mit à crier dans une langue que je ne connaissais pas. Ma cheville criait, elle aussi, mais de souffrance. Serrant les dents, je sortis mon arme de service et mon insigne.

— Où est-il ? demandai-je à John.

— J'ai vu un éclair à la première détonation, légèrement en hauteur, au coin nord-ouest du carrefour. Et d'après le son, il a un silencieux.

Je me redressai malgré la douleur dans ma jambe pour regarder par-dessus le capot de la berline à travers les trombes d'eau. Le feu sur South Street, une rue en sens unique, devint orange. Deux voitures le franchirent de justesse. Leurs phares puissants m'éblouirent jusqu'au troisième tir.

J'aperçus néanmoins la lueur de la déflagration, puis le pare-brise et la vitre passager de la Sebring se fragmentèrent, traversés par le projectile. Je m'accroupis, entendant les cris d'effroi du conducteur virer à l'hystérie.

— Un pick-up garé sur South Street, annonçai-je.

Le feu passa au vert dans Seventh Street. Le type affolé de la Sebring écrasa la pédale d'accélération, mais après quelques soubresauts son moteur cala et se mit à fumer trois mètres plus loin. Plusieurs véhicules derrière nous essayèrent de contourner l'obstacle.

Des klaxons énervés s'élevèrent un peu partout.

John m'avertit :

— Le pick-up brûle le feu rouge.

D'un seul mouvement, je me relevai et courus placer mon pistolet en appui sur le rétroviseur côté passager de la Sebring. Je visais le pick-up se faufilant entre les véhicules qui faisaient des embardées pour l'éviter. Durant quelques secondes je n'eus aucune cible humaine.

Enfin, je distinguai sur le plateau du pick-up une silhouette masculine de profil en vêtements noirs, debout contre la cabine. L'individu changea de position, exposant son arme et le silencieux au bout du canon.

— Fusil ! hurlai-je.

Je tirai sur l'homme, sans réussir à l'atteindre. Il riposta et me rata également. La balle de John, cinquante centimètres trop à droite, le manqua et fit éclater la vitre du chauffeur. Le pick-up freina brusquement. Une Volvo tournant dans South Street le percuta par derrière ; le type au fusil perdit l'équilibre et s'affala au fond du plateau.

Je clopinai sur les talons de John qui chargeait, insigne brandi pour stopper la circulation. Je sentais dans mes tripes que quelque chose de terrible allait arriver à mon coéquipier si je ne restais pas près de lui pour le couvrir.

La Volvo faillit nous écraser en reculant. Nous la contournâmes alors que les feux de stop du pick-up s'éteignaient et qu'il se remettait à rouler. Il passa sous des réverbères, à petite vitesse. Comme nous courions à sa hauteur, j'aperçus l'homme au volant : mal rasé, tignasse noire, joues écorchées par les éclats de verre. Il accéléra. Son complice se redressa à genoux dans le plateau et nous nargua d'un sourire arrogant.

Le pick-up s'éloigna, et il s'était fondu depuis longtemps dans un magma de feux arrière rouges lorsque les sirènes de la police hurlèrent enfin. Nous rebroussâmes chemin vers la Sebring fumante à l'arrêt sous la pluie toujours aussi drue. Je boitais de plus en plus.

— La plaque d'immatriculation n'était pas éclairée, dit John, dégoûté. L'ampoule a dû se casser quand la Volvo lui est rentrée dedans.

— Par contre, le tireur était en pleine lumière, répliquai-je, me sentant berné et manipulé. Il aime se faire appeler Alden Lindel.

CINQUIÈME PARTIE

TOUTES LES BLONDES DOIVENT MOURIR

100.

Le lendemain soir, allongé sur mon canapé avec la cheville surélevée et enveloppée de glace, je regardais un reportage d'une chaîne locale sur la fusillade de la veille.

À l'abri sous un parapluie, Nathan Wills, le substitut du procureur fédéral, pérorait devant la caméra.

— Voilà que l'inspecteur Cross remet ça, déclara-t-il avec une moue écœurée. Il n'a pas repris le travail depuis une semaine que les balles fusent déjà dans tous les sens.

— Elles ont d'abord fusé dans ma direction, maugréai-je.

Je pressai rageusement les boutons de la télécommande pour éteindre le téléviseur. Bree quitta la partie cuisine de l'extension et posa un café sur le guéridon près de moi.

— La hiérarchie en est consciente, Alex.

— Michaels m'a de nouveau suspendu. Ça recommence.

— C'est la procédure, me rappela-t-elle en s'asseyant à mes côtés. Sampson ne s'en tire pas mieux que toi.

— Sa cheville, si.

— Très juste.

Un silence s'installa entre nous et se prolongea. Je contemplais l'écran noir, me demandant pour la centième fois pourquoi le faux Alden Lindel faisait une telle fixation sur moi. Appartenait-il à la bande qui avait tenté de me faire condamner pour meurtre ? Prenait-il la relève de Claude Watkins et Kimiko Binx ?

Quel rôle jouait Lourdes Rodriguez ? Était-ce d'ailleurs son véritable nom ?

Nous avions expliqué au chef Michaels qu'elle nous avait envoyés dans un guet-apens mortel à Philadelphie, mais à la suite de la tempête médiatique déclenchée par la fusillade, il n'était pas d'humeur à nous obtenir un mandat de perquisition pour son nouvel appartement.

— Je ne suis plus sûr que ça en vaille encore la peine, soupirai-je en regardant Bree. D'être flic, je veux dire.

Elle inclina la tête sur le côté, fronça les sourcils et reposa sa tasse de café.

— Tu es sérieux ?

— Je sais en tout cas que je tiens à continuer mon activité de psychologue, mes consultations, au moins à temps partiel. Ça me plaît. J'ai l'impression d'être à ma place et plus utile que lorsque je traque des criminels, Bree.

Elle me dévisagea, battit des paupières.

— Tu es vraiment sérieux, alors.

— Oui, il me semble que le moment est venu. La majorité des gens exercent cinq métiers au cours de leur vie, paraît-il. C'est peut-être comme thérapeute que je donnerai le meilleur de moi-même à l'avenir.

— Une vocation plus noble ?

— Est-ce si difficile à concevoir ?

Bree me sourit, avec toutefois une pointe de tristesse.

— Non, je le comprendrais chez un flic ordinaire qui en aurait trop vu. Mais tu n'as rien d'un flic ordinaire, Alex Cross.

— Ça se discute.

— Ce n'est pas ce que racontent les citations et médailles qui encombrent ton bureau au grenier. Ni toutes ces familles de victimes que tu as aidées en étant simplement toi, un professionnel brillant et déterminé, doté d'un sens moral indéfectible.

— Je suis trop impulsif. Je me fais tirer dessus. Très souvent.

— Parce que tu as le don de dépister les crapules et de contrarier leurs plans. Tu y arrives presque toujours, Alex. Très, très peu d'enquêteurs peuvent en dire autant.

Avant que je n'aie pu réagir, Ali déboula dans la cuisine et nous rejoignit.

— Papa ! Je crois que j'ai enfin trouvé mon sport !

Si mon benjamin est le plus intelligent de mes trois enfants, en revanche le sport n'est, en un mot, pas son fort. Ali avait de tâté plusieurs – baseball, basket et même lacrosse – mais le déclic ne se produisait jamais et il se faisait régulièrement des croche-pieds tout seul.

— J'espère que tu n'as pas choisi le hockey sur glace.

— Quoi ? lâcha-t-il sur un ton froissé. Mais non !

— Le saut d'obstacles en équitation ?

— Non, les fléchettes.

— Les fléchettes ?

— Il y a un tournoi bientôt, expliqua-t-il. Je me suis grave entraîné chez mon copain Charley après l'école, mais il me faut une cible à moi et du bon matériel pour que j'aie une chance de me qualifier.

Comme ma cheville m'élançait brusquement, je fermai les yeux. J'entendis Bree demander :

— Où a lieu ce tournoi ?

— Dans un bar de Capitol Hill.

— Un bar ? répétai-je en rouvrant les yeux.

— En fait, c'est un pub. Je passe tous les jours devant après que le bus me dépose.

— Pas question que tu te rendes dans un bar ou un pub pour y jouer aux fléchettes.

— Y a un prix de dix mille dollars, p'pa !

— Tu n'as pas l'âge de traîner dans un établissement où on sert de l'alcool.

— Mais si, j'ai demandé au patron. J'aurai le droit de participer au tournoi à condition que tu m'accompagnes.

La sonnette de la porte d'entrée retentit.

— Je vais ouvrir, fit Bree.

— Ali va s'en charger.

— J'aurai ma cible, p'pa ?

— Commence déjà par obéir !

Après une hésitation, il détala.

— Des fléchettes dans un pub ? dit Bree en réprimant sans succès un sourire.

— Nana Mama va en faire tout un plat ! répliquai-je, hilare.

— Avec entrée et dessert si ça devient une habitude !

— Un tournoi de fléchettes… marmonnai-je en secouant la tête.

J'étais sidéré par la rapidité avec laquelle Ali passait du quasi-adulte analytique et perspicace, à l'enfant attiré par tout ce qui brille. L'entendant revenir au pas de charge, je m'attendais à ce qu'il me tanne pour son matériel. Au lieu de quoi il lança, tout essoufflé :

— C'est Ned et Krazy Kat !

101.

La mèche de Keith Rawlins, reteinte en rouge flamboyant et gominée, se dressait à nouveau sur son crâne telle la glorieuse crête d'un coq. Mais l'expert en cybercriminalité, d'ordinaire pétulant, manquait d'entrain quand il pénétra dans la pièce.

— Mister Cross, chef Stone. J'ai un truc à vous montrer. Vous permettez que je connecte mon ordinateur à votre télé ?

— Allez-y, répondit Bree.

— Qu'est-ce qui se passe ? interrogeai-je Mahoney, qui arrivait à son tour après avoir échangé quelques politesses avec Nana Mama et mon père.

— Rawlins croit savoir pourquoi Lourdes Rodriguez a quitté si soudainement et sans prévenir son appartement de Silver Spring. Il a commencé à me l'expliquer en chemin, mais j'ai très vite été largué.

— Je vais essayer de simplifier encore plus, agent Mahoney, rétorqua Rawlins d'un ton agacé tout en pianotant sur son clavier.

L'instant d'après apparaissaient des lignes de codes sur l'écran du téléviseur, un méli-mélo de lettres, chiffres et symboles que Rawlins fit défiler jusqu'à trouver ce qu'il cherchait. Il mit en surbrillance une séquence dans la mer de codes.

— Voici un horodatage correspondant au moment où la fiche de Lourdes Rodriguez a été ajoutée à la base de données du FBI dans le cadre de l'enquête en cours.

Rawlins tapa une requête. Une nouvelle page de codes s'afficha. Il y sélectionna aussi une séquence.

— Deux secondes après l'introduction du nom de Rodriguez, expliqua-t-il, ce deuxième horodatage s'est enregistré dans un autre logiciel, un que nous connaissons bien, ce fameux malware ingénieux et révélateur que j'ai repéré dans l'ordinateur d'Alex, puis dans le serveur du FBI.

— Ce serait donc le nom de Rodriguez qui aurait activé le malware ? demanda Bree.

— Et le malware a activé le départ de Rodriguez de son appart. C'est rageant parce que j'aurais dû m'en apercevoir plus tôt, mais après mon marathon pour ressusciter l'iPhone de Timmy Walker, je suis rentré chez moi où j'ai dormi vingt heures d'affilée, et je me suis réveillé avec une méchante gastro qui m'a fait perdre encore plus de temps.

Rawlins était enfin retourné à son laboratoire ce matin pour y découvrir l'alerte émanant du code qu'il avait inséré dans le malware.

— Où a été envoyé le message concernant Rodriguez ? s'enquit Bree.

— Il a transité via Tor, bien entendu, répondit Rawlins tout en jouant du clavier. Douze routeurs au total. Mais grâce à mon code de traçage qui s'intègre automatiquement dans tout ce qui est émis par le malware, j'ai pu le pister.

Une carte du monde se déploya sur l'écran, avec des épingles vert fluo figurant les routeurs et des flèches orange pour indiquer dans quelle direction avait circulé le message après avoir franchi les relais. De Quantico à l'Inde, puis la Chine, les Philippines, l'Équateur et ainsi de suite, jusqu'à ce que le nom de Rodriguez atteigne le Japon.

— Ça fait seulement onze routeurs, remarqua Ali. Vous avez dit douze.

— En effet, convint Rawlins en enfonçant une touche.

Sur le téléviseur, la carte fut remplacée par une image satellite de Google Earth, un damier de bois et de parcelles agricoles.

— Vous avez sous les yeux une zone rurale dans le sud-ouest de la Pennsylvanie, à l'est de la forêt de Michaux.

Il zooma ensuite sur un ensemble de trois bâtiments. Le plus grand, véritable manoir, trônait au bord d'un étang entouré de feuillus et de bosquets de pins.

— Voici une demeure de plus de mille mètres carrés avec garage, remise et étang de pêche privé. Notez les paraboles sur le toit. Leur nombre est excessif, même pour une maison de cette taille.

— C'est là qu'a abouti le message après le Japon ? demandai-je.

— Indubitablement.

— Qui en est le propriétaire ?

L'expert en cybercriminalité prit un air grave.

— Nash Edward Edgars. Vous n'avez sans doute jamais entendu parler de lui, mais ce monsieur est tristement célèbre dans certaines sphères. Des sphères qui se dissimulent souvent au fond du *dark web*.

Rawlins décrivit Edgars comme un concepteur informatique proche de la quarantaine, reclus, secret et extrêmement riche. À dix-sept ans, après une première année à Cal Poly, l'université polytechnique de Californie, il avait arrêté ses études pour devenir, dans l'ombre, le programmeur de plusieurs start-up florissantes.

— Ça, c'est son CV officiel, précisa Rawlins. Ses trafics dans le *dark web* ne sont que rumeurs et conjectures, mais des personnes bien informées soutiennent qu'Edgars opère et se développe dans le web crypté, anonyme et non réglementé depuis dix ans. Voire plus.

Je scrutai l'écran.

— Qu'est-ce qui le relie à Rodriguez ?

— Je ne sais pas exactement.

— Pas de photo de lui ?

— Une seule, de mauvaise qualité, vieille de sept ans, répondit Rawlins. Mais d'abord… (Il entra une commande sur son ordinateur.) Voilà. C'est une chance que ces images aient été prises à la fin de l'hiver ou au début du printemps, sans quoi cela m'aurait échappé.

Rawlins fit défiler la vue satellite de Google Earth, dépassant les bâtiments, survolant le bois, jusqu'à un endroit où l'on pouvait voir à travers les branches de feuillus dénudés.

Il positionna le curseur sur une tache et zooma, dévoilant un nouvel édifice, une sorte de long entrepôt avec un toit en tôle. Puis il déplaça le curseur vers une seconde tache qu'il agrandit aussi : les contours d'un grand carré apparurent.

— C'est quoi ? m'enquis-je.

— Je pense que ce sont d'anciennes fondations, avec ici un haut mur en pierres semblable à celui contre lequel était appuyée Gretchen Lindel lors du simulacre d'exécution.

— Nom d'un chien ! lâchai-je en me penchant en avant. Vous nous la montrez, cette photo d'Edgars ?

Ma demande parut agacer Rawlins, qui pianota sur son clavier.

— Donnez-moi une seconde pour la retrouver. Mais ce qu'il est essentiel de comprendre, c'est qu'Edgars n'a pas abandonné ses études pour imiter Bill Gates et tracer sa propre voie à dix-sept ans. Il a en fait été viré de Cal Poly mais, comme il était mineur à l'époque, le dossier est scellé.

— Une idée du motif du renvoi ? s'enquit Bree.

— Je le connais précisément, se rengorgea Rawlins.

Apparut alors à l'écran la photographie floue de deux hommes quittant un restaurant dans une rue citadine. L'un avait une tignasse noire et une mise négligée : barbe de trois jours, jean, tee-shirt du groupe Metallica et tongs. Un peu plus âgé, son compagnon arborait des lunettes d'aviateur et une coupe de cheveux militaire.

Même brouillée, l'image me noua l'estomac.

— Voici Nash Edgars, annonça Rawlins en plaçant le pointeur de la souris sur le barbu. L'autre s'appelle Mike Pratt, c'est son garde du corps.

— Edgars conduisait le pick-up hier soir à Philadelphie, déclarai-je. Pratt, c'est le tireur, ainsi que l'imposteur d'Alden Lindel.

Vexé de se faire voler la vedette, Rawlins se ressaisit.

— Attendez de voir mon tour de magie final. J'ai hacké le système de Cal Poly pour consulter le dossier d'Edgars. En première année, il a été accusé d'agressions sexuelles sur trois étudiantes. Toutes des blondes.

102.

Des volutes de vapeur s'échappaient de nos lèvres à 4 h 10 le lendemain matin.

Tous en anorak, gants et bonnet de laine pour résister au froid glacial, nous étions réunis autour d'un ordinateur vissé à une table métallique dans un PC mobile du FBI. Le fourgon était en planque à trois kilomètres de chez Nash

Edgars dans la cour d'une ferme laitière dont l'exploitant n'avait guère d'estime pour son voisin reclus.

— Donnez-nous la liaison avec le drone, réclama Mahoney par téléphone portable.

La parfaite définition de Google Earth fut remplacée à l'écran par le gris-vert opaque d'arbres aux branches nues puis de la route qui menait au domaine d'Edgars. La caméra thermique mit en évidence des silhouettes : deux hommes armés en faction devant le portail. Le drone poursuivit son vol jusqu'au manoir, sans détecter d'autre présence humaine ni grand-chose de significatif.

— Le pilote m'informe que l'isolation épaisse des murs empêche de savoir s'il y a des gens à l'intérieur, rapporta Mahoney. Mais partons du principe que la baraque est défendue par des gardes et tout un arsenal.

— C'est sage, approuvai-je.

— Maintenant, allez à l'entrepôt dans le bois, ordonna Mahoney au pilote, toujours au téléphone.

L'appareil télécommandé s'immobilisa au-dessus du bâtiment. Ses capteurs thermiques dessinèrent les contours vagues de quatre corps, allongés ou recroquevillés, chacun seul dans une petite pièce.

— Il pourrait s'agir de quelques-unes de nos disparues, suggéra l'agent spécial Batra.

— C'est clair, dit Bree en sirotant un café fumant.

— Voilà qui change la donne, convint Mahoney. Remontrez-moi l'image sur Google Earth.

Rawlins afficha de nouveau la vue satellite. Mahoney indiqua une butte rocheuse à la limite nord de la propriété.

— Cet emplacement en hauteur est idéal. Nous y posterons quatre agents pour couvrir cette issue.

Une tache sombre attira mon attention parmi les arbres en bordure d'un ruisseau à l'est de la butte, mais avant que je n'aie pu le signaler Rawlins repassa aux images du drone ; la forêt continua de défiler en gris-vert sans que les infrarouges permettent de distinguer d'autres formes de vie.

— Merci pour le survol, dit Mahoney dans son portable.

Puis il répartit les missions entre la Hostage Rescue Team ou HRT (l'unité de libération d'otages), et les forces d'intervention du SWAT. Quatre agents pénétreraient dans le domaine par l'angle nord-est. Une équipe HRT de six personnes se mettrait en position dans les bois autour de l'entrepôt pour y donner l'assaut aussi vite que possible. Bree, Sampson et Mahoney gagneraient la propriété dans la même voiture puis, précédés par un commando, s'introduiraient dans la maison pour arrêter Edgars et Pratt.

— Alex, toi tu seras dans un véhicule de renfort avec Batra et Rawlins, conclut-il, et tu n'en descends pas jusqu'à ce que tout danger soit écarté.

Bree devança mes protestations :

— Sois raisonnable, Alex. Avec ta cheville blessée, tu ne seras pas très utile si ça dégénère.

— Elle ne m'handicape pas vraiment, je n'ai même pas besoin de béquilles. Mais bon, je comprends.

— On te laissera une radio, dit Mahoney. Pour une fois, tu devras te contenter d'écouter les autres agir.

103.

Tandis que je m'installais en boitillant à l'arrière de la Chevrolet Tahoe noire de l'agent Batra, force est de reconnaître que je culpabilisais de vouloir participer à un assaut et à une tentative de libération d'otages.

La veille encore, j'expliquais à Bree que je souhaitais quitter la police, m'épargner ce genre de situation dangereuse où l'adrénaline se diffuse, où l'on a les sens en éveil, hyper affûtés.

Mais alors que je refermais la portière et que Batra démarrait, je sus qu'une part de moi ne pourrait jamais renoncer à la traque policière. Pas complètement. La profession de psychologue a ses propres gratifications, profondes et enrichissantes, mais cela ne remplacera jamais l'ivresse d'arrêter les criminels, de mettre fin à leurs agissements et de veiller à ce qu'ils soient justement châtiés.

« C'est parti ! » annonça Mahoney. Sa voix me parvenait via la radio et le casque qu'on m'avait fournis.

— Excitant, hein, Mister Cross ? me lança Krazy Kat Rawlins en se retournant sur le siège avant.

Batra alluma ses phares et suivit la Tahoe de Mahoney sur une route de campagne.

— Le tout, c'est de ne pas se laisser emporter par l'excitation, répondis-je. Il faut garder la tête froide.

— Oh, bien sûr, répliqua-t-il, son enthousiasme un peu douché. C'est juste que j'ai hâte de voir Nash Edgars menotté et de lui balancer que j'ai été meilleur que lui. Ça vous arrive de ressentir la même chose ?

— De temps en temps, oui.

— Et maintenant ?

— Là, j'ai surtout hâte que ces femmes soient retrouvées saines et sauves.

Dans mes écouteurs, j'entendis Mahoney : « On est à moins d'un kilomètre. HRT : go. SWAT : go. »

Les accusés de réception se succédèrent, et je visualisai dans ma tête les agents activant leurs lunettes à infrarouge, s'enfonçant dans les bois pour atteindre l'entrepôt où étaient retenues captives quatre des blondes kidnappées. Comme nous arrivions en haut d'une montée, j'aperçus un énorme blindé noir à six roues motrices qui s'arrêtait devant le portail. Je pensais que les gardes allaient se rendre immédiatement, mais pas du tout ; il y eut des éclairs à travers la grille et la radio nous informa d'une fusillade.

« Forcez le passage », ordonna Mahoney.

L'imposant véhicule du FBI recula, puis percuta à grande vitesse le portail en acier qui fut arraché de ses gonds. Les postes de tir du blindé décochèrent plusieurs salves sur les hommes qui avaient détalé entre les arbres en direction de la demeure sur la colline. À la suite du blindé, Mahoney franchit le portail défoncé, et nous fermions le convoi.

« HRT ? demanda Mahoney.

— Objectif à deux cents mètres, répondit le commandant. Pas encore de visuel sur l'entrepôt, par contre il y a des lumières de votre côté, au sommet de la colline. »

Le véhicule du commando accéléra après ce rapport et disparut dans un virage de la longue allée en lacets. Le temps que nous atteignions à notre tour le groupe de trois bâtiments, des projecteurs illuminaient la cour. Dix agents du SWAT en tenue d'assaut sautèrent du blindé et se déployèrent en binômes vers le manoir, une construction moderne combinant le verre, la pierre et le séquoia.

De l'autre côté de la cour, les portes basculantes du garage étaient relevées. Il n'était pas éclairé, mais la lumière des projecteurs à l'extérieur suffisait. Il y avait une Range Rover blanche dans le premier box, un pick-up noir dans le deuxième et plusieurs quads et motos tout-terrain dans le troisième.

Tiens, un pick-up noir, songeai-je. *Je parie que la vitre du conducteur a été fracassée par une balle.*

Devant nous, Mahoney descendit de voiture. Pris dans le faisceau des phares de Batra, il cligna des yeux et lui fit signe de les éteindre. Bree et Sampson sortirent également de la Tahoe. Les communications radio de l'unité d'intervention et de la HRT devenaient incessantes. Un effet larsen parasita temporairement mon casque.

Quatre agents emboutirent avec un bélier la porte du manoir et s'engouffrèrent à l'intérieur.

Dans le bois au nord, la HRT encerclait l'entrepôt au revêtement en contreplaqué. Les images thermiques montraient que les quatre personnes s'y trouvaient encore, toujours allongées ou roulées en boule. Cela ne me sembla pas normal ; elles auraient dû être à présent debout ou assises. N'avaient-elles pas entendu les coups de feu ? À moins qu'elles ne soient ligotées ? La consigne de Mahoney résonna dans mes écouteurs : « HRT, allez-y, et faites-les sortir ! Maintenant !

— RAS pour le hall et le salon du rez-de-chaussée ! annonça un agent depuis le manoir.

— RAS au sous-sol ! » renchérit un autre.

— Mais où est Edgars ? s'inquiéta Rawlins. Ne me dites pas qu'il a filé !

Malgré les vitres fermées de notre voiture, la soufflerie du chauffage et les échanges radio dans nos oreilles, nous entendîmes tous la première déflagration.

104.

« Agent HRT à terre ! cria le commandant de l'équipe de libération des otages. Je répète, agent à terre. L'entrepôt est piégé !

— Repli et maintien de la position, décréta Mahoney. État de l'agent ?

— Il lui faut une évacuation sanitaire en urgence.

— Je demande tout de suite un hélico. »

Le capitaine qui supervisait la fouille de la demeure d'Edgars ordonna : « Cherchez des engins explosifs, les gars.

— RAS dans la cuisine, dit l'un de ses hommes.

— Salle de cinéma O.K., rapporta un autre.

— C'est bon pour les placards et les toilettes du rez-de-chaussée, ajouta une quatrième voix.

— Rez-de-chaussée entièrement sécurisé », déclara le capitaine.

Bree et Sampson quittèrent Mahoney pour se diriger vers la maison. Rendu claustrophobe par l'anxiété, j'ouvris ma portière.

— Vous devez rester dans la voiture, Cross, me signifia Batra.

— Je vais attendre dehors.

Je sortis et refermai la portière. Ma femme et mon coéquipier pénétrèrent dans le manoir, où les agents du FBI inspectaient maintenant l'étage. Mahoney informa le commandant de la HRT que les secours seraient là dans onze minutes, puis il entra à son tour. J'entendis une partie des échanges entre le commandant et le secouriste dans l'hélicoptère sanitaire. Une petite charge avait explosé au moment où l'agent avait forcé la porte. Des morceaux de métal s'étaient logés dans sa cuisse droite, sectionnant l'artère fémorale. On lui avait fait un garrot pour qu'il ne se vide pas de son sang et on s'apprêtait à le transporter à travers les bois jusqu'à la route.

« Bien reçu, dit le secouriste. On est à sept minutes. »

Depuis le manoir, un agent déclara : « RAS palier et couloir à l'étage.

— Toutes les chambres sécurisées, assura un autre. La maison est déserte, capitaine. »

Un sifflement aigu se déclencha dans mes écouteurs, si fort que je craignis d'en avoir les tympans percés. Je retirai le casque et le fourrai dans ma poche.

Soudain, les fenêtres sombres à l'étage donnant sur la cour s'illuminèrent, en même temps que des tirs d'armes automatiques résonnaient à l'intérieur. Deux, trois mitraillettes, peut-être plus.

Je m'approchai en boitillant, priant pour voir Bree, Sampson et Mahoney battre en retraite par la porte d'entrée. Mais ils n'apparaissaient toujours pas tandis que la fusillade continuait par salves successives, et…

— Cross ! rugit Batra dans mon dos.

Je l'ignorai, entraîné par le désir irrésistible de mettre un terme à toute cette violence. Mais les tirs cessèrent au moment où je dépassais la Tahoe de Mahoney et m'engageais dans la cour. Je perçus un mouvement dans le troisième box du garage, juste avant l'explosion d'une seconde bombe, nettement plus proche, de l'autre côté du manoir.

Sous la puissance du souffle, les projecteurs clignotèrent et s'éteignirent. Le silence retomba.

C'est alors qu'un cri aigu s'éleva dans le garage, un hurlement terrifié, primitif, que je ne suis pas près d'oublier.

Comme je clopinais aussi vite que possible dans cette direction, pistolet et Maglite sortis, un gros véhicule carré jaillit du troisième box. J'eus le temps de l'éclairer avant qu'il ait traversé la cour pour s'enfoncer dans la forêt : un quad Honda Pioneer 1000 rouge et noir à deux places avec benne à l'arrière.

J'entraperçus à peine le conducteur et le passager, mais l'adolescente blonde saucissonnée, bâillonnée et les yeux bandés était parfaitement visible dans la benne. C'était Gretchen Lindel, qui se débattait entre ses liens et tentait d'appeler à l'aide. Puis le Honda disparut.

— Batra ! l'alertai-je, tout en balayant le garage avec le faisceau de ma torche électrique qui se posa sur un petit quad Kawasaki. Batra !

Les coups de feu reprirent à l'intérieur de l'habitation, étouffant ma voix.

Sans me soucier de la douleur qui vrillait ma cheville, je boitai jusqu'au tout-terrain. Je sortis la radio de ma poche et arrachai le câble du casque, pensant atténuer ainsi le larsen. Mais comme c'était encore pire, je dus baisser le son presque au maximum.

Ma Maglite éclaira le contact du quad : pas de clé. Je finis par la dénicher sous le siège, dans un compartiment de rangement. J'enfourchai l'engin, repérai les commandes, allumai les phares et démarrai.

Espérant que Batra me verrait partir, je bondis hors du garage dans un rugissement de moteur, m'engageai sur la piste à deux voies menant à la forêt et mis les gaz.

105.

Pendant que les agents ratissaient l'étage, Bree, Sampson et Mahoney patientaient au rez-de-chaussée dans un vaste espace ouvert et voûté. Il y avait là une cuisine haut de gamme, un coin-repas au style rustique, et plusieurs canapés en cuir disposés devant une énorme cheminée en pierre flanquée de placards en bois encastrés et de bibliothèques qui ployaient sous les livres.

— Tout est nickel chrome, nota Sampson.

— Prêt à être photographié pour *Architectural Digest*, renchérit Mahoney.

Leurs radios crachotèrent.

« RAS palier et couloir à l'étage… » « Toutes les chambres sécurisées. La maison est déserte, capitaine. »

Déserte ? Bree en doutait. Elle était sur le qui-vive depuis qu'elle avait entendu l'explosion dans l'entrepôt. Pourquoi piéger une dépendance et pas… Un sifflement aigu se déclencha dans son oreillette, un larsen insupportable.

Elle l'arracha et Sampson en fit autant. À l'autre bout de la pièce, Mahoney retira également la sienne.

— Merde, qu'est-ce que... ?

Un crépitement d'armes automatiques retentit en haut. Bree eut le réflexe de plonger derrière le comptoir de la cuisine, imitée par Sampson.

La pétarade cessa alors qu'ils dégainaient, secoués.

— Agents touchés ! cria quelqu'un à l'étage. Arthur et Boggs. Dans la cinquième chambre. À gauche au fond du couloir.

Le capitaine du SWAT beugla depuis le bas de l'escalier :

— Je croyais que la baraque était sécurisée ! Combien ?

— Elle l'était, mon capitaine ! Les tireurs devaient être...

Une détonation à l'extérieur fit trembler les murs. Les lumières s'éteignirent.

— C'est un guet-apens ! lança Mahoney, qui se tenait près des canapés. Ils brouillent nos radios et nos téléphones ! Bree, sors d'ici avec Sampson ! Entre en communication avec...

Bree était sur le point d'allumer sa Maglite lorsque des éclairs fusèrent d'une arme automatique équipée d'un silencieux. Elle se protégea la tête avec ses bras tandis que les balles entaillaient le granit des plans de travail, fendaient le bois des placards et fracassaient la vaisselle. La salve alla d'abord de gauche à droite, puis dans l'autre sens, transperçant l'inox des appareils ménagers, projetant une pluie de débris sur Bree et Sampson, déchargeant dix, peut-être quinze coups avant de s'arrêter.

Bree tremblait sous l'effet de la peur et de l'adrénaline. L'odeur de poudre brûlée lui donnait la nausée, mais son cerveau était en ébullition. Où était le tireur ? Où se cachait-il ? Les placards n'étaient quand même pas suffisamment spacieux pour abriter un homme adulte ? Elle sentit qu'on lui tapotait la jambe.

— Ça va, patronne ? murmura Sampson.

— Oui. Où est le tireur ?

— Je suis touché, grogna Mahoney.

Aussitôt, la peur déserta Bree. Elle alluma sa lampe et rampa sur le carrelage de la cuisine.

— C'est grave, Ned ?

— Une balle dans le ventre, haleta-t-il. À toi de me dire.

Un générateur toussota quelque part et se mit à ronronner. Un faible éclairage revint. Les agents à l'étage criaient des avertissements, mais Bree ne les écoutait pas.

— Où est planqué ce fumier, Ned ? lui demanda-t-elle en haussant la voix.

— Derrière moi… les placards…

Bree éteignit sa Maglite, s'avança de quelques centimètres et tendit la tête à l'angle du comptoir. Elle put voir Mahoney, assis par terre contre un canapé, mais il n'y avait aucun signe du tireur.

— Il faut l'évacuer, dit Sampson dans son dos. Immédiatement.

— Pas avant que je sache où se dissimule ce tueur. Sinon, on va tous se faire descendre.

Elle ralluma sa Maglite, jeta un nouveau regard prudent à l'angle du comptoir et dirigea le faisceau à une dizaine de mètres, sur Mahoney. Il grimaçait, penché en avant. Une tache de sang foncé grandissait sur sa chemise blanche, juste au-dessous du gilet pare-balles.

Le foie est touché, songea-t-elle en s'efforçant de ravaler la panique qui s'insinuait au fond de sa gorge. Oui, il fallait l'évacuer en urgence. Mais le tireur…

Elle promena sa Maglite sur la cheminée, puis sur les placards et bibliothèques de part et d'autre. La lumière balaya des portes trop étroites pour un enfant, sans parler d'un adulte, et des rayonnages de livres, avant de se figer sur un petit meuble ouvert.

— Oh non ! murmura-t-elle.

106.

Grâce à son système d'échappement haute performance, le moteur du quad s'entendait à peine pendant que je suivais la piste s'enfonçant dans le domaine boisé.

Edgars n'avait pas plus de trois ou quatre minutes d'avance sur moi. Même si ses roues n'avaient laissé aucune empreinte dans la boue gelée, des feuilles mortes écrasées et luisantes m'indiquaient son passage.

Soudain, des flocons de neige me fouettèrent le visage. De ma main libre, j'attrapai la radio et montai le volume. Il n'y avait plus de sifflement, rien qu'un chuintement continu.

— Ici Alex Cross. Vous me recevez ?

Derrière les parasites, je perçus des cliquetis et des paroles entrecoupées, une voix qui m'était inconnue. J'éteignis l'appareil, le rangeai dans mon anorak, puis testai mon téléphone. Pas de réseau.

Il neigeait de plus en plus dru.

Ils vont s'échapper, me dis-je. *Ces ordures sadiques vont nous filer entre les doigts !*

Je m'arrêtai à l'approche d'un embranchement. Un tapis blanc recouvrait maintenant les feuilles ; difficile de savoir de quel côté Edgars avait emmené Gretchen Lindel.

Je tentai de me rappeler la vue satellite de la propriété. L'entrepôt et l'agent blessé de la HRT se trouvaient quelque part à ma gauche. La butte sur laquelle Mahoney avait posté quatre hommes devait être droit devant moi. Quant à la tache mystérieuse sur l'image, la piste de droite y conduisait probablement.

Écoutant mon intuition, je redémarrai et partis dans cette direction. Les rafales de neige que je prenais en pleine figure et dans les yeux m'obligeaient à rouler au ralenti.

Dix minutes plus tard, la giboulée cessa aussi subitement qu'elle avait commencé. Je dévalai une pente jusqu'à un ruisseau gelé, large et peu profond. On voyait parfaitement où le tout-terrain d'Edgars avait brisé la glace : j'avais eu le nez creux. Je le franchis à mon tour. À l'est, l'aurore pointait.

Était-il déjà loin ? Les quatre personnes dans l'entrepôt piégé étaient-elles mortes ? D'après le commandant de la HRT, elles n'avaient pas bougé au moment de l'explosion. Edgars conduisait-il Gretchen au repaire où il retenait les autres blondes ?

Cent mètres après le gué, je perdis sa trace et traversai une zone de neige vierge pour me retrouver face à un mur de pins. Un cul-de-sac. Pourtant, Edgars avait bien pris ce chemin. J'en étais absolument sûr. La glace venait d'être fendue...

Je fis demi-tour, braquant les phares sur le ruisseau. En amont, la couche de gel était intacte. J'éclairai l'aval avec ma Maglite. Là, la glace était brisée jusqu'à l'endroit où le cours d'eau disparaissait sous une berge escarpée haute de deux ou trois mètres et dont la végétation dense était recouverte d'une nappe fraîche de poudreuse.

Où étaient-ils passés, bon sang ? Je n'imaginais pas leur véhicule capable d'escalader cette paroi de...

J'observai le talus plus attentivement. De la verdure ? Impossible. Partout ailleurs les feuilles étaient tombées, les fougères étaient mortes.

Je m'engageai sur le ruisseau et roulai lentement vers la berge, les phares toujours allumés ainsi que ma lampe qui balayait les alentours. Malgré la neige, je pus constater que ce que j'avais pris pour de la végétation était en fait des milliers de bandelettes de tissu gris, marron et vert terne, cousues en une tenture de camouflage, laquelle était suspendue à une épaisse tringle en métal noir fixée à la roche en surplomb.

Je ressortis la radio et la remis en marche. Le chuintement était atténué. Je pressai le bouton de transmission.

— Alex Cross à l'écoute.

Presque immédiatement une voix me répondit, curieusement familière mais brouillée.

— Batra ? dis-je.

On me parla, sans que je parvienne à saisir un mot.

— Je répète. Ici Alex Cross. Je suis à la poursuite d'Edgars, qui détient Gretchen Lindel. Je me trouve dans le quart nord-est du domaine.

La voix émit un gargouillement encore moins compréhensible. J'étais à deux doigts de fourrer l'appareil inutile dans ma poche lorsqu'une idée me vint et je suggérai :

— Si vous m'entendez, essayez de me localiser par mon iPhone.

Puis je coupai la radio, et la troquai pour mon arme de service. Indécis, je contemplai la tenture de camouflage, appréhendant ce qui m'attendait peut-être de l'autre côté. J'éteignis les phares, accélérai avec douceur. Mon pare-chocs poussa le tissu et arracha le velcro qui le maintenait fermé.

Je transférai le pistolet dans ma main gauche, appuyai le canon sur le guidon du quad, défis le cran de sûreté et m'enfonçai dans les ténèbres.

107.

Bree regardait, bouche bée, la mitraillette Uzi qui fumait encore sur son trépied dans le placard ouvert. Le long chargeur qui pendait était d'une capacité bien supérieure à dix ou quinze coups.

Mahoney se mit à tousser et bougea. La mitraillette pivota, et Bree vit la ligne rouge de la lunette laser passer une dizaine de centimètres au-dessus de la tête de Mahoney, puis s'immobiliser.

— C'est quoi ce bordel ? chuchota Sampson qui la rejoignait en rampant.

Elle recula derrière le comptoir avant de répondre :

— Des Uzi commandées à distance. À moins que…

Elle se risqua à éclairer l'arme et le placard, à la recherche d'une caméra.

Mahoney geignit et changea brutalement de position, son dos poussant le canapé, qui heurta une table. La lampe posée sur celle-ci vacilla.

L'Uzi décocha une nouvelle salve, encore de gauche à droite d'abord, puis inversement ; la lampe fut sectionnée en deux et la fusillade s'acheva en direction de la cuisine. Une fois le calme revenu, Bree releva la tête, remarqua que certains objets avaient été touchés au hasard par les deux rafales.

Elle corrigea immédiatement ce constat. En fait, les cibles étaient toujours les mêmes, atteintes exactement à la même hauteur !

— Personne n'actionne cette mitraillette ! prévint-elle Ned. À mon avis, il y a un détecteur de mouvement. Tu vois quelque chose ?

— Non, grogna-t-il d'une voix affaiblie.

À l'étage, le capitaine cria qu'il devait évacuer ses hommes blessés.

— Toute la baraque est piégée ! l'avertit Sampson. Gardez vos positions !

— J'ai un gars dans un état critique ! Il va mourir si on ne s'occupe pas de lui !

— Vous mourrez tous si vous descendez cet escalier ! insista Bree.

Elle contourna Sampson pour ramper vers des placards bas, épargnés par les balles, près de la cuisinière en acier brossé. Elle les fouilla un à un jusqu'à dénicher dans le troisième les ustensiles qu'elle cherchait, et revint prestement vers Sampson, qui s'étonna :

— Qu'est-ce que tu fabriques avec ces moules à cookies ?

— Du mouvement. Ned, allonge-toi si tu peux !

Elle lança un moule après l'autre par-dessus le comptoir qui séparait la cuisine du salon.

L'Uzi cracha son feu, mitraillant de gauche à droite, puis de droite à gauche. À la troisième salve, l'arrêtoir bloqua la culasse quand le magasin fut vide. Le canon était fumant.

Bree se redressa avec prudence, vit Ned étendu sur le flanc près du canapé. Ses yeux étaient ouverts, mais il avait le regard vitreux et la respiration courte.

— La voie est libre ! cria-t-elle à l'intention du capitaine, tout en se précipitant vers Mahoney. Faites sortir vos hommes !

Agenouillée auprès de l'ancien coéquipier d'Alex au FBI, Bree s'interdit de pleurer.

— Tu m'entends, Ned ? Parle-moi !

Il hocha la tête et cligna des paupières.

— J'ai pris une balle dans le ventre.

— Je sais.

Sampson s'approcha d'eux.

— Il faut qu'on l'emmène à l'hôpital. Et le brouillage continue.

— Aide-moi à le relever, John.

Ils mirent debout Mahoney, qui perdit connaissance sous la douleur, devenant un poids mort que Sampson dut porter sur son dos à la manière des pompiers. Bree le précéda à la porte d'entrée et se rua dehors. Il commençait à neiger.

— Alex ? Agent Batra ? appela-t-elle.

Une torche électrique perça l'obscurité. Keith Rawlins répondit timidement :

— Il n'y a que moi, chef Stone.

Sampson sortit à son tour, lesté de sa charge. Sous les gros flocons qui tombaient et tapissaient les pavés, ils traversèrent la cour en hâte. Rawlins attendait à côté de la Tahoe de Mahoney, piteux comme un chat sous la pluie.

— Abaissez les dossiers de la banquette arrière, lui demanda Sampson.

Manifestement heureux de se rendre utile, Rawlins s'exécuta promptement et fit observer :

— Le dispositif de brouillage est remarquable.

— On a vu, s'impatienta Bree. Où est la voiture de Batra ?

— Après la première fusillade, elle a décidé de quitter le domaine pour réclamer des renforts puisque la radio était HS.

— Bien, approuva Bree tandis que Sampson installait Mahoney dans la Tahoe. Où est... ?

— Ne partez pas ! lança un agent du FBI dans la cour.

Il soutenait un collègue grièvement touché. On avait appliqué un pansement hémostatique sur sa plaie à la poitrine, mais l'homme peinait à respirer.

— Faites-le monter, le pressa Bree. Et l'autre blessé aussi.

Sampson fouilla les poches de Mahoney et trouva la clé de contact.

— Je vais conduire, dit-il.

Tout s'enchaînait vite. Encore sous le choc du guet-apens, Bree ne s'avisa que la neige avait cessé que quand elle vit la Tahoe s'éloigner, ses roues chassant sur la route glissante.

Elle était désorientée, la fatigue prenait le dessus. Par une trouée dans les nuages, un rayon de lune fit scintiller la cour givrée comme un décor féerique de cinéma.

— Alex est parti avec l'agent Batra ? demanda-t-elle à Rawlins.

— Euh... non.

— Quoi ? fit-elle en se tournant vers lui. Mais...

Boum !

Bree sentit le sol trembler. La détonation sourde semblait venir des entrailles de la maison.

— Qu'est-ce que c'était ? bredouilla Rawlins, qui avait sauté en arrière.

— Je ne sais pas, dit-elle. Je... où est passé Alex ?

— Eh bien, il...

L'informaticien fut interrompu par une seconde déflagration, beaucoup plus forte ; l'une des fenêtres à l'étage s'illumina comme de l'aluminium au soleil, les vitres volèrent en éclats et un incendie féroce se déclencha. Des flammes jaunes, orange et rubis se faufilèrent à l'extérieur et léchèrent les bardeaux en bois de la toiture.

Bree recula vivement, la peur au ventre.

— Rawlins, où est Alex ? cria-t-elle. Où est mon mari ?

108.

Le lourd rideau de camouflage se rabattit derrière moi. Mes yeux s'habituèrent à la pénombre. Je me trouvais dans un tunnel d'évacuation des eaux de pluie qui mesurait bien trois mètres de large. Soit il existait un risque de méga crue subite du ruisseau, soit c'était une issue secrète construite par Edgars. La tache que j'avais détectée sur la vue satellite était à coup sûr de la terre provenant d'une excavation.

On devinait la lumière blafarde du jour à une quarantaine de mètres, là où finissait le tunnel.

Si Edgars et Pratt me savaient à leurs trousses, peut-être m'attendaient-ils à la sortie. D'après mes estimations, la galerie devait passer sous le chemin de terre marquant la limite du domaine à l'est, ce qui signifiait que j'émergerais quelque part dans la forêt de Michaux.

Non, ils ne sont pas là-bas en embuscade. Ils sont en train de fuir le plus loin possible.

Je mis les gaz et jaillis du tunnel, me sentant aussi exposé qu'une cible.

Mais aucun tir ne retentit pendant que je quittais le lit du ruisseau pour un sentier qui traversait un bois de feuillus. Dans l'aube naissante, je pus distinguer des traces de pneus, vagues au début, de plus en plus nettes à mesure que j'avançais.

Tout en roulant, j'essayais d'anticiper les plans d'Edgars. Soit il était en cavale, auquel cas je tomberais sur le Honda abandonné et sur des ornières laissées par une voiture, soit il avait un projet plus sinistre.

Je revoyais dans ma tête Gretchen Lindel se tortillant dans la benne du quad. Je craignais qu'Edgars n'ait jamais eu l'intention de l'emmener avec lui, ni aucune autre de ses captives. S'il était aussi impitoyable que je le pressentais, il tuerait Gretchen et les autres blondes. Si ce n'était déjà fait.

Aucun témoin. Il ne voudra pas de témoins.

Il faisait grand jour quand j'arrivai au sommet d'une colline surplombant un vaste patchwork de champs, à environ huit kilomètres du domaine. Depuis le sentier abrupt, j'aperçus cinq cents mètres en contrebas une ferme, ou du moins le toit d'une bâtisse de style ranch, ainsi que la majeure partie d'un hangar métallique et, garé à côté, ce qui était indubitablement le Honda Pioneer 1000 d'Edgars.

Je coupai le moteur du Kawasaki et le laissai là. Muni de mon téléphone et de mon pistolet, je descendis en biais le versant, collé aux broussailles dans l'espoir que personne en bas ne me repère. Je vérifiais régulièrement mon portable, mais il n'y avait pas de réseau.

Malgré les récriminations de mon tibia et de ma cheville enflée, je refusai de m'arrêter.

La neige commençait à fondre sur les branches lorsque j'atteignis l'arrière de la ferme. Caché derrière un arbre, je restai aux aguets, l'oreille tendue. Aucun mouvement dans la cour. Rien aux fenêtres du ranch délabré. Les trois portes basculantes sur la longue façade du hangar étaient closes. Leurs hublots obturés. Par contre, la petite fenêtre à guillotine à quelques mètres d'une porte latérale n'était pas bouchée. Une lumière puissante brillait à l'intérieur.

Je consultai encore une fois mon téléphone. Toujours aucun réseau. Edgars étant un programmeur avisé appartenant à la faune du *dark web*, je cherchai s'il disposait d'un wifi. Bingo, il y en avait un baptisé « ferme », protégé par un mot de passe, et un second nommé « ferme invités ». Je voulus me connecter à ce dernier afin d'envoyer un e-mail ou un SMS à Bree, mais lui aussi requérait un mot de passe.

Du hangar silencieux s'échappa soudain une plainte déchirante.

Serrant les dents, j'enjambai la clôture et boitillai d'un pas raide et douloureux. Le cri faiblit et finit par s'éteindre. Je me baissai pour passer sous la fenêtre à guillotine et me redressai face à la porte.

— Non ! hurla une voix féminine.

— Pitié ! renchérit une deuxième. Laissez-nous partir !

Je risquai un coup d'œil par la vitre. Divers engins agricoles, dont un tracteur John Deere, étaient rangés le long des murs. Au milieu du vaste espace, reliés à une poutre en acier par un système de poulies, pendaient des câbles au bout desquels étaient accrochées les sangles de cuir entravant les poignets de sept femmes. Elles ballottaient, les bras étirés, les orteils frôlant à peine le sol. Je ne pus les distinguer les unes des autres, même en y regardant à plusieurs fois, car elles étaient toutes maculées d'un sang foncé qui s'égouttait et formait des flaques sous leurs pieds, à part Gretchen Lindel, la seule indemne.

Six en plus d'elle ? m'étonnai-je. *Sept en tout ? Je croyais qu'il n'y avait que six blondes disparues.*

En tout cas, trois d'entre elles étaient inconscientes, le menton sur la poitrine. Gretchen et les trois autres gardaient la tête relevée, et surveillaient les deux hommes vêtus de noir qui s'agitaient autour d'elles.

Une GoPro attachée à son front, Nash Edgars paraissait fébrile, surexcité comme s'il avait pris de la drogue à forte dose. Il avait dans sa main gauche une deuxième caméra numérique et dans la droite un fusil d'assaut AR avec une lunette laser.

Il se déplaçait sans arrêt, filmait les femmes et son comparse. Masqué par une cagoule noire, ce dernier tenait un seau en plastique rouge ainsi qu'un coutelas dont la lame en obsidienne s'incurvait vers la garde ciselée protégeant les phalanges, le même que j'avais vu dans les vidéos de simulacre d'exécution.

L'homme cagoulé passa derrière Gretchen Lindel, qui se contorsionnait pour essayer de le regarder, et lui vida son seau de sang sur la tête. Elle frissonna et trembla de dégoût, mais n'émit aucun son.

— Le baptême du sang avant celui du feu ! brailla-t-il.

Je reconnus sa voix : c'était Pratt, le garde du corps d'Edgars.

Il lâcha le seau près d'un second fusil d'assaut appuyé contre une roue du tracteur. Puis il se plaça dans le dos d'une autre jeune femme éveillée et pressa le sinistre couteau sur sa gorge.

Elle devint hystérique.

— Nash ! ! Ne le laisse pas faire ! Je t'en supplie ! Je ne suis pas comme elles ! Je suis une latina ! Pas une blonde !

Edgars, le cameraman, s'approcha et ricana.

— Dans cette scène, Lourdes, tu es une blonde.

— Je t'en prie, Nash ! sanglota Lourdes Rodriguez. T'es pas obligé d'en arriver là !

— Bien sûr que si, la raisonna Edgars. Ce ne serait pas un vrai *snuff movie* si on ne tuait pas réellement les blondes à la fin.

Pratt écarta la lame du cou de Rodriguez et la pointa vers deux bonbonnes métalliques vertes d'environ un mètre cinquante de hauteur sur cinquante centimètres de diamètre. Elles étaient enchaînées à un poteau.

— On vous laisse le choix, dit Pratt. Soit être égorgées, soit jouer votre va-tout et prier pour que le gaz vous fasse perdre connaissance avant que l'explosion vous envoie en morceaux ad patres, amen.

Sans cesser de filmer les réactions des filles, Edgars s'approcha des bonbonnes. Il posa son AR par terre, attrapa un masque à gaz qu'il lança à Pratt, puis un pour lui-même. Il s'en coiffa sans le rabattre sur son visage, et s'accroupit pour ramasser le fusil.

— Alors, mesdames ? demanda Pratt. Le couteau ou les flammes ?

— Vous ne pouvez pas juste faire croire qu'on a été tuées, comme les fois d'avant ? geignit une nouvelle voix.

Je la reconnus : Delilah Franks, la caissière.

— Tout le monde en a marre des effets spéciaux, railla Edgars. Cette fois, nous irons jusqu'au bout. Montre-leur, Pratt. Réveille les autres. Qu'elles regardent toutes notre petite dure à cuir de Gretchen mourir en premier. Après, elles décideront de leur propre sort.

109.

Je clopinai jusqu'à la porte. La poignée s'abaissa et le battant pivota doucement sur des charnières bien graissées. Une odeur de mort flottait dans l'air.

Je me faufilai à l'intérieur, collé au mur, à une douzaine de mètres de Pratt. Après avoir ranimé à coups de pied les trois filles évanouies, il se positionna derrière Gretchen Lindel et, solidement en appui sur sa jambe droite en extension, planta le genou gauche dans le dos de l'adolescente, l'obligeant à se cambrer. Il l'agrippait par les cheveux pour lui tirer la tête en arrière, la lame funeste sur sa trachée.

— T'as peur, maintenant, blondinette ?

— Non, rétorqua Gretchen. Vous n'avez aucun pouvoir sur moi.

— Je peux te faire souffrir.

Il se tenait trop près de la fille d'Alden Lindel pour que je tente de l'abattre, et si je criais une sommation il risquait de lui trancher la gorge. Je visai le haut de la cuisse droite, et pressai la détente.

Ma balle traversa sa fesse et lui fractura le bassin. Tournoyant sur lui-même, il s'effondra avec un cri. Le coutelas lui échappa des mains et tomba bruyamment par terre.

Comme Edgars se tournait vers moi, toujours muni de ses caméras et de son fusil, je boitillai vers la droite le plus vite que je pus. Lorsqu'il ouvrit le feu en mode automatique, j'avais déjà plongé et atterri derrière un épandeur à semences. Les balles ricochèrent sur la machine et percèrent le mur en tôle.

La fusillade stoppa. Les femmes hurlaient et pleuraient. Pratt geignit de douleur, puis rugit :

— Tue-le ! Fais-lui la peau, Nash !

Le vacarme et la confusion régnaient.

— Montrez-vous, Cross ! me provoqua Edgars. Venez participer à la fête de fin de tournage avec les actrices et l'équipe de production !

En silence, j'étudiai les lieux et repérai un espace de quelques centimètres entre le bas de l'épandeur et ses roues. Je me mis sur le flanc, le bras tendu, cherchant à viser les pieds ou les tibias d'Edgars. Mais il se trouvait trop à droite, la pelle d'un petit bulldozer me bloquait la vue. Je devais le forcer à se déplacer.

— Le FBI cerne le bâtiment, Edgars ! lançai-je. Lâchez votre arme !

— Vous bluffez, rétorqua-t-il sans bouger d'un pouce. Jamais le FBI ne vous laisserait entrer seul ici. J'ai hacké leur système, je connais les procédures.

— Ils arrivent. Je leur ai transmis ma position par radio !

— Impossible. J'ai tout brouillé dans un rayon de quinze kilomètres.

Enhardi par cette certitude, il surgit de derrière le bulldozer, fonça en diagonale si vite que je n'eus pas le temps d'ajuster. Il s'arrêta dans une glissade à l'abri des bonbonnes de gaz. Plus question de tirer.

Sans se rendre compte que je pouvais le voir, Edgars posa son fusil sur le sol avant de se redresser pour continuer à filmer.

Il a une main occupée par la caméra et doit garder l'autre libre pour ouvrir les valves à gaz, compris-je, réalisant en une fraction de seconde qu'une occasion unique s'offrait à moi et qu'il me fallait la saisir maintenant ou jamais. Je visai la molette de la lunette laser sur le canon, et tirai une cartouche .40 S&W.

La balle de 150 grains percuta la molette et traversa la lunette avec une force de cinq cents joules. Sous l'impact, le fusil fut projeté sous la lame d'une moissonneuse-batteuse.

Je me mis en position accroupie, vis Edgars stupéfait quitter sa cachette derrière les bonbonnes, les tripoter, puis abaisser le masque à gaz sur son visage et se ruer vers la moissonneuse.

— Arrêtez ou je tire ! m'écriai-je, juste avant de sentir le propane qui s'échappait à plein débit.

Le bras gauche plaqué sur mon nez et ma bouche, je courus clopin-clopant, dépassai les captives et Pratt inconscient, puis les bonbonnes. Edgars se trouvait à dix mètres de là, à plat ventre, une main sous la moissonneuse. Je n'osais pas faire feu à cause du gaz. Avant que je ne sois assez proche pour lui sauter dessus, il se tourna en braquant sur moi le fusil et la caméra. Je stoppai net, et le tins en joue.

— Descendez-le ! m'enjoignit Lourdes Rodriguez.

— Allez-y ! renchérirent les autres femmes.

— S'il tire, vous crèverez toutes ! beugla Edgars, sa voix étouffée par le masque.

— Si vous tirez, tout le monde y passe, vous aussi, lui rappelai-je.

— C'est peut-être le but.

— Pourquoi faites-vous ça, Edgars ?

Il me toisa comme si j'étais idiot.

— Je déteste les blondes. Depuis toujours. Toutes des salopes.

— Personne ne connaîtra votre dernier film si vous provoquez l'explosion du hangar.

Derrière les verres du masque, il me décocha un regard triomphant.

— Les caméras filment en streaming, c'est transmis par wifi.

— Nous pouvons tous sortir d'ici vivants.

— Trop tard, rétorqua-t-il en me surveillant par-dessus la lunette endommagée. Le plus beau dans tout ça, c'est que je ne peux pas vous rater d'aussi près. Je vous verrai clamser en premier. Une demi-seconde avant que ça pète et que le feu nous emporte tous.

Je commençais à ressentir les premiers vertiges dus au gaz. Edgars brandit sa caméra plus haut et observa la scène par le petit écran, comme pour bien cadrer son ultime plan sur les blondes, moi-même et les bonbonnes.

— Toutes les blondes finissent par mourir, déclama-t-il. Les flics et les génies aussi.

— Non !

Il appuya sur la détente.

110.

Il y eut un *clank* puis un formidable *bang*, et mon cœur s'arrêta de battre ; je m'attendais à ce que le propane s'enflamme et que les bonbonnes explosent pour nous réduire tous en cendres.

Au lieu de quoi, Edgars hurlait et se tortillait par terre, ses doigts ensanglantés cherchant à retirer le masque. Son fusil gisait à un mètre sur sa droite, détruit et fumant. L'adrénaline se diffusa dans mes veines et me fit trembler si fort qu'il me fallut une minute pour comprendre ce qui s'était passé.

Endommagé par ma balle et réglé en mode automatique, le sélecteur de tir avait dû s'enrayer, et la décharge avait fait éclater l'arme en fragments métalliques qui s'étaient fichés dans le visage et le cou du programmeur.

Edgars arracha enfin le masque à gaz. Crevé, son œil gauche saignait abondamment, de même que ses joues et son front, horriblement mutilés.

Le gaz me donnait le tournis. Plaquant à nouveau ma manche sur ma bouche, je gardai mon pistolet braqué sur lui et avançai rapidement, dans l'intention de le neutraliser et le menotter.

Mais dès que je fus à sa portée, il me décocha un coup violent de sa bottine dont le bout ferré se planta dans ma cheville blessée. Je sentis un craquement, suivi d'une douleur fulgurante ; ma jambe se déroba et je m'affaissai sur le flanc.

C'était comme si l'on avait mis le feu à ma cheville. Le gaz et la souffrance me retournaient l'estomac, mon vertige empirait. Je craignais de m'évanouir.

— Le gaz ! me rappela faiblement Gretchen Lindel derrière moi. Le gaz !

Je m'ébrouai, tandis qu'Edgars essayait de se relever. Je pointais mon arme sur lui, prêt à l'abattre, quand soudain il se figea dans un spasme avant d'être entièrement debout, me regarda d'un air interdit et se palpa le cou.

Une artère était touchée, probablement la carotide, et le sang giclait. Il tituba, ses lèvres bougeant sans émettre aucun son, puis il s'écroula pour la dernière fois.

Le gaz, pensai-je, à moitié dans les vapes.

Trouvant la force de me mettre à quatre pattes, je tournai le dos à Edgars et crapahutai jusqu'aux bonbonnes. Je retins mon souffle et agrippai le poteau auquel elles étaient attachées pour me redresser.

J'empoignai la manette d'une valve qui sifflait, tentai de la refermer. Impossible. Pareil pour l'autre. Elles étaient bloquées en position ouverte par un mécanisme.

J'eus un haut-le-cœur, et dus résister à l'envie de vomir. Puis mon attention se reporta sur Gretchen Lindel et les six autres femmes suspendues aux câbles. Corps avachi, tête inclinée en avant : elles étaient en train de mourir.

Mourir...

Pris d'un nouvel étourdissement, je manquai tomber à nouveau.

Ne meurs pas, Alex.

C'était la voix de Bree. La voix de Nana Mama. Celles de mes enfants aussi. Ensemble, elles m'exhortaient à me battre.

Dans le brouillard, je balayai les lieux du regard et aperçus la porte par laquelle j'étais entré. *Ouvre-la, Alex.*

Elle ne laisserait pas passer assez d'air.

Mes yeux se posèrent alors sur la fenêtre à guillotine. *Casse la vitre*, me dis-je.

Insuffisant, objectèrent les voix.

Tournant ma tête de plus en plus lourde et embrumée, je repérai ma seule chance, derrière les adolescentes à l'agonie.

Vas-y! m'encouragea ma famille.

Mon amour pour les miens me galvanisa. J'y puisai l'énergie de m'écarter du poteau et des bonbonnes. La douleur dans ma cheville était comme une décharge électrique, une secousse qui me rendait plus alerte et déterminé.

Ma tête me martelait. Chaque pas devenait une épreuve. À chaque respiration, mon corps m'implorait de m'arrêter, m'allonger et abandonner. Mais les voix de ma famille me stimulaient sans relâche, répétant que la douleur était temporaire, mais pas la mort. La mort était…

Une fois arrivé au long mur de façade, je m'affalai contre la tôle, haletant, un goût de gaz dans la bouche, avec la sensation que ma tête et ma cheville étaient sur le point d'éclater. Des points noirs dansaient devant mes yeux, s'assemblaient et menaçaient de m'aveugler.

Papa!

Alex!

Au bord de l'évanouissement, je tendis le bras pour atteindre les trois boutons sur le boîtier métallique vissé à la paroi. Je les ratai, tâtonnai, puis appuyai et les entendis cliqueter un à un.

Il ne se passa rien et, l'espace d'une seconde d'incrédulité, je me dis que tout espoir était perdu. Que j'allais…

Les moteurs se mirent en marche. Les treuils électriques s'enclenchèrent. Une première porte à bascule commença à remonter, puis la deuxième et la troisième.

Je me faufilai sous la plus proche, et un vent glacial me cingla la figure quand je vacillai et tombai à genoux dehors. Groggy, je toussai, avant de ramasser une poignée de boue et de neige fondue dont je m'aspergeai le visage. Il fallait que j'y retourne. Pour sauver les autres.

Je me traînai à l'intérieur du hangar où j'aperçus Pratt qui gisait, immobile, sur son masque à gaz. Je m'approchai de lui, le fis rouler et enfilai le masque.

Après avoir ouvert la petite porte et la fenêtre pour faire circuler l'air, je tranchai les sangles par lesquelles les jeunes filles étaient pendues aux câbles.

Une par une, je les attrapai et, toujours à quatre pattes, les tirai à l'extérieur. Toutes étaient dehors dans la neige et respiraient lorsque j'entendis un vrombissement dans le ciel. Me tournant vers la colline, je découvris l'hélicoptère sanitaire en approche pour l'atterrissage.

111.

Ce même jour, vers 16 heures, Eliza Lindel éclata en sanglots dans les bras de Bree. Appuyé sur des béquilles, je me penchai pour lui frotter le dos.

— S'il vous plaît, venez avec moi prévenir Alden, me pria-t-elle d'une voix douce quand elle se fut ressaisie.

Bree m'encouragea d'un hochement de tête.

— Bien sûr, répondis-je.

La mère de Gretchen Lindel essuya ses larmes et déposa un baiser sur ma joue.

— Vous êtes quelqu'un de bien, docteur Cross, sachez-le.

— Merci, dis-je, la gorge serrée d'émotion.

Bree prit Eliza par la main. Je franchis à leur suite la porte au fond de la cuisine qui menait au minuscule univers d'Alden Lindel. L'homme chétif dans le lit détourna les yeux du dernier épisode de *Game of Thrones*. Sa femme alla éteindre le téléviseur.

— Le Dr Cross a du nouveau, Alden.

Il porta le regard sur sa tablette électronique. La voix de synthèse s'éleva :

— Gretch ?

— Elle est saine et sauve, monsieur, lui annonçai-je en souriant. Elles ont toutes été libérées. Votre fille est en chemin. Nous lui avons conseillé de rester à l'hôpital, mais elle n'a rien voulu entendre.

Il ferma les paupières, puis regarda la tablette.

— Dieu soit loué, dit la voix artificielle. Dieu soit loué.

Tinker, le Jack Russell, se mit à aboyer et glapir d'excitation dans la cuisine.

— Maman ? Papa ? appela faiblement Gretchen.

Un ambulancier la poussait dans un fauteuil roulant. On l'avait nettoyée du sang de cochon et vêtue d'un pyjama d'hôpital. Un goutte-à-goutte fixé à un montant du fauteuil était relié à son bras.

Sa mère se précipita pour l'étreindre et elles versèrent des larmes de joie, tandis que la petite chienne dansait sur ses pattes arrière et aboyait de plus belle. Elles allèrent ensuite au chevet d'Alden. Tinker sauta sur le lit. Gretchen se leva sur ses jambes flageolantes, enlaça délicatement son père et l'embrassa.

— Je ne me suis jamais avouée vaincue, papa, balbutia-t-elle. Ils ont cherché à me briser mentalement, mais ils n'ont pas réussi. Grâce à toi et à tes conseils, j'ai été la plus forte.

Bouleversé, il émit des sons étranglés qui exprimaient son amour. C'était le signe pour Bree et moi de nous éclipser, notre mission accomplie. Dehors, nous nous sourîmes béatement. Quelle chance j'avais d'être en vie par cette fraîche après-midi de fin d'automne !

Je fourrai mes béquilles sur la banquette arrière de la voiture, grimaçai en soulevant ma jambe et son attelle pour m'installer à l'avant.

— Pas mal, hein, cette appli « Localiser mon iPhone » ? dis-je. Elle repère l'appareil même s'il n'est pas connecté.

— C'est sûr que ça m'a permis de te retrouver plus vite, confirma Bree en démarrant. Merci à Batra et au pilote de l'hélico qui ont entendu ton appel radio.

Nous nous rendions au George Washington Medical Center où Ned Mahoney subissait une opération. Pendant que Bree faisait par téléphone son rapport au chef Michaels, je priai pour Ned, mais aussi pour Delilah Franks, Cathy Dupris, Ginny Krauss, Alison Dane et Patsy Mansfield, leur souhaitant de pouvoir surmonter leurs épreuves. Quant à Gretchen Lindel, elle avait assez de force de caractère pour s'en sortir.

Dans l'entrepôt, l'équipe de libération d'otages avait découvert quatre mannequins, allongés sur des matelas chauffants pour créer l'illusion d'êtres vivants sur les images infrarouge.

En ce qui concernait la demeure d'Edgars, la première déflagration s'était produite dans le sous-sol converti en studio avec ordinateurs et écrans de montage vidéo. Un agent du FBI à proximité avait vu la boule de feu alimentée par un produit accélérant ; cet incendie et celui qui avait été déclenché à l'étage par la seconde explosion avaient réduit le manoir en cendres. Edgars avait presque tout prévu ; à croire qu'il était certain que nous finirions par le démasquer et s'y était préparé.

Bree termina sa conversation téléphonique.

— Michaels te félicite. Et tu es en congé avec solde le temps de l'enquête interne.

— C'est possible d'être doublement suspendu ?

— Tu seras mis hors de cause, Alex. Pratt allait égorger Gretchen Lindel, il y a plusieurs témoins. Tu étais obligé de lui tirer dessus. Quant à Edgars, il s'est tué tout seul.

— Je sais.

— Alors pourquoi tu fais cette tête ?

Je marquai une pause, me demandant si je subissais encore les effets du gaz, avant de répondre :

— J'ai décidé de ne pas y retourner, même si je suis disculpé.

Elle resta silencieuse un moment.

— Tu t'occuperais comment ? Juste avec tes consultations ?

— Non, j'ai de grands projets. Et le plus important, c'est que tu fais partie de chacun d'eux.

Comme je me tournais vers elle, je vis son sourire malicieux.

— J'en suis fort aise.

— Et moi donc, dis-je en prenant sa main dans la mienne.

112.

Dix jours après que nous lui avons ramené sa fille, Alden Lindel est mort dans son sommeil, en homme heureux.

Son épouse m'apprit la nouvelle un samedi après-midi froid et venteux, alors que je suivais sur une béquille ma famille dans le quartier de Capitol Hill. Mme Lindel éprouvait un immense chagrin, bien entendu, mais aussi du soulagement. Veillé par Gretchen qui n'avait pas quitté son chevet depuis sa libération, Lindel avait trouvé la paix et s'était éteint en tenant la main de sa fille et de sa femme. Je promis à Eliza d'être présent aux obsèques et rempochai mon téléphone.

Ali sautillait d'impatience.

— Plus vite, papa ! Je vais être en retard.

— Tu n'as qu'à y aller, intervint ma grand-mère.

Elle le poussa vers l'entrée de l'Elephants and Donkeys, un pub assez récent dont la vitrine exhibait une affiche pour l'open de fléchettes de DC. Ali ouvrit la porte avec l'assurance d'un habitué et disparut.

Bree étouffa un rire.

— Qu'y a-t-il de si drôle, jeune dame ? lança sévèrement Nana Mama.

— Non, rien. Ou plutôt, je ne pensais pas vous voir un jour assister à un tournoi de fléchettes dans un bar, Nana.

— Je n'ai pas fini de grandir, ma chère, lui répliqua ma grand-mère sur un ton bon enfant et avec un clin d'œil.

Elle nous précéda à l'intérieur, où nous retrouvâmes John et Billie Sampson en train de siroter des demis pression au comptoir en compagnie de Krazy Kat Rawlins.

J'aidai Ali à remplir les autorisations et l'on me remit un dossard à épingler sur son tee-shirt.

— Ils ont une cible d'entraînement derrière, me dit-il. Je serai là-bas.

— Tu t'entraînes déjà deux heures tous les soirs.

Le front plissé, il rétorqua :

— Répétition est mère de talent, papa.

— Oui, bon, moi aussi je connais le proverbe. Allez, file, capitulai-je.

Tandis qu'il rejoignait un petit groupe de compétiteurs adultes réunis dans la salle arrière du pub, je souris en me faisant la réflexion que j'étais loin d'être aussi audacieux à son âge.

John me tendit une bière, puis me passa son tabouret. Je me juchai dessus et fis la bise à Billie.

— Vous n'étiez pas obligés de venir, vous deux.

— Qu'est-ce qu'on avait de mieux à faire un samedi aussi frisquet ?

Installées plus loin au bar, des assiettes de poulet frit et des Sprite devant elles, Nana Mama et Jannie étaient absorbées par un match de football américain universitaire.

— Bien que nous soyons officiellement en congé en attendant les conclusions de l'enquête, dit John à Bree, peut-on savoir si Lourdes Rodriguez continue à se mettre à table ?

— Je l'ai interrogée, intervint Rawlins. Cette nana est un moulin à paroles.

— Ce n'est pas faux, soupira Bree.

À eux deux, ils nous dépeignirent dans les grandes lignes les relations entre Lourdes Rodriguez et Nash Edgars. Ils s'étaient rencontrés lors d'un forum pour programmeurs auquel elle s'était inscrite après avoir entendu dire que le codage était bien plus lucratif que l'installation de paraboles satellites.

Edgars pouvait apparemment s'offrir tout ce qu'il voulait. Mieux, il faisait profiter Rodriguez de ses largesses. En fait d'oncle richissime et d'héritage, il y avait cet informaticien de génie qui mettait le monde à ses pieds.

— Grâce au *dark web*, précisa Rawlins. Elle prétend qu'Edgars pesait entre quarante et cinquante millions rien qu'en bitcoins.

— Mais l'argent n'a commencé à couler à flots qu'à partir du moment où il a concrétisé dans des films sa haine des blondes, ajouta Bree d'un air dégoûté.

— Des centaines de milliers d'abonnés aux sites, fit Rawlins en secouant sa crête, d'un surprenant violet ce jour-là. Prêts à payer pour voir ces femmes terrorisées et violentées.

Rodriguez avait expliqué à Bree que la rancœur d'Edgars remontait à son enfance – une mère alcoolique blonde, puis des ados californiennes aux cheveux d'or qui le harcelaient parce qu'il était obèse à l'époque. Même quand il avait retrouvé un poids normal, les railleries s'étaient poursuivies à cause de son côté geek.

— Alors quoi, il a décidé de se venger et de permettre à d'autres de donner libre cours à leurs fantasmes anti-blondes ? demanda John.

— C'est encore plus tordu et diabolique que ça, répondit Bree. D'après Lourdes, il comptait assembler les clips vidéo en un documentaire d'horreur intitulé : *Toutes les blondes doivent mourir*.

— Heureusement, ce film ne verra jamais le jour, se réjouit John. Et qui a tué ce pauvre gamin, Timmy Walker ?

— Lourdes pense que ça doit être Pratt. Elle dit qu'Alex a débarrassé le monde d'une ordure pourrie jusqu'à la moelle.

Billie changea de sujet :

— Sinon, comment va Ned ?

— Mieux, répondis-je, tout content. Je lui ai rendu visite ce matin. Comme tu me l'as assuré le jour où il a reçu cette balle, le foie est un organe extraordinaire. Il commence déjà à se régénérer. Les médecins prédisent un total réta...

— Assez parlé travail, me coupa ma grand-mère qui venait de nous rejoindre. Allons-y, ton fils va bientôt lancer ou décocher, ou faire Dieu sait quoi avec ses fléchettes.

113.

J'aimerais pouvoir raconter qu'Ali fit preuve d'une maîtrise et d'une précision époustouflantes... sauf que ce ne fut pas le cas. Certes, il mit dans le mille trois fois, et presque une quatrième, mais autrement ses fléchettes s'égarèrent et il perdit au premier tour contre un sympathique Texan du nom de Mel Davis, propriétaire d'un grill en ville.

Ali accusa le coup, jusqu'à ce que Davis leur offre, à lui et à ses copains, un repas gratuit dans son restaurant. Mon benjamin avait donc retrouvé son entrain habituel sur le chemin du retour, détaillant par le menu à Jannie et Nana Mama sa stratégie pour prendre sa revanche au tournoi de l'année suivante. Bree et moi traînions derrière.

— Que pense Ned de ton grand projet ? me demanda ma femme au bout d'un moment.

— Il approuve. Il trouve ça super.

— Et Michaels ?

— Le sujet n'a pas encore été abordé.

— Es-tu sûr que tu vas t'épanouir ?

— Sûr et certain. J'aurai ce qu'il y a de mieux dans les deux mondes.

Ali, Jannie et Nana Mama firent une halte à la supérette Chung Sun Chung pour acheter du lait et des glaces, tandis que Bree et moi continuions d'avancer.

La nuit était tombée quand nous atteignîmes la maison, plongée dans l'obscurité. Bree me tint par le bras pour gravir les marches du perron, et hormis quelques problèmes en attente, je ressentais une sérénité comme je n'en avais pas connue depuis…

— Mains en l'air ou je vous flingue tous les deux !

Dans un sursaut, nous découvrîmes, accroupie le long de la rambarde à droite, une silhouette masculine qui braquait un revolver sur nous. Nous obéîmes.

— Salut, Cross, dit l'agresseur en se redressant. Chef Stone.

Dylan Winslow, le fils de Gary Soneji, pointait le canon sur nous deux tour à tour, avec un sourire de dément que je distinguais malgré la pénombre. Je lui avais déjà vu ce sourire, des mois auparavant, quand je l'avais surpris en train de torturer des pigeons dans la grange de sa mère, au fin fond du Delaware.

— Et maintenant, qu'est-ce que tu vas faire, Dylan ? lui demandai-je.

— Te donner ce que tu mérites pour avoir tué ma mère.

— C'était une machination, objecta Bree. Et il avait été drogué. Le jury l'a déclaré innocent.

— Je l'ai vu l'abattre de mes propres yeux ! rugit-il.

— Tu étais donc dans l'usine ce soir-là, dis-je. En fait, je m'en doute depuis le procès, j'y ai bien réfléchi.

— On s'en fout. La seule chose qui compte c'est de gagner et d'être débarrassé de toi.

— C'est toi qui as retiré le support holographique des mains de tes complices.

— Des conneries tout ça, ricana-t-il. Cette excuse bidon a été concoctée par ton sale môme et son pote pédé. Il est où, au fait, ton microbe ?

— Loin d'ici, répondis-je en regardant à la dérobée la rue et le trottoir.

— Je le retrouverai plus tard, quand j'en aurai fini avec toi.

— Je te l'interdis !

Dylan me menaça de son revolver.

— Ne me dis pas ce que je dois faire, Cross. Putain, tu te prends pour qui ?

— Pour quelqu'un à qui rien n'échappe. Un détail me turlupinait dans la vidéo où je tire sur ta mère, mais même après l'avoir revue plusieurs fois au tribunal, j'ai mis un peu de temps à comprendre.

— Ta gueule ! À genoux. Tous les deux.

Je ne bougeai pas. Bree non plus.

— Ta mère trébuche au moment d'apparaître à l'écran. L'as-tu poussée, Dylan ? Avait-elle deviné ce que tu projetais ?

— Tu mens encore, railla-t-il. Inventer des bobards, c'est ton truc, Cross. Mais pas cette fois. Cette fois, tu vas mourir. Comme ça aurait déjà dû arriver.

J'entendis le cliquetis du chien armant le revolver.

— Dylan, ne fais pas cette bêtise, l'avertit Bree. Ça ne se termine jamais bien pour les tueurs de flics.

— Je m'en fous. Pour moi, ça se termine ici. Dès que je vous aurai...

Je perçus du mouvement derrière lui sur sa droite, une fraction de seconde avant que le fils de Soneji lâche un cri et fasse volte-face en tirant. La balle percuta le plafond du perron.

Le visage aspergé de plâtre et d'échardes, je me ruai sur lui, enfonçai mon épaule dans ses côtes et le projetai violemment contre la rambarde. Il y eut un craquement d'os, et je profitai de ce qu'il avait le souffle coupé pour le plaquer au sol et l'immobiliser.

Bree éloigna le revolver d'un coup de pied, puis alluma l'applique extérieure.

Coincé sous moi, Dylan Winslow respirait convulsivement et cherchait à atteindre la tige empennée de la fléchette de compétition profondément plantée dans son cou, du côté gauche.

— Alors, gros naze, c'est qui le microbe ? le nargua Ali en bondissant sur le perron, le poing en l'air, avant de pointer vers lui un index triomphant. Je t'ai eu en plein dans le mille à dix mètres !

114.

À la fin du mois d'avril suivant, j'emmenai Ali à la réserve naturelle de l'île d'Assateague sur la côte atlantique du Maryland. La douceur inhabituelle de cette magnifique journée de printemps me procura une sensation de bien-être quand je descendis de voiture après m'être garé à côté d'une Jeep Wagoneer familière.

— Pourquoi M. Aaliyah m'apprendrait-il à pêcher ? s'étonna Ali en me rejoignant. Il me connaît même pas.

— Je lui ai parlé de toi. Et puis, il aime initier les enfants à la pêche.

— Pourquoi ?

— Donne du poisson à un homme, il mange aujourd'hui. Apprends-lui à pêcher, il mangera toute sa vie.

Ali fit une grimace comique.

— Qui a dit ça ?

— Quelqu'un de plus intelligent que moi.

Une Volvo s'engageait sur le parking. Une femme aux cheveux blond cendré, la trentaine, en sortit et nous regarda, l'air perdue.

— Est-ce que la plage est loin ?

— Juste derrière les dunes, lui indiquai-je.

Je retirai mes baskets, imité par Ali. Pieds nus, nous empruntâmes le sentier à travers les dunes. Ma cheville ne me faisait plus du tout mal, et la brise aux senteurs printanières était agréable.

— Qu'est-ce qui va lui arriver, papa ? À Dylan Winslow ?

— Ce n'est pas de mon ressort. Il sera présenté au juge pour mineurs.

— J'ai entendu Bree dire qu'on pense que son cerveau ne fonctionne pas normalement.

C'était triste mais sans doute exact et, si les soupçons des psychiatres s'avéraient fondés, cela n'avait rien d'étonnant. Dylan avait eu la malchance d'hériter un ADN par lequel son assassin de père lui avait transmis ses tendances psychopathes, qui s'étaient d'abord exprimées dans le plaisir de l'adolescent à torturer des animaux sans défense. Participer au meurtre de sa mère et tenter de nous supprimer Bree et moi n'avaient été pour lui qu'une progression naturelle, en quelque sorte prévisible comme l'évolution d'une maladie.

— Les médecins étudient cette possibilité, répondis-je. S'ils la confirment, Dylan sera placé dans une institution pour les gens comme lui.

Nous arrivions à la plage. Le ciel était d'une incroyable couleur saphir. L'océan déployait ses rouleaux d'un bleu plus soutenu. Quelques mordus du bronzage et une poignée de pêcheurs se répartissaient sur le sable immaculé.

— Eh, lui, là, il vient d'attraper un gros poisson ! s'exclama Ali en pointant le doigt vers un homme qui rembobinait sa ligne.

— Belle prise.

— Ça me plaît trop ici, p'pa. J'ai envie d'apprendre à pêcher.

— Je l'aurais parié.

Nous marchâmes vers le sud, une centaine de mètres jusqu'à Bernie Aaliyah et sa fille qui nous attendaient.

— On m'a beaucoup parlé de toi, mon garçon, déclara Bernie en serrant la main d'Ali. Rappelle-moi de ne pas me mettre entre toi et une cible pour fléchettes !

Ali sourit de toutes ses dents, preuve que ces deux-là allaient bien s'entendre, et Bernie commença à lui montrer son matériel. Je m'approchai de Tess.

— Ça fait un bail que je ne vous ai pas vue.

Elle enfonça ses mains dans les poches arrière de son jean

— Je vais mieux. La plupart du temps.

— On se promène un peu ?

— Pourquoi pas.

Nous nous éloignâmes dans la direction par laquelle Ali et moi étions arrivés.

— Il y a une rumeur qui court au bureau, dit-elle. Vous allez vraiment démissionner pour quelque chose de mieux ?

— En effet.

Je lui expliquai l'arrangement que j'avais négocié. Comme Rawlins, je serais désormais un consultant externe du FBI, intervenant sur les affaires les plus sensibles et médiatisées. Pareil avec le MPD.

— Je tournais en rond. C'est le nouveau défi dont j'avais besoin. Et comme mon rôle se limitera aux enquêtes les plus exigeantes, j'aurai aussi le temps de me consacrer à mes consultations de psychologue, une activité qui m'apporte un réel épanouissement personnel.

— Ça semble idéal.

— C'est bien mon avis.

J'aperçus la blonde du parking qui marchait vers nous. Elle avait mis une visière et chaussé de larges lunettes de soleil. Une charmante fillette avec des couettes lui donnait la main ; vêtue d'une jupe-culotte rose, elle portait un petit seau et une pelle.

— Inspectrice Aaliyah ? la héla la femme.

Surprise, Tess releva la tête ; elle ne la reconnaissait manifestement pas. L'autre me fit un signe discret avant de retirer ses lunettes.

— Je m'appelle Patricia Phelps.

Tess inspira avec force. Bouleversée, elle se couvrit la bouche de ses doigts tremblants. La mère de la petite fille qu'elle avait tuée était devant elle.

— Je vais vous laisser parler tranquillement, dis-je.

Je me dirigeai vers les dunes, en gravis une et y restai assis un très long moment, à masser ma cheville et observer la vie qui se déroulait sur la plage. Je vis Patricia Phelps tenir la promesse qu'elle m'avait faite au téléphone et accorder son pardon à Tess Aaliyah, qui lui tomba dans les bras. Plus tard, elles bâtirent un château de sable avec Meagan, la jumelle de l'enfant morte.

Au bout d'un certain temps, Ali finit par maîtriser la technique du lancer et attrapa même son premier poisson, un magnifique bar rayé. Il se mit à danser de joie, les bras au ciel, ses cris de victoire me parvenaient par-dessus le grondement des rouleaux.

Je souris et contemplai au-delà des vagues déferlantes l'océan qui s'étendait jusqu'à l'horizon. De pareilles journées avec leurs victoires modestes justifiaient amplement la poursuite de ma lutte en faveur du bien, en dépit de ces prédateurs tissant leur toile dans l'ombre comme le *dark web* et que j'avais dû affronter si souvent au cours de mon existence.

Cet ouvrage a été composé par Belle Page

Imprimé en France par
CPI BRODARD & TAUPIN (72200 La Flèche)
en mai 2022

pour le compte des Éditions J.-C. LATTÈS
17, rue Jacob – 75006 Paris

PAPIER À BASE DE FIBRES CERTIFIÉES

JC Lattès s'engage pour l'environnement en réduisant l'empreinte carbone de ses livres. Celle de cet exemplaire est de :
700 g éq. CO_2
Rendez-vous sur www.jclattes-durable.fr

N° d'édition : 01 – N° d'impression : 3047582
Dépôt légal : juin 2022
Imprimé en France